酒中有仁义,杯中见性情。
人世间的跌宕,爱与恨的交错,
真如一席间,醉梦一场。

酒虫儿

刘一达 著

人民文学出版社

图书在版编目(CIP)数据

酒虫儿 / 刘一达著. —北京: 人民文学出版社, 2020
ISBN 978-7-02-016590-2

Ⅰ. ①酒… Ⅱ. ①刘… Ⅲ. ①长篇小说—中国—当代 Ⅳ. ①I247.5

中国版本图书馆 CIP 数据核字(2020)第 163771 号

责任编辑　樊晓哲
装帧设计　刘　静
责任印制　胡月梅

出版发行　人民文学出版社
社　　址　北京市朝内大街 166 号
邮政编码　100705
网　　址　http://www.rw-cn.com

印　　刷　三河市中晟雅豪印务有限公司
经　　销　全国新华书店等

字　　数　224 千字
开　　本　680 毫米×960 毫米　1/16
印　　张　17.75　插页 3
印　　数　1—8000
版　　次　2020 年 10 月北京第 1 版
印　　次　2020 年 10 月第 1 次印刷

书　　号　978-7-02-016590-2
定　　价　58.00 元

如有印装质量问题，请与本社图书销售中心调换。电话：010-65233595

自 序

"酒虫儿"者，非蒲松龄笔下蠕动于肠胃之蛆也，亦非京城坊间沉溺于酒桌酒壶酒菜之酒腻子也。"酒虫儿"者以酒为魂，以酒为圣，以酒为仙，以酒为朋者也！故有曹孟德的慨当以慷，有李太白的举杯邀月，有苏东坡的起舞弄影，有李清照的酒醒梦残。

"酒虫儿"者，书的是虫儿，写的是人。讲的是酒，说的是仁。人若以酒为魂，心便宽于天地，人若以酒为魄，神便悠然南山。

酒之微妙非在舌尖，而在神会，与酒神会可为酒人，然后方有酒仙，酒圣，乃至酒神。"酒虫儿"虽非酒仙，酒圣，但只要成了"虫儿"，便是酒仙，酒圣。何者？皆因神会也！

古有与酒神会者杜甫，笔下有《饮中八仙歌》；今有与酒神会者一达，笔下之《酒虫儿》，书中亦有"八虫儿"，且与"八仙"相对应。

"八仙"者："眼花落井水底眠"之贺知章，"恨不移封向酒泉"之李琎，"饮如长鲸吸百川"之李适之，"举觞白眼望青天"之崔宗之，"醉中往往爱逃禅"之苏晋，"自称臣是酒中仙"之李白，"挥毫落纸如云烟"之张旭，"高谈雄辩惊四筵"之焦遂。

"八虫儿"者："三杯化境自成仙"之"盖板杨"，"醉中手术笑入眠"之鲁爷，"问盏世情已忘钱"之詹爷，"嘞钉下酒非笑谈"之苏爷，"举杯出口无遮拦"之"教授"，"酒润笔墨意不凡"之唐思民，"与鬼同饮不识颜"之王景顺，"低眉浅酌渗一年"之"带鱼"，"素饮难醉觅酒泉"之"豆包"。

《酒虫儿》者，写的是酒人，实则写酒仁。书的是酒事，实则话酒义。无酒仁，便无"麻片儿李"之绝活。无酒义，也无"盖板杨"之匠心。天地造化，酒为万年精华，日月星辰，酒为岁月魂魄。《酒虫儿》者，难以写尽饮酒者的人生百态，却也道出世态炎凉和饮酒者的酸甜苦辣之人生。《酒虫儿》者，饮酒后读更有味儿也！

| 酒虫儿 |

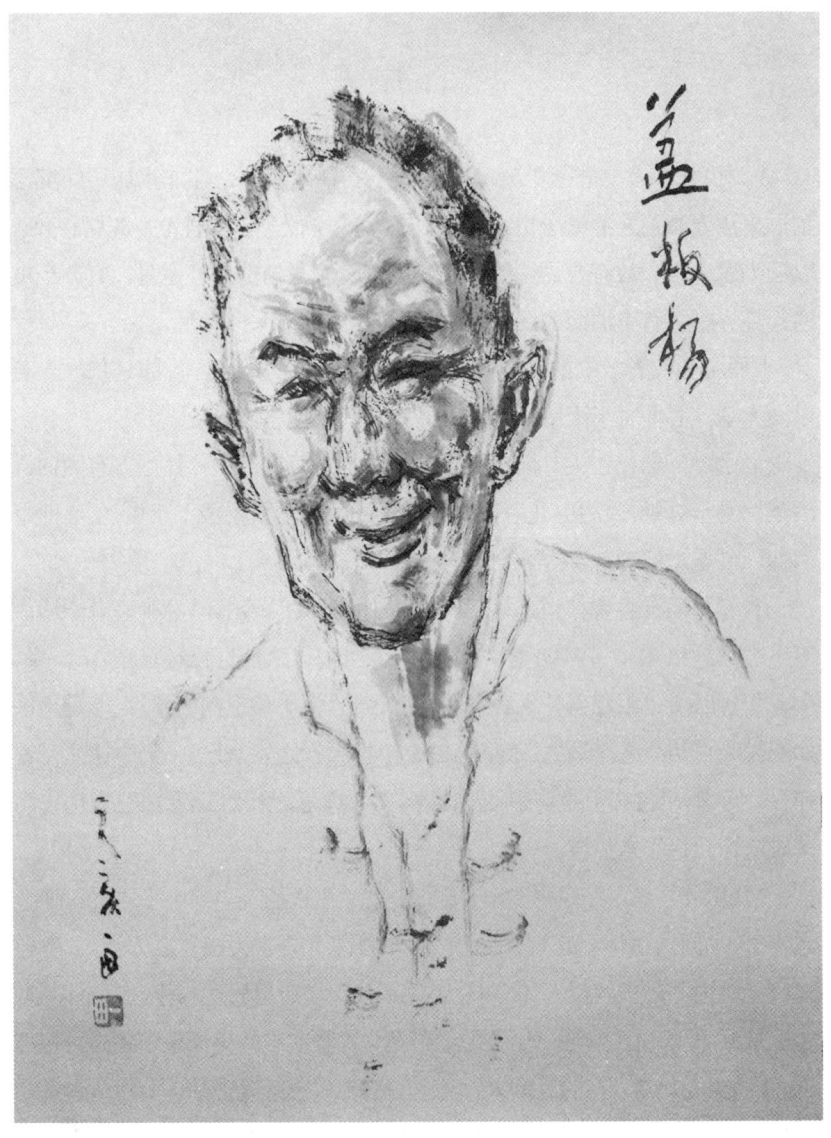

盖板杨

痴情苦恋已忘年,醉后迷惘念前缘。
青春不悔丹心在,一颦一笑似琴弦。
梦中对饮情真切,掩泪相释吐实言。
肠断借酒知为戏,清梦醒时犹缠绵。

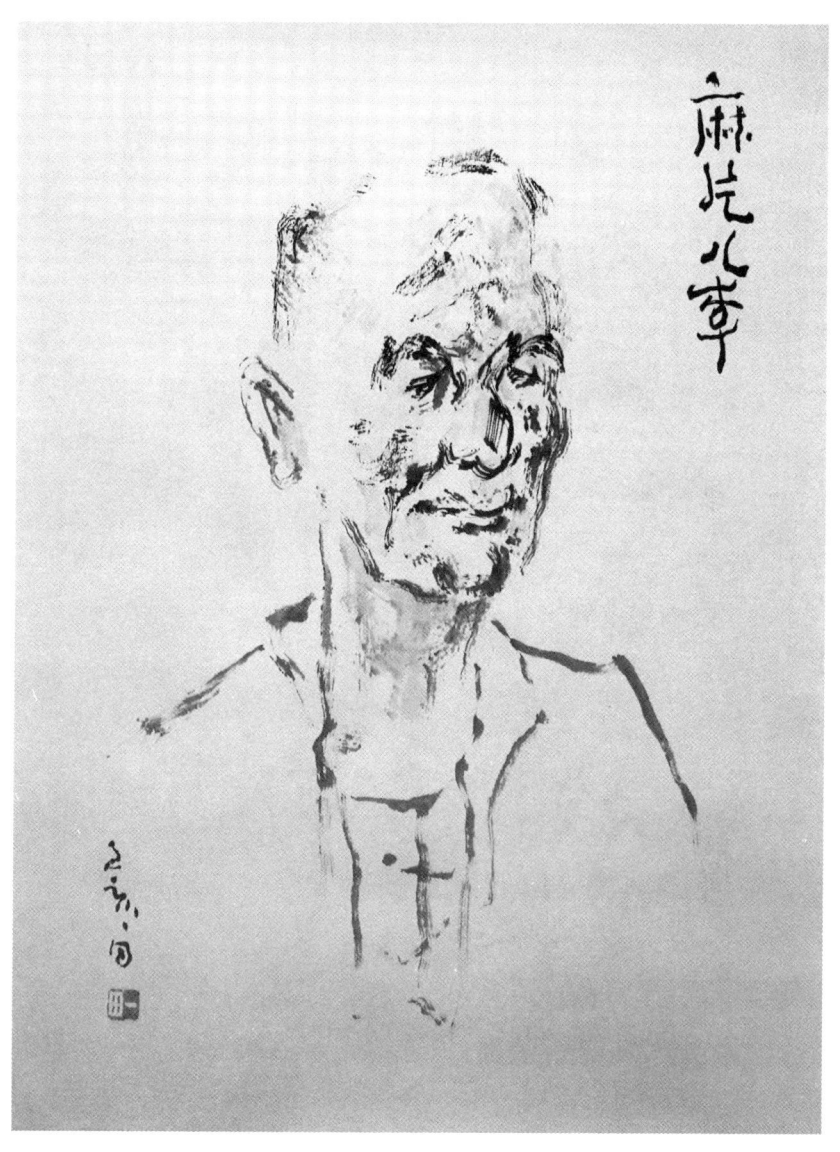

麻片儿李

平生见酒就垂涎,逞技京城气不凡。
傲慢碧眼笑店主,鏊像逼真咂汗颜。
匠心磨难犹未泯,荒村收徒绝活传。
荣辱皆忘不愧天,但求一醉赴酒泉。

| 酒虫儿 |

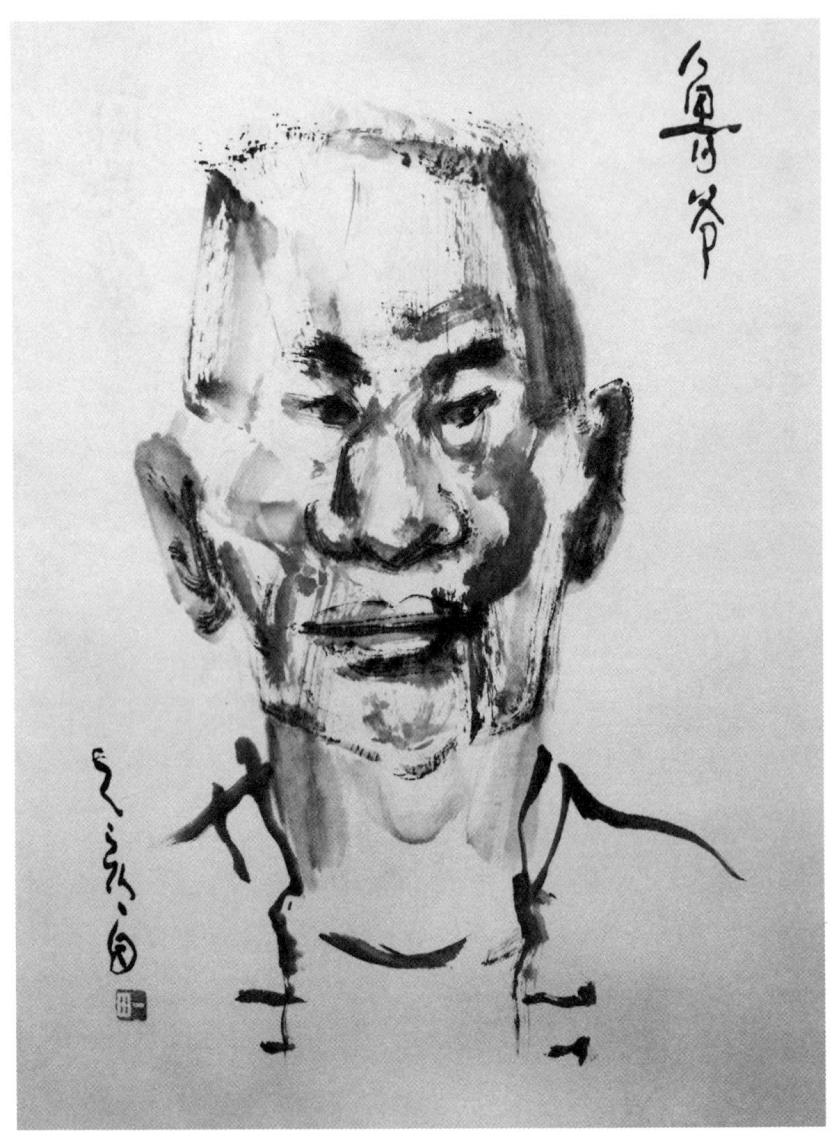

鲁爷

钣金绝技无人比，嘣钉佐酒非戏言。
不打麻药讨白酒，手术台前爷放言。
虎性一杯云中醉，龙劲半盏水下眠。
古道称己是凡夫，热肠酩酊露真颜。

詹爷

举杯犹似孟尝君,当垆舍钱客当宾。
不羡功名只恋酒,醉后敬人不失尊。
雨叩院门秋夜长,风吹古槐觅知音。
商海沉浮涛声远,旷达淡泊可求真。

| 酒虫儿 |

苏爷

热肠快言醒时少，憨态慢语醉日多。
携酒蹬车成街景，臭乳香油笑上桌。
粗茶无欲且为乐，淡饭只要有酒喝。
月照古槐胡同雨，散淡人生酒当歌。

教授

戏言教授当头衔,以假乱真成笑谈。
学府举杯戏名士,两瓶进肚不改颜。
梦随阮籍出狂语,心追东坡诗兴闲。
酒后物外何所快,醒时居然也坐禅。

| 酒虫儿 |

王景顺

悠闲把盏饮通宵,馆舍无心慰北漂。
胡同老邻渐行远,当街新楼却攀高。
夜深微雨醉初醒,自称房虫叹寂寥。
灰瓦黄菊秋色好,月映院门何人敲。

带鱼（陈岱怡）

烹鲜老来摸碗盆，厨艺堪夸长精神。
小酌端杯性情改，畅饮为快酒留痕。
秋风不醉太湖波，春雨酩酊朝阳门。
久居京城家乡远，早忘身是南方人。

| 酒虫儿 |

豆包

生者如斯鼓楼前,爆肚炒肝卷裹甜。
弹指挥间京城变,怀旧嗟叹忆少年。
快餐吃来不是味,醉后清吟胜管弦。
攒眉讨得年份酒,与君豪饮竟陶然。

画家

酒为魂魄笔生烟,泼墨纵情山水间。
白石桥畔紫竹院,昆玉河映玉泉山。
点染新雨带桃花,写意古风见牡丹。
推盏案头醉不起,梦里探春到池边。

季三

儿时开蒙识杜康,不慕钱财迷酒香。
临风古槐旧景无,湛月新竹老地方。
杯中沟壑听秋雨,酒里山川探春风。
土味小馆乾坤大,悲欢多少付一觞。

罗玉秀

百感身世何所求,寻艺柱说夕阳楼。
把酒销魂烟笼纱,相欢幻境已忘愁。
红尘淡退幸有酒,色衰痴情墙出头。
雨打梨花隐风月,日暖泥融见清流。

第一章

"盖板杨"是拎着两瓶"二锅头",来医院看鲁爷的。

鲁爷是京城有名儿的"酒虫儿",七十三了,正是"槛儿年"。几个月之前,酒进嗓子眼以后,到了胃里,他感觉有点儿不顺溜;咬咬牙,晃晃身子,把那股子辣水儿给顺下去了,但下酒菜却堵在了那儿。

疼,冒了一身汗,老牙差点儿没咬碎。儿子儿媳见状,赶紧叫车拉着他到医院。两天以后,胃镜检查,发现长了东西,再一活检化验,是癌。

老爷子不愧有"酒虫儿"的雅号,做手术前,非要喝酒,大夫怎么劝也不行,最后"破天荒"开了戒。下手术台,三分之二的胃给切下去了,但麻药的劲儿过去,鲁爷的酒瘾来了,央告儿子,把吸管插到酒瓶子里,又痛痛快快儿吸进去二两。

由打住院,鲁爷的酒没断。他给"盖板杨"打电话,要见他。

"盖板杨"问他:"能吃点儿什么?"

"大侄子,你啥也甭带,我什么也不缺。"鲁爷在电话里说,但快挂电话时,他找补一句,"方便的话,带两瓶'二锅子'就得活。"北京人嘴里的"二锅子",就是"二锅头"酒。

"得活",这是鲁爷爱说的口头语。

鲁爷,大号鲁永祥,退休前是金属结构厂的钣金工。他迄小在黑白铁铺学徒,能做一手钣金绝活儿。

早年,京城一些高大建筑上的徽标,都出自他的手。最让鲁爷露脸的是 20 世纪 50 年代,京城的"十大建筑"之一,军事博物馆上面的五星军徽的徽标,就是他和同事的杰作。

这军徽的徽标,您在下面看没有多大,但把它卸下来,放在地面上,它却有几间房那么大。这个徽标，是当年鲁爷他们用拍子，一点一点儿拍出来的。

鲁爷不到四十岁，就是厂里的八级工了。那会儿的八级工相当于工程师，有的八级工比工程师工资还高。虽然鲁爷有五个孩子，老伴儿是家庭妇女，但他喝酒从来不差钱。

鲁爷说他三岁就学会了喝酒，从学徒期满开始，顿顿不离酒，活到七十多，他喝的酒有一游泳池。当然，这未免有吹牛之嫌。

他喝酒之所以在京城有名儿，是因为"锈钉子就酒"的事儿。

京城嗜酒的老少爷儿们都知道，早年间，北京人喝酒没下酒菜的时候，一把花生米或一个松花蛋，一头蒜或一根葱，能喝下半斤八两。更有甚者，能拿生锈的钉子当下酒菜。这个段子，或者叫传说，一直流传到现在。

鲁爷住家东城，他住的那条胡同口儿有个小酒铺，店主姓季，就是"久仁居"的小老板季三的老爸。"季家酒铺"从解放前一直开到"文革"。鲁爷是那儿的常客。

二十世纪八十年代，有个记者采访"季家酒铺"的老东家。聊老北京酒铺的时候，这位季爷说起了老北京的酒腻子，拿锈钉子就酒的事儿。

记者觉得新鲜，把"锈钉子就酒"写到文章里。在报上发表以后，勾起一些老北京的回忆。但有位家是南方的老记者看了，认为这是不可能的事儿，于是写文章讥讽，说这是记者道听途说，写的假新闻。

这位记者年轻不服气，只好请季爷核实。季爷说出了鲁爷，告诉记者拿锈钉子就酒的人还在。于是记者来采访鲁爷。

鲁爷性格豪爽，听年轻记者说有人质疑把锈钉子当下酒菜，哈哈大笑，让记者出门现买了一瓶"二锅头"。

当时鲁爷还住平房，正值北京雨季，房子返潮。他从老门上，起出来一个锈迹斑斑的铁钉子，在嘴里唰了一下，吧唧吧唧，喝一口酒，接着再唰一下，再喝一口酒。如此这般，一枚锈钉子，不到半个小时，让他把那

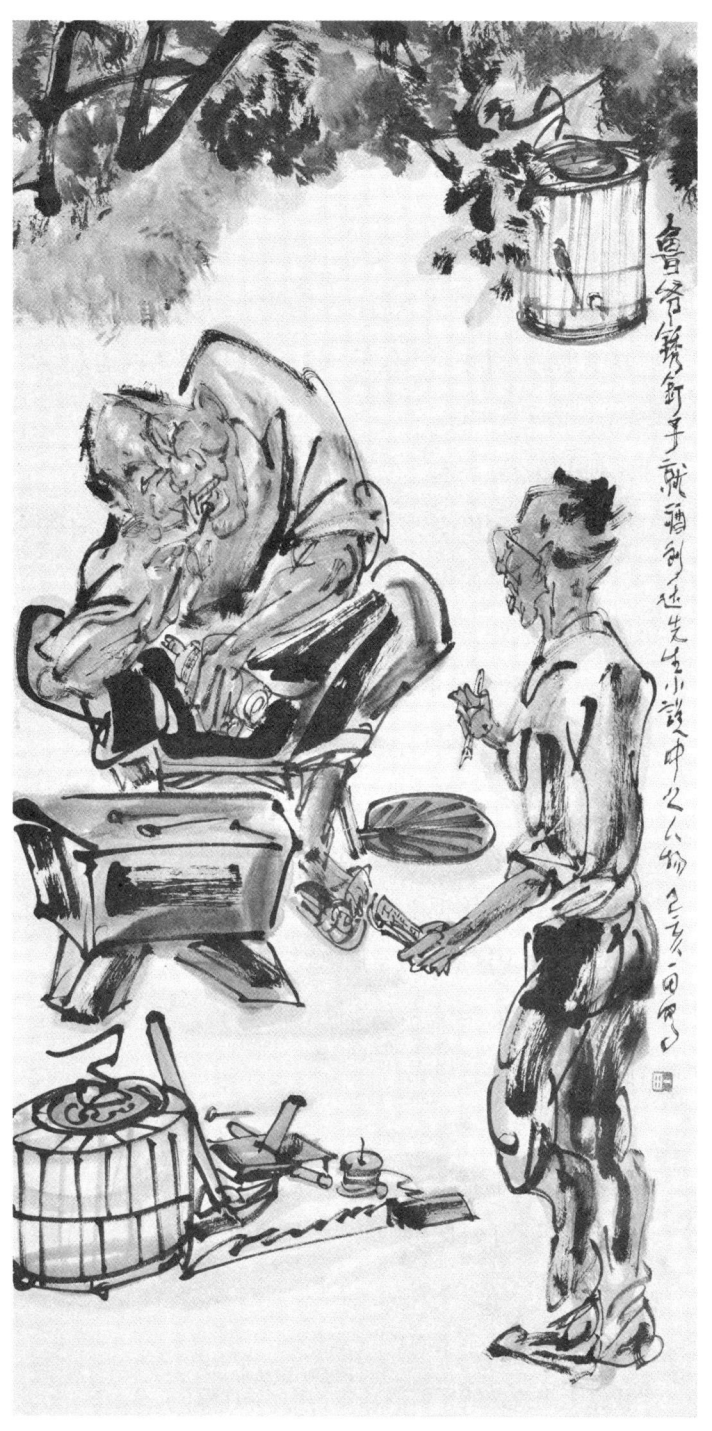

鲁爷锈钉子就酒

瓶"二锅头"给喝干了。

记者有照片为证,又写了一篇文章在报上发表,把那个老记者的嘴给堵上了,也让鲁爷出了名儿。

"盖板杨"到医院,见到鲁爷,感到吃惊。不知是精神的力量,还是他的癌症属于早期,他气血充盈,面色红润,思维敏捷,眼里有神。他心说,这哪像一个癌症病人?简直像是跑到这儿疗养,蹭吃蹭喝的。

"真不想到这儿来。大侄子,这是咱们能待着的地方吗?"鲁爷的嗓门洪亮,说话底气十足。

"您到底做没做手术呀?""盖板杨"将信将疑地问道。

病房里散发着浓浓的酒味儿,"盖板杨"感觉这儿的酒气,倒有点儿像"久仁居",那是他和鲁爷常去腻酒的小饭馆。

他看了一眼鲁爷,感觉他的五脏六腑,甚至身上的每根骨头,都让酒浸泡过,血管里流动的不是血,而是酒。所以他身上的每个汗毛孔、每根头发散发出来的都是酒气。

"手术?哈哈哈,做没做,回头你问问大夫去。"鲁爷笑道。

"瞧您身上插的这些管子,还用问谁呀?"

"可说呢,喝到这把年纪,想不到躺在这儿,不让动窝儿,还这么多管子伺候着,你说这是什么待遇吧?"

"'高干'待遇。""盖板杨"逗了他一句。

"临动手术才有意思呢。"

"怎么啦?"

"大夫不让喝酒。"

"马上就手术了,您还喝呢?""盖板杨"扑哧笑了。

"不喝酒,怎么手术呀?"

"喝醉了,还能手术呀?"

"我跟大夫说,醉了好呀,省得你们打麻药了。"

"那是一码事儿吗？"

"结果僵在这儿了，我是不喝酒，不上手术台。大夫是喝了酒，坚决不做手术。"

"那怎么办？"

"人家大夫一天做几个手术都排着队呢，排到我这儿不容易，最后，我儿子出了个馊主意。手术那天，在酒瓶子里灌上水，上面滴了两滴酒来蒙我。您想，酒这东西，你蒙得了别人，蒙得了我吗？我可是酒精考验了大半辈子的主儿。哈哈，一口，我就瞪起眼睛来了。大夫护士都候着呢，怎么办？我跟儿子说，麻利儿的，'二锅头'！大夫给拦住了，我说，这是上手术台，还是上断头台？"

"瞧您说的！"

鲁爷亮着高音大嗓："老北京，囚犯到菜市口开刀问斩，还让喝两碗'烧刀子'呢，别说一个小小的手术了！大夫说，酒后手术风险可大，如果有什么意外，后果自负。我说都活到七十三了，我还在乎死吗？秦始皇的时候，六十不死就活埋。照这么说，我还赚着十多年呢！我跟大夫说，踏踏实实做您的手术，活着出门，我给您作揖。死在手术台上，我给您磕头。"

"盖板杨"笑了，说道："死了，您怎么磕头呀？"

"大夫写了一堆医院和患者的协议，我儿子签完了字，我签。这才网开一面，让我把这手术给做喽。"鲁爷说得非常轻松，好像那个癌细胞是长在别人身上，他在聊别人的手术。

跟鲁爷住一个病房的老头，对"盖板杨"说："喝酒上手术台，也就是这位爷！给他做手术的是有名的老大夫，一般大夫谁敢开这个口子？"

鲁爷把"盖板杨"叫到身边，压低声音说："您猜怎么着，敢情这老大夫跟咱们一路。"

"也喝？"

"不喝，他能对我特殊照顾？酒友！"

"盖板杨"笑道:"人家喝,也是象征性的吧?有几个像咱们似的拿酒当饭?"

鲁爷笑了笑道:"那倒是。不过,只要是喝酒,就知道喝酒不是要命,是惜命!"

跟他住同病房的老头撇了撇嘴,哂笑道:"看您喝酒,您那不是惜命,是玩命吧?"

老头儿有六十多岁,是个退休的中学教师,得的是跟鲁爷一样的病。手术后一直在做放疗,吃不下饭,瘦得剩下一把骨头了。说话嘿喽带喘,跟鲁爷的精气神相比,简直是一个春初,一个秋后。

"我们俩都被大夫判了'死缓',跟他说三个月,跟我说半年。"他对"盖板杨"说。

"别听大夫的,您瞧这老爷子不是活得也挺欢实吗?""盖板杨"指了指鲁爷对他说。

"他是仗着酒呢!"

"您喝吗?"

"我?不瞒您说,长这么大,一根烟没抽过,一口酒也没喝过。"

鲁爷在一旁搭腔:"您说您这辈子冤不冤呀?"

"盖板杨"笑道:"也许跟您的职业有关。"

"可我不抽烟,前几年查出了肺癌;不喝酒,现在又发现了胃癌。这可倒好,肺切了一半,胃,这不又没了多一半儿。"老头苦笑了一下说。

"现在想抽想喝,来不及了吧?""盖板杨"看着这位瘦骨嶙峋的老人,嘿然一笑说。

"嘻,哪儿还喝得动酒呀?"

"盖板杨"看了他一眼,心说,保不齐明儿就见不着这老头了。

"大侄子!"鲁爷让"盖板杨"找了把椅子,坐到他床前,笑道,"电话里忘了跟你说,让你给我带两样东西来。"

"带什么呀？"

"带俩酒杯来。"

"酒杯？"

"你瞧，他们限制我喝酒，不给我备酒杯。平时，我喝酒就用这个。"鲁爷从枕头下面摸出一个玻璃药瓶。

"还带什么？""盖板杨"问道。

"我想让你帮我找个锈钉子带来。"

"锈钉子？"

"做完手术后，我一直吃流食，小米粥大夫都不让喝。喝酒得有下酒菜呀！"鲁爷咯咯笑起来。

"盖板杨"猛然想起鲁爷拿锈钉子当下酒菜的茬儿，忍不住笑了："您呀，可真是爷！"

"什么爷，到了我现在的这个时候，也是孙子了！大侄子，说归说笑归笑，大半个胃没了，癌细胞还扩散了。大夫已经给我宣判死刑了，满打满算，半年。你说我还能喝几天？"

"这……这可不好说。"鲁爷的这几句话让"盖板杨"心里发凉，一种莫名其妙的酸楚油然而生。

"所以，我一天也落不下，得见天见，不喝酒，不如让我'咔嚓'一下，痛快喽①！"

"酒是您的命嘛。""盖板杨"笑道。

"那倒是。大侄子，你信不信命运轮回这一说？"

"怎么个轮回法？"

"小时候，我们在学走路之前，整天在床上躺着；老了，我们在大限临近'走'之前，是不是也是整天在床上躺着？小时候，我们在懂事之前，一直混沌懵懂着；老了，我们在'走'之前，是不是也糊涂车子了？"

"盖板杨"点了点头说："这就是您说的轮回？"

---

① "咔嚓"一下，痛快喽：死了的意思。

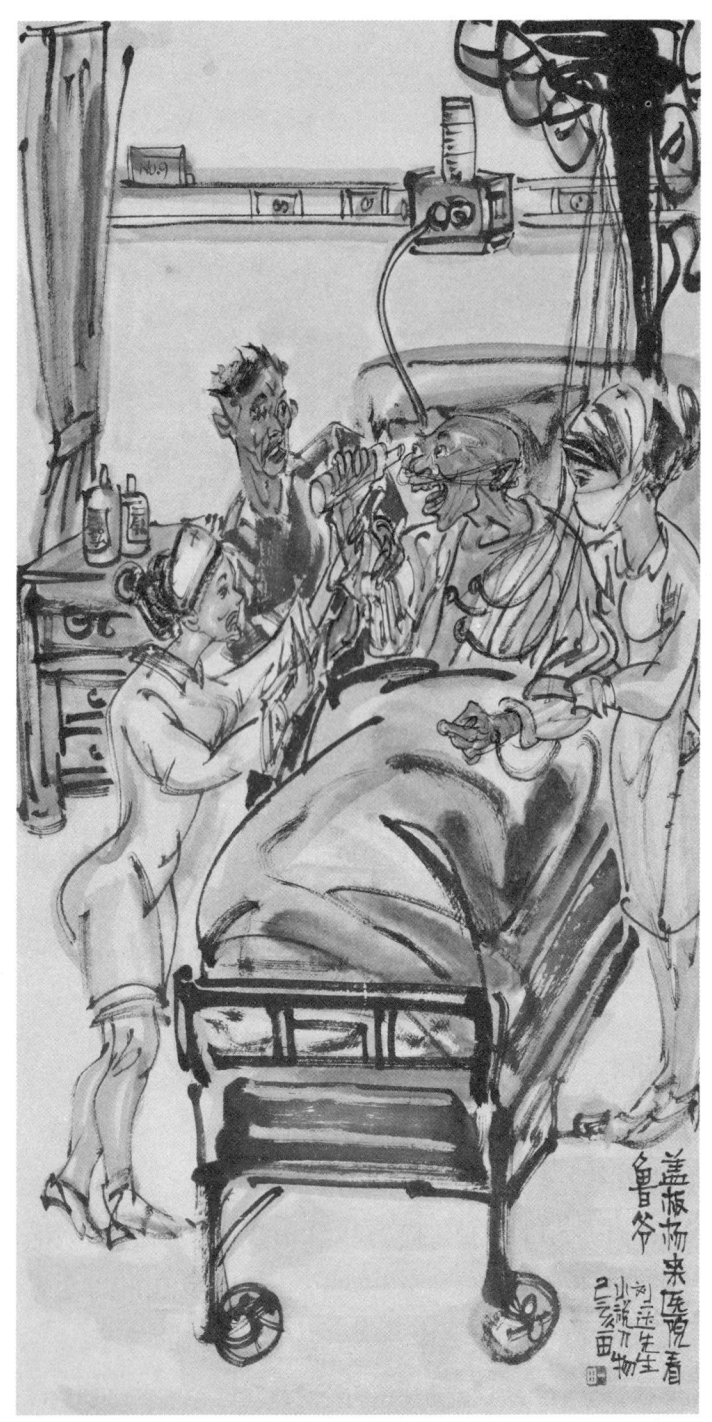

"盖板杨"来医院看鲁爷

"所以嘛，年轻那会儿，我喝酒没下酒菜，只好嘟嘟锈钉子；现在我躺在这儿，想喝酒了，还是得拿锈钉子当下酒菜，这是不是命运的轮回呀？"鲁爷径自笑起来。

"您说得是。我记着您说的，回头就给您踅摸锈钉子去！"

"我们这个酒友没白交呀！"鲁爷说着欠了欠身，举着那个小药瓶，让"盖板杨"把带来的酒打开，"大侄子，给我满上！"

"干吗？这就开喝？""盖板杨"诧异道，"我可没带下酒菜。"

"白嘴就不能喝吗？"鲁爷笑道。

"留神护士跟您急。""盖板杨"不想打开这瓶酒，尽管鲁爷一个劲儿说他离不开酒，但到这会儿了，"盖板杨"知道酒对人身体的伤害。

"护士？哈哈，护士才管不了我呢！那几个孩子跟我没的说。麻利儿把酒打开，不能让你白拿呀！"

"盖板杨"不情愿地出门，看了看楼道，楼道空无一人。他回来把酒打开，给鲁爷拿着的药瓶倒满。

"你不陪我喝一口吗？"鲁爷笑道。

"就一口！""盖板杨"把鲁爷手里的药瓶拿过来，一仰脖，都把它喝了下去。

"嗯，这才是你，'盖板杨'！"鲁爷拍了拍巴掌。

"盖板杨"又给那小药瓶倒满酒，递给鲁爷。鲁爷接过来喝了一口，眯细了眼睛，看了一眼"盖板杨"，笑道："这口酒喝出什么味道来了吗？"

"嗯，有点儿苦不唧儿的，可我没咂摸出这里的味儿呀！""盖板杨"意味深长地看着鲁爷，咂了咂嘴。

说老实话，由打接到鲁爷电话，"盖板杨"心里就开始琢磨，鲁爷找他肯定有事儿。及至见到他，虽然他一直兴致勃勃地聊喝酒，但"盖板杨"心里明白，老爷子的一只脚已经踏进了"鬼门关"；在谢幕之前找他，是不是要交代什么后事？

"你哪儿有这灵性？你的心思都在盖板儿上呢。"鲁爷拿起药瓶，啜了一口酒，笑道。

"鲁爷，不过哈哈儿，您叫我过来，绝不是为了这两瓶酒。""盖板杨"直视着鲁爷说。

"嗯，前天詹爷到我这儿来了。"鲁爷瞥了"盖板杨"一眼，换了一种语气说，"他说有个露脸的活儿，得你出山，怕你不接，特意借我的面子，跟你张这个嘴。"

"这詹爷，有什么活儿，直接跟我张嘴不结了，还用着劳您大驾吗？"

"不是那么回事儿，大侄子，如今你也是腕儿了。不差嘛的人找你做活儿，你应吗？"鲁爷笑道。

"盖板杨"看了他一眼，不言声了。

"什么活儿呢？"沉了一下，"盖板杨"问道。

"具体什么活儿，詹爷没跟我说，但是他说，这活儿跟东单的那个小白楼有关。"

"什么？小白楼？""盖板杨"顿时吃了一惊。

"嗯，小白楼！"鲁爷又重复了一句。

这句话像拿针扎了"盖板杨"一下，他诧异地盯着鲁爷问道："小白楼？小白楼什么活儿？它早已经拆了！"

"庙拆了，神还在，楼没了，魂儿还在呀！你怎么糊涂了呢？"鲁爷把药瓶里的酒干掉，又让"盖板杨"给他倒满一瓶子。

"这……这……""盖板杨"不知说什么好了。

鲁爷笑了笑说："你别这这这了，答应他怎么样？给你师叔一个面子。哈哈，我不是拿病说事儿，也许你做完这活儿，我能不能见到都不好说了。"

这话让"盖板杨"听了鼻子发酸："还有什么可说的？您都说出这话了。"

"那咱们可就君子一言了！"鲁爷伸出手来，让"盖板杨"拍了一下。

第二章

"盖板杨",大号杨正元,甭多介绍,也是拿喝酒当喝水的"酒虫儿"。不过,单看他的身量和块头儿,您绝对想象不到他的胃里能盛下一斤到二斤白酒,还得说是高度白酒。当然,他的块头儿和酒量,跟鲁爷比起来,要矮下半截。

"盖板杨"的身高刚够一米六,矮还不说,让他着了半辈子急的是瘦,吃什么都不长肉,他的小蛮腰,让想减肥的姑娘得羡慕死。

其貌不扬,又是那么瘦、那么矮的人,居然是"酒虫儿"?没见过他喝酒的人,打赌的话,百分之百得输。这也许是"盖板杨"在酒场上,最能迷惑人的地方。

他性格比较孤僻,平时沉默寡言,属于三脚踹不出一个屁来的主儿。上中学的时候,他的外号叫"焖子货"。想想吧,"焖子货"是什么样?"焖子货"还能在酒场上喝出雄风来?

"盖板杨"喝酒还有一绝,这也是他在喝酒上,唯一可以自傲的事儿,那就是喝了这么多年酒,从来没喷过[①]。他喝酒走肾,那肾称得上是不锈钢的过滤器。

有一年,北城的五个酒腻子级的"酒虫儿",找他"磕酒"。"磕"是北京土话,没事找事儿,叫"找磕儿";主动挑衅,叫"叫磕呗儿";约人斗殴,叫"磕架"。

那些年,京城流行"磕杵儿",所谓"杵儿",就是出头拔尖儿的意思,北京人也叫"拔创"。

您想"拔创",说自己两手能举起二百斤,得,您不是能耐吗?马上有人过来叫板,他能举起二百五十斤;您说您一顿能吃三十个包子,好,

---

① 喷过:醉酒后呕吐。

| 酒虫儿 |

先别逗能,立马儿有人说,他能吃四十个,不信就试试;您说你一口气能喝一桶水,麻烦了,有人找上门来,他能喝两桶,看谁的能耐大!

也不知是谁,传出"盖板杨"一次能喝二瓶"二锅头"。北城的"酒虫儿"听了,心里不服气,于是派人到东城打听"盖板杨"。

这人一见了"盖板杨",鼻子差点儿没给气歪了。就"盖板杨"的五脊六兽的个儿,能喝两斤"二锅头"?他也真敢开牙!

偏偏有好事的从中"拴对儿"。北城的"酒虫儿"坐不住了,他们攒了五个酒腻子级别的"酒虫儿",设了一个局,跟"盖板杨"叫了"碴呗儿",京城酒界也管这叫碴酒。

"盖板杨"不是爱张扬的人,但哑巴吃饺子,心里有数。接到"挑战书",这个"焖子货"不能再"焖"了,他知道北城的"酒虫儿"等于把他架火山口上了。去吧,不知对方水有多深,把自己"淹浸"了。不去吧,给东城的"酒虫儿"跌份儿。最后,在鲁爷的撺掇下,他赴了这次酒局。

那次酒局,喝得真可谓壮烈,四箱"二锅头"喝到最后就剩下空瓶子了。对方五个人轮番上阵,"盖板杨"等于一人对五个"酒虫儿"。喝了多少酒,他自己都不知道了,在床上躺了五天才缓过来。

鲁爷一直在他旁边助阵,后来他问鲁爷喝了多少瓶,鲁爷伸出四个手指头。乖乖,四瓶高度白酒!多亏在开喝前,鲁爷偷着让他吃了两个馒头垫底儿;否则,那天"盖板杨"真有可能"壮烈"了。

跟他对喝的五个人,当场都喝喷了,醉卧沙场。"盖板杨"喝到最后,依然面不改色,没说酒话,关键是一直没吐。这次"碴酒",让"盖板杨"露了大脸,连鲁爷都对他刮目相看了。

"盖板杨"的岁数比鲁爷小一轮,按酒场排序,他跟鲁爷是同辈。但鲁爷跟"盖板杨"的师傅"麻片儿李"李义山是把兄弟,所以他管鲁爷叫师叔,鲁爷管他叫大侄子。

说起来"盖板杨"也是六十开外的人了,但他并不把自己归到老人堆里,

"盖板杨"与北城五个"酒虫儿"斗酒

他细瘦的身材，多年未变。也许是因为从没结过婚，没有家室拖累，也无养儿养女的烦恼，所以他的模样这些年也没多大变化。他是属于四十岁看上去像六十岁，六十岁看上去像四十岁的那种人。

"盖板杨"显年轻的原因，是脑袋上的毛儿不但浓密，而且没几根白的。别人说他少相的时候，他常常会把这归结到那个"酒"字。

"瞧见没，这就是喝酒带来的好处。"那神情就好像他拿了酒厂多少广告费似的。

但他这岁数的人禁不住细看，第一眼看，他四十多岁；第二眼看，他五十多岁；再多几眼，就原形毕露了。因为常年喝酒，他的脸色发黯，本来就小眼抹（读吗）撒的，又让酒气熏了几十年，这双眼睛已变得黯淡无光。眼皮松弛，眼窝也往里眍了，双眸深邃无神，并被两个眼袋坠得已然失去了光泽。

酒桌上的他，还是那么老成持重。但几两酒下肚，他便会变得沉闷，甚至目光有些呆滞迟缓，像是若有所思，又像是陶醉于酒，给人以置身于外、游离于人的感觉。

不过，"盖板杨"只要不喝酒，进入匠人的角色，就不是"焖子货"。那又是另外一种神情了，其状态跟喝酒时判若两人。

杨正元之所以叫"盖板杨"，肯定有典故。这个绰号是怎么来的呢？要弄清这个，您首先得了解什么叫盖板儿。要说清楚盖板儿，您得知道京城玩鸟的主儿。

京城的玩主，跟其他地方的玩主有所不同，玩什么都讲究要玩到极致，这也许是长年在皇上眼皮子底下生活的缘故。

拿玩鸟儿来说吧，真正的玩主不是玩"百灵""画眉""黄雀"这样的"武鸟"，而是玩"红子""靛颏"这样的"文鸟"。

"文鸟"不文，野性十足，但越难伺候的鸟儿，越难调驯的鸟儿，北京人越爱玩。因为这才能显出您玩的本事，当然也能显出您的身份。容易养的鸟儿，是个人都能玩，那还叫玩主吗？

玩"红子""靛颏"这样的鸟儿，得从"雏儿"开始驯化，最后能保证它叫出的音儿正，不能带出一丁点脏口儿。

跟人一样，鸟儿一旦荣华富贵了，首先得有好的宅子，鸟儿的宅子就是鸟笼子。京城玩鸟的主儿对鸟笼子的讲究，可以用登峰造极来形容。

玩鸟儿的主儿离不开鸟笼子，鸟笼子有"北派"和"南派"之分。"北派"是圆形的鸟笼子，以天津为代表。"南派"的鸟笼子以方形为主，以苏州为代表。

北方的好笼子出自天津，据说当年宫里"造办处"的把式，从宫里出来，奔了天津，当然也把玩意儿带到了天津。河北涿州也有几位做鸟笼子的名家，但没法跟天津的名家比。做盖板儿的得说京城，天津、河北也有高手，但跟北京的没法比。

一个鸟笼子，从底板儿、条子、拉门儿、抓杠、鸟食罐儿，到盖板儿、抓钩等等，无一不含着种种的讲究和说法。所用的材料有竹材、瘿木、象牙、玉、金、银、铜等。

当然，同样是一个鸟笼子，得分谁做的。普通的笼子，也许几十块钱、几百块钱就能买到一个可心的。而出自名家之手的，您得照着几千甚至几万往外掏银子。

如果条子的材质是小叶紫檀，成色地道，又是宫里"造办处"的工，经过有名望之人的把玩，这个笼子不是"文玩"，得是"文物"了。

您想要？上拍卖会，掏一二百万抢拍到手，算您捡了"大漏儿"。鸟儿住的"宅子"，比人住的宅子都贵？哎，人住的宅子有的是，鸟儿住的这种"宅子"就这么一个！什么叫"物以稀为贵"呀？

鸟儿吃饭喝水的家伙儿叫鸟食罐儿，讲究的一个笼子，要具备"满堂"，即"四罐一抹儿"。同样是"四罐一抹儿"，宫里的"官窑"，价值几百万，普通的也许只用几十块钱。

像人住的豪宅一样，鸟笼子的每个部位都是"上讲儿"的。单说笼子的盖板儿，鸟笼子的盖板儿并不是笼子可有可无的配搭儿，它既是"房子"的屋顶，又是一件装饰物件。鸟笼子上不上档次，玩鸟儿的主儿有没有范儿，全在这盖板儿上。

从这个意思上说，盖板儿又是鸟笼子显鼻子显眼的装饰物。自然，装饰物讲究的是工艺，如同天坛祈年殿的穹拱，但祈年殿穹拱的艺术装饰，您是从殿内往上看来欣赏的。鸟笼子的盖板儿，您是能拿在手里直观的。

鸟笼子的盖板儿以铜制为主，铜分青铜（紫铜）、黄铜，工分"胎儿工"和"錾工"。"胎儿"，北京人会念成"摊儿"，它是事先做好"胎儿"，也就是"模子"来压制的，做出的活儿规矩，工整。

"錾工"，则是用錾子等工具，在铜片上，根据设计的图样，用手一点一点儿地錾出来。显然，"錾活儿"要比"胎活儿"吃功夫。

"胎活儿"一般是匠气十足的大路货，一个铜制的盖板儿，撑死了也就是几十块钱。但如果是"錾活儿"，那价码可就是无底洞了。錾工的工艺有胶丝、浮雕、镂雕、圆雕、两面雕、浅刻、镶嵌、錾金、鎏金等。当然，"錾工"也得看是谁的活儿。

当然，京城玩盖板儿和做盖板儿的辉煌时代已经过去，上了玩主们的"收藏谱"。在圈里留名的几位大家已然作古，但人死了，玩意儿还在，遗风还在。眼下，京城能叫得响的"錾活儿"名家，首推"盖板杨"了。您如果有"盖板杨"的盖板儿，等于手里攥着至少两万块钱。

一个鸟笼子上的盖板儿值两万块钱？您还别嘬舌头，别说两万，出四万块钱您买一件"盖板杨"的玩意儿，您还真淘换不到。还是那句话，什么叫"物以稀为贵"呀？

当然，京城玩鸟笼子的主儿，绝对不会稀松二五眼。他们知道谁的活儿是"匠心"，谁的活儿是"匠气"。"匠心"和"匠气"，您别看就一字之差，艺术品位上却差着十万八千里。"盖板杨"没有点绝活儿，绝对入不了京城玩主的法眼。

"錾活儿"虽说是用手錾,但一般干活儿的工匠要先设计好图样,然后再"移"到铜片儿上。在铜片上錾刻打磨,图样通常是"梅兰竹菊""福禄寿喜""龙凤呈祥""八仙过海"之类的。

"盖板杨"的绝活儿是不重复传统套路,也不事先画图设计,也不先打好小样儿,而是即兴发挥,即古人谈论绘画妙手时所说的"遗貌取神"。所有的图样都在他脑子里,像一个画家,随性泼墨。他可以根据当时的灵感,比如今天下雪,他可以錾出一个"程门立雪"或"三顾茅庐"图。今天喝了酒,高兴,他可以錾出"竹林七贤"或"李白举杯邀明月"图。他乘兴把大致图錾出来,然后再一点一点地用他特制的工具精雕细琢,直到自己满意为止。

跟一般的工匠不一样,他把自己的每件活儿,都看成是一件艺术作品,而且信奉慢工出细活的真理,绝对不着急,一丝不苟。

有一年,搞外贸的詹爷让他錾一个跟祝寿有关的盖板儿。原来他的朋友林杰的老父亲喜欢玩鸟儿,过八十八"米寿"。詹爷跟"盖板杨"是"久仁居"的酒友,关系莫逆,想让他做一个盖板儿送老爷子当寿礼。找到"盖板杨",提出做一个《五福捧寿图》。

"盖板杨"听后,想了想说:"《五福捧寿图》题材太俗气,我给你錾一个《孙猴儿大闹蟠桃会》吧,孙猴儿把王母娘娘的蟠桃偷来,献给他老父亲多好呀!"

詹爷听后,觉得这个主意不错:"得,就照您说的做吧。"

"盖板杨"对詹爷说:"我的活儿慢,您告诉他可不能急。"

"得,我知道您活儿细,不急。"詹爷出于客情儿,说出的这句话。您想给人家祝寿的礼,有日子管着呢,他能不急吗?

"那您听我话儿吧。""盖板杨"说。

詹爷没想到这一听话儿,"听"了一年多才得着。等到"盖板杨"把那个《孙猴儿大闹蟠桃会》的盖板儿给他时,林杰的老父亲已然去了八宝山。过了"米寿"不到半年,老爷子突发心脏病"走"了。到了儿,也没见到"孙猴儿从蟠桃会偷的蟠桃"。

詹爷领教了"盖板杨"的慢工,但他并没埋怨"盖板杨",因为他拿出来的活儿确实是精品。人物栩栩如生,每根头发丝儿都那么分明。这个盖板儿,他给了林杰,林杰在手里没捂热,就被一个朋友掏两万块钱买走了。而詹爷从"盖板杨"那儿,是两千块钱拿的。

"盖板杨"的活儿慢,一是活儿细;二是他本来就是慢性子。当然,还有一个很重要的原因,是他的酒瘾造成的。

他干一切事儿,都听酒指挥,酒可以让他产生激情和艺术灵感,酒也会让他产生失意和意志的消沉。一旦受这种酒意支配,他便会在困顿中变得慵懒,自然,也就无心去摸錾子和刻刀了。

京城玩鸟笼子的都知道"盖板杨"是"酒虫儿"。说到他的时候,必然会说到酒,好像他是酒的代名词。找他錾活儿,拎着好酒比拿着钱管用。

说来也怪,酒成全了"盖板杨",也毁了"盖板杨"。酒让他錾出来的盖板儿有诗情画意,精美绝伦;酒也让他一件活儿能做两三年,作品很少;酒让他活得逍遥自在,每天乐哉乐哉;酒也让他六十好几了,依然孤独一人,生活经常处于无序状态。

说起来,"盖板杨"的专业是花丝镶嵌,錾鸟笼子的盖板儿属于"业余爱好"。世界上的事儿有时就是这样造化弄人,某个专业您可能干一辈子,末了儿也未准有什么作为;相反,您不经意干的某件事,却偏偏让您扬腕儿。这不能说是歪打正着,只能说是"有心栽花花不发,无意插柳柳成荫"。

第三章

人的身份是随着名气一起往上拔高的。这些年"盖板杨"的名气，随着他的绝活儿被玩主们的认可，越来越响。

有了名儿，自然身价也看涨，一般人找"盖板杨"订活儿，他已然不接。朋友找他，他也要看远近亲疏，酌情对待，让人家慢慢候着去了。如果"盖板杨"的"活儿"不是这么金贵，鲁爷不会在病中舍脸，特地把他请到医院来。

鲁爷性情直率，跟"盖板杨"不玩弯弯儿绕，直截了当地说出了小白楼。至于说为什么要他接小白楼的活儿，鲁爷让"盖板杨"去找詹爷，因为这是詹爷私下揽的活儿。

在说小白楼的时候，鲁爷意味深长地凝视着"盖板杨"，多余的话没说。但"盖板杨"已经从他的眼神里，看出他多少知道自己跟小白楼的关系。

小白楼是"盖板杨"心里抹不去的影子，而且他一生的命运，都跟这小白楼有关。唉，这里的故事又有多少人知道呢？"盖板杨"想起这些，心里就隐隐发痛。

其实这座小白楼，早在几年前就拆了。拆迁之前，"盖板杨"隔三岔五便跑过去，跟即将消逝的建筑相面。

这座小楼的每块石头，每个门窗，甚至每个砖缝儿都印在他脑子里了。当然印在他心里的，是住在小白楼里的那个姑娘汪小凤。

小白楼实在太结实了，牢固程度如同小白楼的主人在"盖板杨"脑子里的印象。拆楼的工人费了大劲，铲车和推土机愣没撼动它，末了儿，只好动了炸药。为拆一个三层小楼采取爆破技术，这在京城的拆迁中很少见。

当然，爆炸采取的是消声技术。拆楼的时候，"盖板杨"特地跑过去，

|酒虫儿|

考验自己的心脏。听到轰的一声巨响，小白楼在轰然倒塌的那一瞬间，他忍不住热泪盈眶。

这座小白楼在东单附近的胡同里，它之所以在东城有名儿，一是它的设计独特。小白楼的真正主人，是当年协和医院的外科医生德国人莫克林。

莫克林的医术高明，是洛克菲勒专门把他从德国特聘到协和医院的，当然待遇也很高。莫克林很有钱，也爱折腾，在东城买了一个四合院，把夫人从德国接到了北京。

他的夫人谱儿大，是慕尼黑有名的庄园主的女儿。来北京后，经常思念在德国住的小楼，平时难免要念秧儿，于是莫克林动了盖楼的念头。

民国初年的京城，国门洞开，兴起了崇洋之风，吃的穿的用的以洋货为尊，住房也不例外。东单的南边不远，就是东交民巷使馆区，西边是王府井商业街，所以，一些留洋回来的大宅门少爷，还有在北京做事的外国人，或建或改，纷纷盖起了小洋楼。这些小洋楼现在在东单的胡同里，依然可以见到。

这种崇洋之风让莫克林脑洞大开，为了满足夫人的要求，他从德国请来了设计师，参照夫人在德国老宅的样式，设计出图纸。又从德国请来工匠，把四合院拆平，在原地盖起了这座小白楼。

这座小白楼有三层高，既有欧洲中世纪巴洛克风格，又有后期洛可可的格调。小楼的基座是一水的花岗岩石头，外立面是从德国进口的白色马赛克瓷片。德国人干活精细，小楼盖得典雅精致，白色的外墙在周围灰砖灰瓦的平房中，显鼻子显眼。

另一个让小白楼出名儿的原因，是它闹过"鬼"。虽然它不是老北京的"四大凶宅"，但也"凶"得邪性。"盖板杨"小的时候，就听老人念叨过，小白楼前后两个楼主都碰上了"鬼"，不明不白地死了。

"盖板杨"住的胡同，离小白楼有两站地。他接触这个小楼的时候，楼主已然换了两拨儿，当时的主人是国家某部的局长汪本基。

局长，当时在胡同里的人看来，已经是不得了的大官了。按那会儿的待遇，局长上下班有专车接送。别的不说，就有专用汽车这一条，您说这官儿小得了吗？要知道，那会儿北京的一般平民百姓，家里连辆自行车都没有。

汪本基的风度倒也像个大官，他长得身材修长，五官端正，浓眉大眼，谈吐不凡，身上有股子帅劲儿。汪本基是上海滩的"富二代"。他父亲解放前是上海有名的富商，手底下有贸易、船业、粮油、丝绸等十多个大公司。

尽管汪本基从小养尊处优，但他念高中时，接触了上海的中共地下党，革命让他身上基本看不出有公子哥的做派，后来考上了北京大学。在北大念书的时候，他是中共北平地下党城工部的骨干。

他本来是想加入中共的，但当时中共北平地下党的领导认为，他的家庭背景比较特殊，适合做统战工作，所以让他留在了党外。他也确实为北平的和平解放做了许多工作，正因为如此，北平解放后，他进了政务院的部委当了局级领导；同时还作为无党派民主人士，进了政协。

局长，属于"高干"，在一般人看来，局长多少得有点儿架子，何况汪本基又是富商的儿子。但在"盖板杨"的印象里，他非常谦和，言谈举止一点儿不像官儿。

也不知道怎么搞的，"盖板杨"第一次到汪本基家，见到他时，一直以为他是唱戏的，也许是因为汪本基长得帅吧？

汪本基算是一个文化人，喜欢戏曲、音乐，也爱好书画和古董收藏，更喜欢吃喝，烹饪。

汪家当时雇着保姆和厨师。厨师是汪本基特意从上海高薪请过来的。他的朋友多，每到星期天，家里总要摆席设宴，请戏曲界、音乐界、书画界的名流到家里，品尝淮扬菜和上海本帮的肴馔。

席间，大家兴之所至，还要唱两口儿"皮黄"，或者勾几笔丹青。热闹劲儿有点儿像老北京的堂会。当时的小白楼，成了名流雅集之所。

"盖板杨"父亲老杨是中学教师，教过汪本基的大女儿汪小曼。他的老同学画家钱大悲，是汪本基的朋友。因为这层关系，老杨和钱大悲带着"盖板杨"，参加了汪家的星期天聚会。

这是"盖板杨"第一次进小白楼。当时他十五岁，正上初中二年级，身高只有一米五几，小鼻子小眼小脑袋瓜，身上的零部件也透着小巧玲珑。可别看他长得不起眼儿，但他画的画儿在北京的中学里已经小有名气了。

"盖板杨"他妈怀他的时候，闹了一场大病，他生下来只有四斤多，像个小猫儿，连医院接生的大夫都怀疑他能不能活下来。他妈甚至都想把他放弃了，因为在他之前，两个男孩都因难产而生下来就夭折了。正因为如此，老杨舍不得抛弃这个孩子。老杨有两个女儿，就想有个男孩儿。

"盖板杨"命大，在医院的"暖箱"里待了两个多月，奇迹般的活了下来。

孩提时代的"盖板杨"就瘦小枯干，看上去永远给人营养不良的感觉。其实他并不亏嘴，家里好吃好喝，老杨夫妇都先尽着这个儿子吃。只是他吃得再好，变不成身上的肉。

"盖板杨"很小便显露出艺术天赋。他在上小学时，画过整本的小人书。尽管是临摹，但也有一些是自己的艺术想象。

老杨在中学是教语文的，但也喜欢绘画，看到儿子对画儿这么痴迷，便给他找了位老师。

老师是张大千的弟子，水平自不必说。但教了他一年，就对老杨说，这孩子画儿悟性忒高，我实在教不了他了。人家说出这话，老杨只好作罢。

"盖板杨"临摹的天赋极高，他画的戏票、电影票、公交月票，甚至当时的粮票，都能以假乱真。老杨胆儿小了，怕他惹事儿，不得不对他"约法三章"，限制他不能再画这类"作品"。

他上初一的时候，老杨把他临摹的一幅王雪涛的花鸟儿和一幅刘继卣的虎，送给了一位朋友。没承想这位朋友以为这两幅画儿是真迹，装裱好，拿到荣宝斋，居然让年轻的营业员打了眼，把这两幅画挂了出去。

后来，这事儿被"盖板杨"发现，告诉了父亲。老杨为人谨慎，生怕会引起麻烦，又不敢跟画店吐露实情，只好自己掏腰包，把这两幅"真迹"买了下来。

"盖板杨"在上中学的时候，因为平时不爱说话，比较蔫儿，被同学起了"焖子货"的外号。可谁能想到这个"焖子货"这么有才呢？

其实，在"盖板杨"第一次进小白楼之前，汪本基已经从画家钱大悲嘴里，知道他是个很有才的小画家了。老杨之所以带"盖板杨"见汪本基，也有点儿"攀高枝"的隐情。

老杨只有"盖板杨"这一个儿子，当爹的谁没有望子成龙的奢望？但什么年头儿都一样，平民百姓没枝没蔓儿，想出人头地很难。遇上高人，说句话，胜过你扑腾一辈子的努力。

在老杨教过的学生里，汪小曼的父亲官儿最大。他曾借家访的机会，见过汪本基和汪太太，看出他们比较温和厚道。既然儿子有这么高的艺术天赋，他想借汪本基的关系，让自己的儿子出息一下。

"盖板杨"哪知道父亲的良苦用心？在胡同平房长大的孩子，进到这座小洋楼房，自然感到什么都新鲜。因为以前看到的只是楼的外形，所以进来之后，他特别想看看楼里的装饰。趁大人们寒暄聊天的工夫，自己蔫不出溜地上了楼。

小白楼内部造型完全按巴洛克的风格设计的，包括楼梯、灯饰和彩色玻璃，其原材料都是当初莫克林从德国运过来的。这种带着洋味儿的独特建筑风格，尤其是造型各异的楼梯栏杆和楼顶华丽的吊灯，让"盖板杨"感到非常新奇。

德国人做工精细，讲究质量。虽然小楼更换了几拨儿主人，盖起来也有半个多世纪了，但内部结构和装饰仍完好如初，楼道挂着几幅油画和中国山水画儿。小楼的顶层是两个独立的房间，房门的欧式造型也让"盖板杨"觉得新鲜。

他看着看着，蓦然发现在二楼对着楼梯的位置有一个玄关，上方是一个用纯金錾刻的浮雕头像。这是一个留着大胡子的外国人，穿着皇家有爵位的礼服，器宇轩昂，威风凛凛。

头像的錾工极其精细，连胡须和头发丝都看得清清楚楚。"盖板杨"印象极深的是头像錾得非常逼真，可以说人物栩栩如生，尤其是他的眼神，目光炯炯。虽然是侧着脸的，但"盖板杨"在跟头像对视时，总觉得这个老外的眼睛一直在凝视着他。让他感到惶然的是，他走到哪儿，回过头去看，都好像老头在注视着他，脸上流露出的是含蓄深沉、似笑非笑的表情。

他试了几次，想摆脱开老头的视线，但都无济于事。老头的目光一直在追着他，弄得他浑身上下不自在。出于艺术的本能，他当时真想把这头像给临摹下来，但想到自己是来小白楼做客的，便不得不放下了这个念头。又多看了头像一会儿，争取把这头像"印"在自己的脑子里。

这老外是谁呢？从装束上看，肯定不是现代的人。怎这么活灵活现？谁錾雕的呢？一定也是外国人了。"盖板杨"对这幅浮雕头像不由得浮想联翩。

他不错眼珠地盯着这幅头像，外国老头儿的眉眼深深地印在了他的脑子里。看到最后，那老头像是从金板上走出来，蔼然地对他微笑，他竟然忘了身处何处，情不自禁地踮起脚，想伸出右手去摸摸他的脸。正在这时，突然身后传来脚步声，随后是一声惊讶："哎，小家伙儿想干吗？留神摔着。"

"盖板杨"吃了一惊，急忙回身，一看，原来是汪本基的夫人。

她有五十岁左右，身材不高，长得富态，圆脸大眼，气质雍容，穿着紧身的旗袍，一看便知是大宅门里出来的。

"我想……看看。""盖板杨"用错愕的眼神看着她说，一时不知说什么好了。

"这是真人的头像你知道吗？"汪太太并没嗔怪"盖板杨"，面带微笑地对他说，"摸它，留神烫手，千万别有这念头！"

"盖板杨"第一次见到头像

| 酒虫儿 |

"噢。""盖板杨"赶紧看了看自己的手,好像真被烫了似的。其实,那头像挂的地方很高,他根本够不着。

他看着汪太太,面带羞涩地点了点头,心里纳闷:为什么它会烫手呢?他刚才看头像的时候,并没觉得它会发热呀?

"你就是那个小画家吧?"汪太太打量着他笑着问道。

"嗯。""盖板杨"有些腼腆地笑了笑。

汪太太用手摸了摸他的脑袋瓜儿,温和地笑道:"他们正在说你呢,去吧,下楼让大伙见见你。"

"嗯。""盖板杨"冲汪太太点了点头,转身又看了一眼那个头像,恋恋不舍地下了楼。

在一楼的客厅,老杨正拿着两幅画儿,饶有兴致地让汪本基和聚会的朋友鉴赏。这两幅画儿,一幅是王雪涛的花鸟,一幅是刘继卣的虎。汪本基和在场的几位画家,都以为是真迹,对两位画家的画风表示赞赏。

其实,这是"盖板杨"临摹的,被老杨的朋友拿到荣宝斋,以假乱真挂笔单的那两幅画儿。老杨怕惹事儿,从荣宝斋买回来,一直没敢往外露,今儿是讨好汪本基,特地拿到小白楼来显摆。

"哦?"老杨没想到儿子临摹的画儿,居然让汪本基也看走了眼,心里不由得打起卦来[①]。他不敢隐瞒实情,只好说出实底儿:"不才冒昧了!实不相瞒,这两幅画儿是家中犬子临摹的拙作。"为了显示自己有国学底子,他特意用了两句文言。

"啊,这是你儿子临摹的?"众人不由得唏嘘,陡然惊叹。

"这小家伙儿真是难得的艺术人才呀!嗯,了不得,了不得!"汪本基拿起画儿,又仔细地看了一遍,啧啧赞叹道。

"是呀,天才呀!"众人纷纷捧喝道。

听到这样的赞许,老杨乐得合不拢嘴了。他对大家拱手道:"承蒙各位前辈的褒奖,犬子虽有雕虫小技,尚年少无知,若有大的发展,还要仰

---

① 打起卦来:打卦,老北京土话,即遇到意想不到的事,心里盘算,不知如何是好的意思。

仗各位前辈多多提携呀！"

"你儿子呢？"汪本基爱才，一定要见见"盖板杨"。

正这工夫，"盖板杨"下楼了，老杨把他拉到汪本基面前："快叫汪伯伯。"

"汪伯伯好！""盖板杨"仰起脸来看着汪本基，问了一声好。

"杨老师教子有方嘛，孩子多有出息呀！"汪本基把"盖板杨"夸奖了一番。

"承蒙您抬爱！"老杨对汪本基微微一笑，诺诺道。

"画得这么好，你是跟谁学的？"汪本基拍了拍"盖板杨"的肩膀，随口问了他几个问题。但此时"盖板杨"的脑子里还转悠着那个头像，汪本基说的话，他并没听进去，多亏老杨在一旁支应着，他才没露怯。

"这孩子脑子里想的就是画儿，平时就不爱说话。"老杨对汪本基解释道。

"这孩子是有些杵窝子，搞艺术的人都是这样，不是痴就是癫，很正常。"画家钱大悲也替"盖板杨"打了个圆场。

"'神童'！嗯，看他画的画儿，很有艺术天赋，是个可塑之才！"汪本基笑着对老杨说。

看得出来汪本基挺喜欢"盖板杨"，在开饭之前，他特地让保姆杜婶，拿了一盒进口的高级巧克力奶糖送给他。当时，虽然三年困难时期已过，但买奶糖还得要票儿，而且很贵，胡同里的孩子难得一见，更甭说吃了。

"汪先生够有面子的，别忘了，他可是'高干'呀。"事后，画家钱大悲对老杨说。

人在生命旅途中，也许很偶然的一步路，就会改变命运的轨迹。当然，当局者迷，有些人在迈出这一步时，还意识不到未来的发展。杨家父子这次到小白楼来，表面看是小门小户的人，进大宅门里开了开眼，其实这次来，却改变了"盖板杨"的后来的命运。

没错儿，汪本基给"盖板杨"留下了慈善仁厚的印象，但让他刻骨铭心的是后来发生的故事。

第四章

多少年以后,"盖板杨"都没忘小白楼的那个金板头像。头像让他产生过许多奇思妙想,却一直没有答案。

那天,小白楼的聚会,席面儿非常丰盛。汪本基特意让厨师烹了几道大伙儿平时吃不到的菜肴,一道是红烧河豚,这是汪本基的老朋友开车从江南给他拉过来的。

"盖板杨"小的时候,北京的菜市场和合作社(当时的副食店),贴着许多彩色挂图。上面是各种野生河豚的图片,标明河豚有剧毒,吃了就会死人。但河豚味道鲜美,吊人胃口,那会儿,每年都有人吃河豚而送命。

当然,野生河豚虽有剧毒,但高手厨师自有处理它的办法。小白楼的厨师便是烹制河豚的高手,所以汪先生特地让大家一起分享这道美味佳肴。

河豚烧好后,放在一个小瓷钵里,每人一条,上面浇汁,看上去色香浓郁。按北京的老规矩,一般家宴,没成人的孩子是不能跟大人一起上桌的。但汪本基比较开明,不但给"盖板杨"留出了座位,而且也给他上了一道烧河豚。

但"盖板杨"脑子里转悠的是那个头像,所以只是象征性地拿筷子比画了两下。烧河豚挺诱人,但他没敢吃,只是这道菜让他觉得挺神奇,所以印象深刻。

开席后,大人们开始喝酒。在他们推杯换盏的时候,"盖板杨"受好奇心驱使,悄没声地离开了席面,又跑到二楼的玄关处。

他抬起脑袋,一眼看到了墙上嵌着的头像,那头像跟有什么魔力似的,他的心神一下就被外国老人的眼神给牵了过去。他不错眼珠地注视着老人,心中暗想这是什么人雕刻的呢?把这位老人给雕活了。

少年"盖板杨"与汪小凤第一次见面

他忍不住又跷起脚来，想去摸一下那个头像。恰在这时，隐约听到从楼上传来悠扬的小提琴声。他猛然一惊，开始还以为是收音机里传出来的，但一曲未完，又换了一个曲子。他屏住了呼吸，竖起耳朵听了听，这才发现小提琴是从三楼的房间里传出来的。

他愣了一下，循声摸到了房门，等一首轻快的曲子终了，他不由自主地敲了敲门。只听到屋里的琴声戛然而止，随后传来银铃般的声音："谁呀？请进。"

"盖板杨"推开屋门，原来是个女孩在屋里拉小提琴。她的左手拿着琴，右手拿着弦弓，前面是个乐谱架子，显然"盖板杨"的出现，让她感到很诧异。

"盖板杨"也吃了一惊，他的惊讶不只是被美妙的琴声所打动，而是拉琴的这个女孩在他推门的瞬间，脸上呈现出的那种惊愕的表情，让他感到心灵的一种震颤。

他在刹那间，想到了俄国画家列宾的那幅名画《意外归来》。这幅画里小男孩和小女孩，见到被流放的父亲时的表情，让他难以忘怀。在见到拉琴女孩的瞬间，《意外归来》的画面突然复活了。关键是女孩令人惊艳的容貌和端庄文雅的神态，让他感到一种意外的惊艳。

那会儿的"盖板杨"虽然还不是画家，但他捕捉美的敏感和能力已经具备。这种敏锐的感觉是常人难以想象的，而且也是只可意会难以言传的，何况他那时已经进入了青春期。这个漂亮的女孩在惊诧的刹那间产生的那种美感，像"镜头"一样植入他的心田，让他刻骨铭心。

"你是……？"女孩儿的年龄与他相仿，脸上流露出天真无邪的样子，瞪大眼睛问道。

"我……""盖板杨"的心突突猛跳，脸倏地红了。一时语塞，愣愣地看着这个女孩。

"你是谁呢？"女孩冲他嫣然一笑。

她的笑是那么纯净，眼神像山泉那么清澈、明净。他猛然一惊，身子仿佛被这眼神牵着，走进了一片明媚与奇异的天地。

"我是……"本来就不爱说话的"盖板杨"突然觉得自己窘迫起来。他想不出什么合适的词儿，说明他推开女孩闺房的理由。

"哦，你是我姐姐小曼老师的儿子吧？"女孩想起什么，微微一笑说道。

"嗯，对。""盖板杨"点了点头。

"你喜欢画画儿对吧？听我姐姐说你的画还获过奖？"女孩放下手里的琴，用手掠了一下秀发，歪着脑袋笑着问。

"不是什么大奖。""盖板杨"淡然一笑说，"你是……"

"我叫汪小凤，小曼是我姐姐。你请坐吧。"她指着床边的一把椅子，淡然一笑，像是一个小主人在招待客人。

汪小凤的落落大方和从容娴静，让"盖板杨"局促的心放松下来。

"你的小提琴拉得真好！我是被你的琴声吸引过来的。""盖板杨"这时才想起应该说的话。

"你也喜欢音乐吗？"

"嗯，非常喜欢。"

"也喜欢小提琴？"

"喜欢。不过，我只是喜欢听，可是不会拉。"

"那也好呀！"

"拉小提琴很难吧？"

"只要入了门儿，就不觉得难了。"汪小凤看了"盖板杨"一眼，莞尔一笑说。

"你拉得真好。""盖板杨"恭维了一句。

也许是"盖板杨"的那一番夸奖，让她感到得意，或许是知道"盖板杨"喜欢听小提琴曲，她想在他面前露一手。总之，那天她显得异常兴奋，一边翻着乐谱，一边问"盖板杨"："你喜欢听什么曲子呢？维瓦尔第、巴赫、门德尔松？还是德沃夏克、马斯涅、帕格尼尼、柴可夫斯基？"

她说了一大串著名乐曲家的名字。

"你觉得谁的曲子好听呢？"这些音乐家的名字，"盖板杨"都觉得耳生，他不无羞涩地说道。

"好吧，我给你拉一首塔尔蒂尼的曲子吧。"

"好呀好呀！""盖板杨"显得异常激动，但一直不敢正眼看她。

其实在这之前，他对西洋音乐并不感兴趣。汪小凤说的那些音乐家，他还是头一次听说，但他巴不得能听汪小凤为他拉一曲，所以脸上流露出的表情，好像他对这些作曲家很熟悉似的。

汪小凤将乐谱固定好，把小提琴架在左颚下，拿起弦弓，调了调音，随着琴弦发出的流畅的旋律。"盖板杨"被美妙的音韵带到一个奇幻的梦境之中。

汪小凤拉得非常投入，她娴熟地运用弦弓，专注的神情让"盖板杨"为之一惊；而这种神情摄入他的眼帘，也深深地印在他的心里，像照相机一样留下了底片。

随着弓弦相碰发出起伏跌宕的滑音和颤音，汪小凤仿佛进入了一个神秘的奇境，流水般的悠扬韵律和跌宕起伏的颤音所呈现出的情景，时而好像是清明湛蓝的天空，时而宛如玄妙幽深的夜晚。曲调营造的情景如梦如幻，悠然迷离，恍若天边，令"盖板杨"神往和憧憬，并且产生了美妙的遐思。在他陶醉于奇思妙想的冥想之时，琴声随着柔美的滑音渐渐减弱，仿佛马车声渐行渐远。

"太美妙了！"汪小凤收弓有两三分钟，"盖板杨"还愣愣地看着她，沉浸在美妙的琴声里，他的耳边依然萦绕着奇妙的旋律。

"好听吗？"汪小凤冲"盖板杨"微微一笑，问道。

"真是太好听了！我简直要陶醉了。"

"是吗？陶醉了？"显然汪小凤得到这样的赞誉，有些兴奋。

她放下小提琴，转身对"盖板杨"说道："你知道这是什么曲子吗？"

"不知道。""盖板杨"摇了摇头，他真的不知道，这曲子他头一次听。

"这是意大利的小提琴家塔尔蒂尼的《G小调小提琴奏鸣曲》，也叫《魔鬼的颤音奏鸣曲》。"

"什么，魔鬼的颤音？怎么听着那么吓人？"

"你没听出魔鬼的颤音来吗？"

"盖板杨"愣了一下，疑惑地摇了摇头说："没有听出'魔鬼'，但颤音听出来了。"

"哦，那你的乐感还是蛮好的呢。"汪小凤径自笑起来。

"为什么叫魔鬼的颤音呢？""盖板杨"惑然不解地问道。

"这是塔尔蒂尼遇见了魔鬼，魔鬼传授给他的演奏方法。"

"什么？他遇见了魔鬼？真的吗？"

"真的。不过是在梦里。传说塔尔蒂尼在梦里，跟魔鬼签了一个协议，那个魔鬼答应心甘情愿当他仆人，一切都照塔尔蒂尼的意愿来办。塔尔蒂尼想，为什么不把我的小提琴也交给魔鬼呢？于是就让魔鬼用小提琴作曲。想不到他作出来的曲子是那么美妙绝伦，让塔尔蒂尼更加留恋人间的幸福。他被魔鬼的演奏惊醒了，马上拿起小提琴追寻梦里魔鬼演奏的曲子，但没能如愿。他接着冥思苦索梦里的旋律和音韵，终于完成了这个《魔鬼的颤音奏鸣曲》。"

"哦，原来世上竟有这么神奇的事儿！""盖板杨"被汪小凤的这个故事深深吸引。当然，更让他感到迷惑的，是汪小凤脸上的一颦一笑。他的神魂已经被小凤的美貌给勾住了，眼睛一刻也没离开汪小凤。

"是呀，音乐本身就很奇妙嘛。你画画儿的时候，有没有这种奇妙的感觉？"汪小凤笑着问道。

"嗯。感觉……""盖板杨"正要说什么，汪太太推门进来了，看到女儿跟"盖板杨"正聊着，她对汪小凤说："快下楼吃饭吧。"又转过身对"盖板杨"道,"你这小家伙儿,怎么吃着半截饭,跑到这儿聊天来了?"

"我……""盖板杨"一时不知说什么好了。

"你们认识吗?"汪太太温和地笑着问道。

"不认识。""盖板杨"摇了摇头说。

"哦。快下去吧,你爸爸找你呢。"汪太太对"盖板杨"说着,随两个孩子一起下了楼。

"盖板杨"自从在汪本基家见到汪小凤后,他的耳边一直萦绕着悠扬悦耳的《魔鬼的颤音奏鸣曲》。随着乐曲的旋律,他的眼前浮现出汪小凤拉小提琴时的样子。她那专注的神情和溢满阳光的笑意,无时无刻不在牵动着他的神经,仿佛汪小凤拉的不是小提琴的琴弦,而是他的心弦。

事后,"盖板杨"打听出来,汪小凤是汪本基的小女儿。她上边还有一个姐姐汪小曼,比她大三岁。

汪家就这两个"千金",没有男孩儿。小凤天生丽质,容貌闭月羞花,皮肤冰清玉洁,聪明伶俐,楚楚动人,是汪本基的掌上明珠。

汪小凤五六岁时,汪先生就让她开始学小提琴。十岁的时候,拜中央音乐学院的教授为师,这让她的音乐技法有了突破,而且日趋成熟。她不到十四岁,就参加了全国青少年小提琴比赛,并且拿了银奖,可谓少年成名。

让"盖板杨"感到懊恼的是,那天跟汪小凤见面时,没有跟她吐露内心最想说的一句话。也不知为什么,"盖板杨"见了她会那么局促。是她的花容月貌让他惊羡,还是她天真无邪的微笑,让他内心的杂念自然而然地自我收敛,他也无法说清楚。

其实,他平时见到女孩也很腼腆,一说话就脸红。可别的女孩对他的态度是漠然的,但汪小凤却对他是那么亲热,那么自如,那么落落大方。为他拉琴,为他讲故事,而且对他的微笑是那么甜美,令他什么时候想起来,都会春心荡漾。

他觉得汪小凤的微笑,是两心相悦之后碰撞出来的情感火花,这种情感是真挚的，既不是情，也不是爱，是两小无猜的天真无邪，又是这种纯洁无瑕的自然流露。她的眼神是那么干净，清澈，透亮。这种可以映出心灵的微笑和眼神，是那么让他激动，那么让他刻骨铭心，以至于到现在还印在脑子里，时常浮现在他眼前。

汪小凤的这个微笑，似乎被"盖板杨"永远定格在那个美妙的瞬间了。这微笑一直与他如影相随，当然他思念这种微笑就是思念汪小凤。也许是冥冥之中的某种天意，那天，汪小凤拉的是塔尔蒂尼的《魔鬼的颤音奏鸣曲》，这支曲子让"盖板杨"被"魔鬼"缠上了身。后来他始终没有摆脱汪小凤的影子，而且还跟塔尔蒂尼一样，喜欢沉溺在梦中，与相爱的人在一起耳鬓厮磨。

在别人看来，"盖板杨"的这种痴念是有病，但他却以为别人是在用世俗的眼光看他，所以无法理解他对汪小凤的爱意，更别说走进他的内心世界了。

那次在小白楼的聚会，让他留下了无尽的思念，也让他有了牵挂和期盼，有了神思和遐想。

他本来以为还有机会再进小白楼，还能见到汪小凤。但阴差阳错，后来，虽然他因为特殊的机缘进过这个小楼，但已然是物是人非。他曾经与汪小凤见过面，但也是在胡同里擦肩而过，追逐的是她的背影。

第五章

那次小白楼聚会，"盖板杨"也给汪本基留下了非常好的印象。时隔不久，在小白楼的一次聚会上，汪本基见到了老杨，俩人又聊起了"盖板杨"。汪本基认为他是"神童"，应该提前报考艺术院校。

汪本基的想法正中老杨下怀。老杨巴不得儿子早点在画坛显山露水，于是顺水推舟恳请汪本基帮忙。正好汪本基有个老同学是中央美院的副院长，他给老同学写了一封推荐信。

因为"盖板杨"的画儿，在全国少年美术展览中得过铜奖，凭借着作品和推荐信，中央美院同意"盖板杨"提前参加高考。如果文化考试能及格，中央美院就破格让他入学。

假如"盖板杨"能顺顺当当考上中央美院，他无疑会走另外一条人生之路。但天有不测风云，在他复习快一年，准备参加全国高考时，1966年发生"文革"。别说参加高考，他连学都上不成了，而且，他爹老杨和汪本基也先后成了"黑五类"，被抄家，受批判，上大学成了他的一场梦。

其实，让"盖板杨"感到懊恼和惋惜的，不是没上成大学，而是耽误了他跟汪小凤见面的机会，使他与汪小凤的痴心和爱恋，没有从幻想变成现实。

这之前，望子成龙的老杨，当然不想让儿子错过这次提前高考的机会。他对"盖板杨"要求极严，除了每天正常的上课之外，对他恶补高中的文化课，准备高考冲刺。

您想一个初二的学生，直接参加高考，需要付出多大的努力吧。老杨本身就是中学老师，又动员"盖板杨"的姐姐给他辅导。"盖板杨"除了上学，回家就是复习。

高中三年的功课要在不到一年的时间里消化,"盖板杨"的脑袋像灌了铅,几乎没有任何空隙时间,来想小白楼的事儿,直到"文革"爆发。

老杨本来对儿子考中央美院信心满满,没想到来了政治运动,他自身都难保了,儿子就更顾不上了。不过,这样一来,倒是解放了"盖板杨",紧绷的琴弦突然松弛下来。

心一旦沉静下来,脑子里就有"诗和远方"了。这一"远方"不要紧,他的耳边响起了塔尔蒂尼的《魔鬼的颤音奏鸣曲》,随着乐曲的旋律,眼前浮现出汪小凤纯洁的面容。

他仿佛又回到了小白楼,回到了汪小凤的闺房。非常奇怪的是那个金板头像,无数次走进他的梦境,那个大胡子外国老头仿佛成了圣诞老人,脸上的笑容也有了善意。

有一次,"盖板杨"在恍然中,又来到小白楼,看到了那个外国老人的头像,老头好像在金板上冲他微笑。他好奇地注视着老人,突然他的视线模糊起来,金板上的老人不见了。他一下愣住了,下意识地揉了揉眼睛,再睁眼时,老人的面孔变成了汪小凤的面容。

这是怎么回事呢?还没等他醒过味来,汪小凤笑呵呵地从金板上跳了出来。

"啊,是你,小凤?"他欣喜若狂,情不自禁地叫起来。

"嗯。"汪小凤冲他嫣然一笑,"是我呀!小画家,你好吗?"

"好。我……""盖板杨"突然变得木讷起来,一时竟不知说什么好了。

"你是不是一直在想我?"汪小凤笑道。

"是呀!我每天都在想你。"

"想我,你怎么不来找我呀?"

"我……你高兴我找你吗?"

"当然,我也一直在想你。"

"真的?""盖板杨"异常激动地问道。

"是真的呀！"汪小凤冲他甜甜地笑了笑。

这正是印在他脑子里的那个他熟悉的笑容。他一往情深地看着眼前的汪小凤。

"你真可爱！"他真想跑过去，把汪小凤抱在怀里。

"你也好可爱！"汪小凤说着，款款地向他走过来，站在他面前，微微一笑问道，"你还画画儿吗？"

"我，哦，我还画……你还拉小提琴吗？""盖板杨"含情脉脉地凝视着她。

"当然在拉琴呀！"汪小凤点了点头说道。

"你的小提琴拉得太美妙了。也不知道为什么，晚上睡不着觉的时候，我常常会听到你拉的小提琴曲。"

"你能听到我在拉琴！真的吗？太有意思了！"听"盖板杨"夸她，汪小凤显得异常兴奋。

"真的，我不骗你。"

"你还想听吗？"

"当然啦！我非常非常想听。"

"想听什么曲子呢？"汪小凤温柔地看着他。

这时，他才发现汪小凤手里拿着小提琴，听"盖板杨"说喜欢听她拉琴，汪小凤开始调音。

"我想听塔尔蒂尼……""盖板杨"说。

"我就知道你想听《魔鬼的颤音奏鸣曲》。"汪小凤轻轻掠了一下秀发，对他微微一笑说。

只见她左手按弦，右手拉弓，小提琴发出了优美的旋律。"盖板杨"很快就沉浸在玄妙幽深的琴韵中……

一曲终了，"盖板杨"还陶醉在乐曲所营造的魔幻境界里，他动情动容地拍着手说："太美妙了！再拉一曲吧！"

汪小凤

蓦然，他发现汪小凤不见了。人呢？他急忙冲出小白楼，去找汪小凤，但是当他来到胡同，转身一看，小白楼也不见了。

"小凤！小凤！"他急切地喊道。

"什么小缝大缝儿的？"他妈妈给了他一巴掌。"盖板杨"揉了揉眼睛，才知道刚才是在梦里。

梦里的汪小凤怎么那么真实生动呢？"盖板杨"拧着眉毛想了几天，他对梦里的场景回味无穷，也想再回到梦里，与汪小凤重逢，但这怎么可能呢？

人的思念一旦进入冥想的状态，这种念想儿很快就会变成一种痴念。这种冥思苦想的痴念，很容易让人产生一种幻想，幻想多了，就会产生幻觉。

自从"盖板杨"在梦里，跟汪小凤见面后，这种由痴念产生的幻觉经常出现。

有一次，他在东单公交车站等车的时候，看见一个女孩儿特像汪小凤。他身不由己地跟了上去，跟到灯市西口，眼看就到女孩儿的身后了，他情难自禁喊了两声："小凤！小凤！"

那个女孩儿吓了一跳，回头一看是长得瘦小枯干的中学生。当时，京城的年轻人正流行"拍花子"，这女孩儿以为"盖板杨"要拍她，不由得"怒从心头起，恶向胆边生"，对"盖板杨"骂道："你眼睛长后脑勺上了吧？"

"我……"

"盖板杨"正要解释，那女孩儿照他的脸就是一个大嘴巴。他被打得半天没醒过味来，等他明白自己认错了人，那女孩儿早就无影无踪了。

当然，对汪小凤的冥思苦想，不如直接去小白楼找她。"盖板杨"不糊涂，知道这是最好的主意，但小白楼是随便什么人都能进的吗？

他家住的那条胡同离小白楼，坐公交车有三站地，为了能见到汪小凤，他真是绞尽脑汁。不知多少次了，他悄没声儿地跑到小白楼所在的那条胡同口，憋着在这儿能见到汪小凤。但非常奇怪，他去了无数次，一次也没

"盖板杨"在小白楼外想见汪小凤

碰上过她。

他原想在小白楼的楼下,也许能听到小凤练琴的琴声。但不知为什么,他在楼下徘徊了不知多少次,琴声是听到了,但这声音只是他的幻觉而已。小白楼的构造极其讲究,房间隔音效果忒好,外面听不到里头任何声音。

小白楼的门是欧式的铁门,门的右上方有个黑色的门铃。"盖板杨"看过这个门铃多少回,就是不敢按。按了门铃,如果汪家的人出来开门,我说什么呀?想到这儿,他的心里不由自主地打起鼓来。

在楼门口等,他怕碰上汪家的大人。只能躲在远处,悄没声儿地窥视着小楼,期盼着能看到汪小凤的身影。但每次在这儿等,希望都变成了失望。

一天,"盖板杨"在胡同口儿,远远地看到汪本基坐着他的"华沙"牌轿车回家。他趁汪本基进了院,轿车司机检修车的空当儿,走了过去。

"叔叔,您能告诉我汪小凤……哦,小凤什么时候放学吗?"他问那个司机。

"小凤?你认识她吗?"司机看上去有四十多岁,个子高高的,打量着"盖板杨"问道。

"嗯,我认识她。"

"你找她有什么事儿吗?"

"有件东西要给她。""盖板杨"把想了多少天的词儿说了出来。

"哦,她平时不在家呀。"司机告诉他,"她在海淀上学,平时住校,只有星期六晚上回家,星期天再返校。"

"哦,知道了。"一种失落感油然而生。他终于明白平时见不到汪小凤的原因了。

他谢过司机,留恋地望着小白楼,默默地转身回家了。

"盖板杨"说要送给汪小凤一件东西,并没撒谎。对汪小凤的痴念,激发了他的创作灵感,他把小凤在他脑子里挥之不去的形象,复制在油布上,居然花了一个月的工夫,为小凤画了一幅油画。

这幅油画与列宾的《意外归来》有异曲同工的味道。再现的是那天他在小白楼，小凤见到他的瞬间场景：小凤站乐谱架前，手里拿着小提琴，在他推门瞬间，她的脸上流露出惊诧的表情。这种神情既有少女的天真无邪，又有对出现在自己面前的这个人的猜测与爱慕。那天小凤看到他的诧异表情，让他立马儿想到了这幅名画儿。

"盖板杨"对小凤脸上的神情，反反复复琢磨了几个月，可以说是把他这几个月对小凤的痴念，都凝聚在画上了。这种蕴含着多重内涵的神韵，很容易让人浮想联翩。

尽管画面所呈现的艺术造诣和绘画技巧，与列宾大师的《意外归来》不可同日而语，也无法相提并论，但"盖板杨"真是用心血在画这幅画的，所以画上的汪小凤栩栩如生。让人不可思议的是，后来凡是见过这幅画的人，都说画得不但像汪小凤，而且把汪小凤画活了。

"盖板杨"认为，艺术的天赋分为三个层次。第一个层次，是基础，或者说有素描速写、构图色彩等基本功后，照着别人的作品临摹。再加上自己的艺术想象力，再现人物和场景。

第二个层次，是到现场写生，然后再进行艺术创作。把真实的人物和场景再现出来。

第三个层次是画人也好，画景也罢，身临其境。只需见一面，看几眼，便能通过艺术手段，把人物和景观真实地再现出来，这必须有非凡的天才，才能做到。

当时，"盖板杨"的绘画水平，已经能到第三个层次了。当然这也是他先有第一第二层次之后才达到的，但他小小年纪能达到这种艺术层次，确实属于天赋。

您别忘了"盖板杨"只跟汪小凤匆匆见了一面。他的脑子像是复印机，看一眼便能把人物的形象复制在脑子里，并且能用艺术手法把她呈现出来。这种艺术再现能力是常人难以达到的，必须有超强的艺术天赋。

| 酒虫儿 |

这幅画儿画好之后,"盖板杨"便一直想把它交给汪小凤,而且要亲自交到她的手上。但苦等了几个月,始终没有机会,而他又没有勇气去敲小白楼的门。

也许除了画画儿,"盖板杨"在生活中的很多方面都属于白痴。他想不出有更好的主意,能见到汪小凤,只能在胡同口儿死等。那会儿,小白楼所在的那条胡同还是土路,这条胡同都快让他走出脚印儿来了。

一天,"盖板杨"又来到小白楼所在的胡同口,碰上了汪家的保姆杜婶,她是从东单菜市场买菜回来。

杜婶有五十多岁,老北京人,长得五官周正,慈眉善目,待人热情。"盖板杨"跟父亲到小白楼参加聚会时,她认识的"盖板杨"。

"你不是那个小画家吗?这小伙子,一年多不见,长高了。"杜婶看着"盖板杨"笑着问道,"怎么走到这儿来了?"

"我……""盖板杨"迟疑了片刻,还是大着胆子说出了实话,"我是来找小凤的。"

"找汪家的二姑娘?她不在家呀。"

"她去哪儿了?"

"前些日子,她在上海的三姑妈来北京住了几天。走的时候,带着二姑娘一块堆儿到上海玩去了。怎么着?你找二姑娘有事儿?"杜婶问道。

"不,不,哦,是有点儿事。""盖板杨"支支吾吾地说。

"有事儿,你就等她回来。"杜婶蔼然笑道。

"嗯,好吧。""盖板杨"突然觉得杜婶笑容可掬,说话挺随和,是个可信赖的人。他想了想说,"杜婶,以后我要是找小凤,先找您,不不,找您,您再找她行吗?"像是鬼使神差,他脑子灵光一现,想到了这个主意。

"哦,让我给你们……哦,别说了,你杜婶是过来人,这点事儿还不懂吗?不碍的,有什么事你觉着不方便,冲你杜婶说。"她宽慰地笑着说。

"那可真得谢谢您了。""盖板杨"说道。

第六章

自从"盖板杨"接触了杜婶以后,他觉得再找小凤心里有底气了,好像他骑着马,杜婶给他拉着缰绳似的。正因为有杜婶这道屏障,他来小白楼,敢按门铃了。

"盖板杨"估摸着汪小凤该从上海回来了,便来小白楼找小凤。不知怎这么巧,他按了几次门铃,开门的都是杜婶,而她真成了一道"屏障"。

"又来找二姑娘来了?"杜婶每次见到"盖板杨"都笑呵呵的,让他感到那么和蔼可亲。

"她在吗?""盖板杨"试探着问道。

"嘻,她一早就出去了。"杜婶笑道。

有时,杜婶也会回头看一看,然后,对"盖板杨"低声说:"在呢,可是她妈撂下话儿了,让她在家踏实念书,不让外人找她。主家说了这话,你说我让你进去,那不是砸自己的饭碗吗,你说是不是?等下次来,再说吧。"

她说得那么得体,"盖板杨"也无可奈何,只好悻悻地等下次。但下次再按门铃,杜婶又会说小凤不在家。

"盖板杨"虽然有点儿痴,但并不傻,一次两次说小凤不在,或不能见他,情有可原。但十次八次说这话,不能不让"盖板杨"起疑:是不是她有意拦我呀?可看杜婶脸上那热情亲切的笑容,他又觉得这种疑虑是多余的,甚至还会觉得这么怀疑杜婶,有些对不起她。

不过,没等"盖板杨"说话,杜婶那儿不耐烦了。您想"盖板杨"见天按门铃,她三番五次地跑出去开门,心里能不烦吗?

这天,杜婶问"盖板杨":"瞧你这一趟一趟地跑呦,我都替你累得慌了。你找她到底有什么事儿呀?"

"我……我想送她一样东西。""盖板杨"想了半天，嗫嚅道。

"嗐，闹了半天是送东西呀？这还值得让你一趟一趟地跑这儿按门铃来吗？"杜婶莞尔一笑道。

"我想……"

"你想亲手交给她是不是？不碍的。你信得过杜婶不？"

"嗯，信得过。"

"这不结了？信得过我，你就别劳神费力地往这儿一趟一趟跑了，干脆把你要给二姑娘的东西带来。她要是在呢，你就直接上楼，把东西给她。她要是不在呢，你把东西给我，回头我给她不齐了？"

"嗯。"

"放心吧，我知道你的鬼心眼儿，怕她爸妈知道对不对？不会的，我哪能让她爸她妈知道这事儿呀？"杜婶似乎把着"盖板杨"的脉，说得那么中肯，由不得"盖板杨"对她有什么疑问。

"好吧。就依您说的。""盖板杨"对她点了点头。

转过天，"盖板杨"带着他给小凤画的那幅画儿，来小白楼按门铃，依然是杜婶开的门。

"瞧你来得真是时候。"杜婶笑着对他说。

"怎么？她在？""盖板杨"激动地问道。

"在，我不是就让你进去了吗？刚刚，她妈带她们姐儿俩，到舅舅家串门儿去了。"杜婶笑道。

"盖板杨"心又凉了。

"那……她们什么时候能回来？"他想了想问道。

"怎么也得晚上了吧。你手里拿着的东西,是不是打算送给二姑娘呀？"杜婶问道。

"对呀。"

"得，你先放杜婶这吧，等她们回来，我给二姑娘不结了。"

"那就麻烦您了。""盖板杨"迟疑了一下,把手里的画儿递给了杜婶。随后,他又从兜里掏出一个信封,说道,"这封信,您也给小凤好吗?"

"哈哈,我成你们的红娘了。放心吧,我一准儿交给她。你杜婶一天学没上过,写的什么我一个字也不认识,你没有什么可不放心的。"杜婶把那封信收好。

"盖板杨"从杜婶诚恳的话语里,感觉到只要她接过这两样东西,就一定会到小凤手里的。确实像杜婶说的那样,他没有什么可不放心的。

他想象着小凤晚上回了家,杜婶趁她父母不在身边,悄悄把她叫到一边,把他的画儿和那封信交给她,并且会告诉她,这是那个小画家送给她的。

汪小凤看了这幅画儿,一定会被他的才艺所折服。当然,如果她打开那封信,又会被他的激情所感染。这封信是他在脑子里酝酿了三四天,然后一气呵成写出来的,倾注着他初次见面后所有的思念和爱慕之情。

信的结尾,他意味深长地写道:一颗纯朴的心期待着一颗诚挚的心。我在胡同深处,你在胡同深处的小白楼,我像等待夜晚的月亮一样,期盼着你的回信。不管你想不想靠近我,我都希望给我一个回音,哪怕是一句话,一个字!

他的心比较细,随信附了一个信封,上面写着他家的住址,还贴了一张邮票。即便她是铁石心肠,也会被他的这种炽热的情感所打动的吧?"盖板杨"心里这么想着。

但是让"盖板杨"纳闷的是,那幅画儿和那封信,交给杜婶以后,如石沉大海,一晃儿二十多天了,他也没有等到汪小凤的回信。他每天看院门口的报箱,结果都失望而归。

难道汪小凤觉得我不如意,不愿意跟我接触?是她本人不愿意呢,还是她父母不允许她接触男孩子呢?是不是她在有意考验我呢?也许她是个非常有内涵的女孩儿,不愿意把自己的真实想法吐露出来,所以先不理我?

"盖板杨"觉得自己的脑子不够用了。他翻来覆去地猜想推测,设计

"盖板杨"给小凤送信

了几十种可能，但最后又被那种朦胧又炽热的爱意所取代了。他坚信汪小凤对他的情感是无法更改的，因为他在小凤见到他第一眼的目光里，发现了他所期待的那种天真无邪的爱意。可为什么她没有任何回音呢？

难道杜婶没有把画儿和信给她吗？想到这儿，他脑子嗡地一下炸了。当天晚上，他便迫不及待地来到小白楼，按响了门铃。不出他所料，开门的正是杜婶。

"你怎么又来了？"杜婶露出和蔼可亲的笑容问道，"吃过晚饭了吗？"

"吃了。"

"找二姑娘来了，是吧？"

"不用问，她肯定不在家。"

"你呀，可真是神人！"杜婶笑道。

"在家，我不是就让你进去了吗？""盖板杨"学着杜婶的口气说。

"嘿嘿，你找的人不在，我让你进去，你也不会进去对不对？"

"我……不想，哦，我今天只想见您。"

"见我？"

"对，我想问问您，我送给小凤的画儿和信，您给她了吗？"

"吆嗬，瞧你这孩子问的，你交派给杜婶的活儿，杜婶能不尽心办吗？那天晚上汪太太她们回来，我就把画儿和信偷着给二姑娘了。怎么，还信不过你杜婶吗？"

"没没。""盖板杨"的脸突然红了，他不好意思地低下头说，"我没信不过您。我只是问问。"

"哦，不碍的，你要信不过杜婶，赶明儿你见到二姑娘，可以亲自问问她，看你的东西我给没给她。"杜婶的脸上依然笑得那么亲切。

"盖板杨"还有什么可怀疑的呢？收到了画儿和信，为什么她连个回音儿都没有呢？他的脑子又转悠回来了。再给她写封信吧。"盖板杨"想。

那年头，没有网络，没有手机，一般北京人家里也没有电话。人们通讯主要靠写信，当时邮政是城市人际沟通的主角。街头到处是邮筒，住在东西城，头天寄出的信，第二天就能收到，只需四分钱邮票。

"盖板杨"花了两天时间，给汪小凤写了一封措辞委婉又恳切的信。信发出前，他贴在怀里焐了一宿，想让小凤感受到他的体温。

这封信扔进邮筒，便牵住了他的心。他想象着小凤看了这封信的样子，她一定会被他的激情所感动，心情难以平复，会给他回信的。这封回信，她会怎么写呢？他替小凤设计了几个开头。

第二天，他便在院门口等送信的邮差："有我的信吗？"

邮差是个小伙子，看了看他，问道："什么信呀？"

"我的，哦，等一封回信。"他支吾道。

"你给他的信是什么时候寄的？"

"昨……昨天。"

"昨天你给他寄的，今天就等他回信？你也忒急了点儿了吧？他可能还没收到呢。"

"哦。""盖板杨"自己都乐了。

但是等了几天，依然没有收到小凤的回音，是这封信写得不诚恳？还是想说的话没有表达出来，没有打动她的心？"盖板杨"又写了一封。

这封信发出去了，还是没有回信，他不信自己的情意打动不了小凤，一连写了十多封信。在发最后一封信的时候，他异想天开，为表达自己像火一样的心，在信封里放进了一根火柴。

但"火柴"也没有点亮小凤的心，别说回信了，他连个纸毛儿都没见到。

"盖板杨"又沉不住气了，想来想去还是得直接见小凤。怎么才能见到她呢？去小白楼，肯定还是汪家的那个保姆挡驾，他已经羞于见这位杜婶了。

他在胡同口等了几天，发现汪家发生了变化。小白楼的外墙上贴满了揭发批判汪本基的大字报，汪本基成了"黑帮"，小白楼的楼门关得死死的，连那个每天开车接送汪本基的司机也见不到了。

汪家一定是倒了霉。他回家听他姐说，汪家已经被红卫兵抄了家。

"盖板杨"在"文革"时，属于"逍遥派"，因为他在"文革"前几个月，一直请假在家复习，准备高考，脑子里除了画画儿，就是汪小凤。

汪家被抄家，汪本基挨了批斗，小凤的日子能好过吗？想到这些，"盖板杨"不禁为汪小凤揪起心来。虽然自己救助不了她，但在这种非常时期，就别给她添堵了。所以，有好长时间，他没再去小白楼所在的那条胡同。他把对小凤的思念都融入画里，那两年，他画了许多中国画和油画。

这时，他爸在学校也被红卫兵给"揪了出来"。老杨是教语文的，特别对古文感兴趣，给学生上课时经常讲《论语》《孟子》《战国策》什么的，这些成了他宣扬"四旧"的罪状。他被打成了"封建思想的残渣余孽""地主阶级的马前卒"。

老杨也不明白自己怎么就成了"马前卒"，而且稀里糊涂地被清理出教师队伍，下放到药材公司下面的一个鹿场去养鹿。鹿场在昌平的山里，交通不便，半年才能回家探亲一次。

父亲走了"背"字之后，"盖板杨"的情绪也十分低落。1968年，知识青年"上山下乡"掀起高潮，他的同学相继去东北、内蒙古和陕西插队走了。他母亲觉得那些地方离北京太远，找学校老师通融，在转过年的开春，"盖板杨"被分到京郊延庆山区插队。

在离开城里到山区插队前，"盖板杨"特别想见汪小凤，哪怕不说话，就见一面呢，他实在是太想她了。

插队的行李准备好，在临行前的一天，他在小白楼徘徊了多半天，也没看到汪小凤的影子。下午太阳落山，天擦黑的时候，他实在憋不住了，咬了咬牙，按响了小白楼的门铃。

门铃响了半天，没人接。难道汪本基不住在这儿了吗？"盖板杨"蓦然看到小白楼墙上的大字报，心里琢磨着汪本基一定是受了冲击，下放到外地去了。"文革"让每个家庭都发生了变故,汪家就是从小白楼搬走,也一点儿不新鲜。

也许再也见不到汪小凤了?想到这儿,他撕心裂肺似的伤心起来。他是怀着什么沉重的心情,告别小白楼的,现在已经记不清了。只记得离开那条胡同的时候,满眼都是泪。

泪水模糊了他的视线,以至于在东单十字路口过马路时,差点让无轨电车刮到轮子底下。

"想什么呢?眼睛长到姥姥家了!"汽车司机冲他骂道。

他看也没看那司机,脑子里晃动的净是汪小凤的身影。

第七章

当年，那些大拨儿轰，成批去东北、内蒙古插队的知青，离开北京的时候，家里的亲人和学校的同学，会成群结队地到火车站相送，但"盖板杨"却没这"待遇"。他属于散兵游勇，插队的地方又是在郊区，所以他到农村插队没有轰轰烈烈的场面。他爸在鹿场回不来，两个姐姐都去内蒙古插队走了，家里只有老妈在。

老妈把他送到胡同口，他背着行李，拎着两个画箱子，坐公共汽车到西直门火车站。从那儿坐火车到延庆县城，再坐一天的长途汽车到公社，到他插队的村，还要坐半天的牛车。

离开北京，他心情复杂，在情绪上有些忧郁。他这一走，要到年底才能回北京探亲，他放心不下的是汪小凤。

他不知道小凤现在是上学，还是像他似的也去插队。假如她也去插队，天各一方，他们再见面的机会就微乎其微了，她会像自己似的思念他吗？在插队的地方，不可能没有男生追她，她会心里默守着对他的真诚吗？

假如她收到他的那些信的话，也许对他不会漠然处之的，但毕竟他们没有把话挑明呀？小凤爱别人也是可以理解的，想到小凤被别人所爱，或者去爱别人，他心像被人捅了一刀。

怎么可能呢？在他的潜意识里，汪小凤永远是属于他的，她不可能跟别人在一起。她那清纯的眼神告诉他，她会永远对他一往情深，不会变心的。想到这儿，他心里涌起一股热流。

在公交车上，"盖板杨"是坐在靠窗的位置的，那是上午十点多，车上人不多。北京的四月乍暖还寒，和煦的阳光，带着早春的暖意，照在他身上，让他感到春心萌动。

| 酒虫儿 |

　　车到沙滩附近,望着窗外,熟悉的街道,熟悉的老槐树,熟悉的店铺门脸儿,熟悉的老北大红楼,他默默地跟这些小时候常来玩的地方告别。蓦然,他看到马路上几个穿军装的年轻人走了过来,其中有个穿深灰色上衣的女孩,让他眼睛一亮,这身影怎么那么熟悉?汪小凤!他几乎叫出声来。

　　是在做梦吗?他给了大腿一巴掌,感到了疼,不是在梦里。是自己看走眼了吗?他不错眼珠儿地盯着这几个年轻人,刚好前方的十字路口亮起了红灯,公交车停了下来,他透过车窗看见这几个年轻人说笑着穿过马路。

　　是她吗?他屏住呼吸,定睛凝神看着这几个年轻人,没错儿,那个穿深灰色上衣的女孩,正是自己朝思暮想的汪小凤。

　　真是鬼使神差,苦苦寻觅了那么长时间,居然在这儿看见她了!"盖板杨"激动得心快跳到了嗓子眼。不能错过这个机会,他不顾一切地冲到汽车前面,对司机喊道:"师傅,我要下车!快,我要下车!"

　　司机瞪了他一眼:"怎么啦?"

　　"我,我,必须下车,不然就……麻烦您啦!"他一边拿眼瞄着小凤他们走的方向,一边恳求司机停车。

　　"你什么东西掉窗外了吗?"身边有个老年乘客问道。

　　"是呀!东西,东西掉了。师傅,求求您了!"他急切地说。

　　司机还算通情达理,把车开到路边停了下来。"盖板杨"跳下车,疯了似的朝汪小凤走的方向追了过去;这时,那几个年轻人已经进了沙滩南边的一条胡同。

　　"小凤,汪小凤!"他扯着嗓子喊道。

　　胡同里没有回声,"盖板杨"急了,转身又进了另外一条胡同,喊了几声,依然没有回声。这条胡同有个机关宿舍大院,他走了进去,喊了几声,也没人搭理他。

　　明明看着他们进了这条胡同,怎这么快就失踪了呢?难道是我看走眼了?他愣了片刻,失望地摇了摇脑袋。自己的行李还在公交车上,他不敢再耽误工夫，急忙跑回了车上。

又是一场梦！他对着车上的窗玻璃，苦涩地笑了。

这算是他最后一次见到汪小凤吧？尽管有些扑朔迷离，但"盖板杨"确信那个穿深灰色上衣的女孩就是汪小凤。那几个穿军装的男生，一看就是大院的孩子。

那年头，北京的孩子分为胡同和大院两派。大院，指的是机关宿舍大院和部队宿舍大院。从各方面条件来说，大院的孩子有优势，同时也看不起胡同的孩子。

那会儿实行的是计划经济，一个大院如同一个小社会，吃喝拉撒全都有，通常跟胡同的孩子接触也不多。从某种意义上说，胡同的孩子惹不起大院的孩子。尽管不怵，但两派磕架的话，大院的孩子往往占上风。"盖板杨"对这些也有耳闻，所以对汪小凤跟大院的孩子裹到一起，心里有些别扭。

但这种别扭随着对汪小凤美好的回忆，很快就烟消云散了。他确信汪小凤对他的忠诚，假如小凤能听到他的喊声，肯定会转过身，用那双清澈的眼睛看着他，然后喊着他的名字，扑到他的怀里。

夜里难眠，他在做这种想象的时候，忍不住会抱起枕头来，长久地享受着那种爱意的甜美。

他曾经无数次遐想那次街头邂逅，难道这是一种天意吗？在他去山区插队之前，老天爷特意安排他跟汪小凤见一面。尽管一个在车上，一个在路上，而且又那么扑朔迷离，与她失之交臂，但毕竟他们见面了！

他后悔当时没有在周围的胡同多转几圈，多喊她几声，但这些遗憾随着时间的推移，都变成了温暖的回忆。他在偏僻的山村插队，离群索居，过着寂寞苦涩的日子。对汪小凤的美好回忆和思恋，成了他苦寂心灵唯一的寄托。

想起了汪小凤，他就有了对生活的憧憬；想起了汪小凤，他就忘记了生活中的烦恼和忧愁；想起了汪小凤，他就会在心灵深处燃烧起青春的激情。在冥冥之中，汪小凤一直在远方，在幸福的彼岸等着他。

1978年，他从延庆插队回京的时候，已属大龄青年。父母为他找对象的事儿格外上心，也有热心的亲朋好友为他张罗，但他却一概不见。后来，他怕父亲着急上火，给老爷子一个"宽心丸"："我早就有女朋友了。"

老杨这会儿已经平反，被"落实政策"，又回到中学教书。他对儿子说："既然有女朋友，哪天带家里来，让我和你妈瞧瞧。岁数不小了，赶紧定下来吧。"

"嗯。"他答应得挺痛快，但直到老杨和老伴儿去世，也没见到儿子的女朋友。

他们上哪儿见去？"盖板杨"的女朋友一直在他脑子里呢。

那会儿，"盖板杨"在一家工艺美术厂当技工，专门做花丝镶嵌的工艺品。当时正是改革开放之初，工艺美术品出口量猛增，为了赶制成批出口的工艺品，他经常加班加点。

"一天到晚，累得贼死，哪还顾得上去搞对象呀？"有人替他张罗时，他常常这么说。

当然，这是他的一种托词。其实，汪小凤一直在他心里，他压根儿就没想过去找别的女人。

"盖板杨"是在延庆插队的时候，学会喝酒的。从此，酒就成了他的忠实伴侣，每天早中晚三顿酒。离开酒，他饭吃不香，觉睡不着，活儿干不好。

那会儿，北京人的早点是多年不变的"老三篇"，即油饼、火烧、豆浆。一般的"上班族"，早晨起来，刷完牙洗完脸，奔胡同口儿的小吃店，来碗热豆浆，再来一个火烧俩油饼，齐活。吃完一抹嘴，骑车上班去了。

"盖板杨"的早点与众不同，他不喝豆浆，喝酒，酒也不多喝，二两，多一口不喝，少一口不干。原来他自己有一个医院装葡萄糖液的玻璃瓶子，每天到小吃店吃早点的时候都带着。一个火烧，俩油饼，就着二两酒下肚，一抹嘴，再骑车上班。

到了班上，焖上一大把儿缸子茉莉花茶，酽酽儿的，坐在台案前，一上午不带动窝儿的。他说这种"坐功"，全仗着肚子里的那二两酒。

中午饭，"盖板杨"照样还得有酒，依然是二两。这二两酒进肚，照样是"坐功"，一直让他扛到下班。

晚上的这顿酒，从量上说，就没准谱儿了。跟酒友喝与自己喝，肯定不一样。跟酒友喝，喝二两是喝，喝半斤也是喝，那为什么不照着半斤喝呢？

那会儿，好酒很难淘换，所以碰上好酒，"盖板杨"的策略是"能喝半斤喝八两"。

自己在家喝，要看心情如何。一个人喝"寡酒"，也分"闷酒""苦酒""怨酒""兴酒""情酒"，不同的心情，酒量也不同。

一般喝酒的人都是有酒量管着的，您的酒量是三两，或三两到四两之间，如果您喝酒超过四两，肯定会醉。当然，醉酒也分若干个层次，有微醺与酩酊之分，陶然与沉醉之别。

酒酣耳热，云山雾罩，言多话密，属于微醺的层次；腾云驾雾，脚下踩棉花，属于陶醉的层次；烂醉如泥，人事不知，那就是沉醉了。

酒的妙处是喝进肚以后，会出现不同的境界。这种朦朦胧胧的恍惚境界，是不沾酒的人难以想象的，也是喝酒的人上瘾的主要原因。

"盖板杨"的酒量，常人难以相比，他喝酒，酒量大不说，绝的是他能在喝到几两的时候，心理会出现什么状态。这种状态一来，他的脑子里就会呈现出不同的境界，好像他的胃里装着度量衡。

比如喝到六两的时候，这是他艺术创作的最佳状态。这时候，他的艺术灵感会油然而生，创作的激情会如地下的岩浆一样喷涌。而且思想特别集中，精力也非常旺盛，不让他出好的作品都难。但是，如果这酒多喝两口，或者少喝两口，就出现不了这种状态，您说邪不邪门吧？

他如果想见汪小凤了，也得喝酒。喝到七两到八两之间，也就是喝到七两以后，再喝两小杯或两大口，然后他就会渐渐进入一种陶然状态，眼前出现一种幻觉。这时候，汪小凤就会从远处飘然地走到他的面前，两个人耳鬓厮磨，缠缠绵绵到梦意阑珊。

这种喝酒喝出的境界，是"盖板杨"喝酒上瘾，成为"酒虫儿"之后的事儿。在此之前，他一直为在梦境见到小凤而烦恼，因为人做什么梦是身不由己的。尽管他白天冥思苦想，但是到了晚上，也不会闭上眼就能梦到她。

有一次，他在錾铜版画《琵琶行》时，由白居易诗里那个弹琵琶的美人，联想到汪小凤拉的小提琴。于是突发奇想，用铜板做了一个圆珠笔大小的小提琴模型，这把"小提琴"非常精致。

自从有了这个"小提琴"，"盖板杨"便爱不释手了。夜深人静的时候，他打开录音机，听着塔尔蒂尼的《魔鬼的颤音奏鸣曲》的磁带，手里把玩着这个"小提琴"，脑子里自然会浮现汪小凤的身影。不知多少次，他渴望小凤会从录音机里走出来，但这把"小提琴"把玩了几个月，"魔鬼"的颤音也颤了几个月，他并没有见到小凤的人影。

"盖板杨"心痴，干什么都一根筋。他认准的事儿，便坚信一定是真的，即便撞了南墙也不回头。一次不行，两次；一个月不行，两个月；一年不行，两年。他非要听着塔尔蒂尼的《魔鬼的颤音奏鸣曲》，看到汪小凤从录音机里走出来不可。

真所谓功夫不负苦心人，他的痴心感动了冥冥之中的汪小凤。终于有一天夜里，"盖板杨"喝了酒以后，听着《魔鬼的颤音奏鸣曲》，拿出"小提琴"静观，汪小凤从录音机里"走"了出来。

他惊喜万分，一往情深地看着缥缈而至的汪小凤，像是见到了远方归来的恋人。汪小凤含情脉脉地看着他，像是久别重逢的情人。

他在醉意蒙眬中，紧紧地拥抱着小凤，感受纯洁的爱意。两个人相依相偎，倾诉衷肠，后来到情浓意切时，两个人还宽衣解带上了床，进入温

"盖板杨"幻想与汪小凤缠绵

柔之乡，缠绵悱恻，直到天亮才散。"盖板杨"一觉醒来，意犹未尽，发现褥子上湿了一大片。

事后，"盖板杨"心里琢磨为什么能跟汪小凤梦中相见，光听录音磁带和看那个"小提琴"不灵，还是得喝酒。

酒的魔力要比"小提琴"大多了，喝多少酒，才能进入那种状态呢？这是"盖板杨"在后来一点一点儿悟出来的。

多年来，"盖板杨"一直未婚，光棍一个人。外人不明就里，有的说他是因为爱喝酒，才娶不上媳妇，哪个女人愿意找个酒鬼呢？有的说，他长得瘦小枯干，相貌平平，又是一个三脚踹不出一个屁来的"焖子货"，哪个女人能跟他过到一起？还有人说他喝酒伤了身，怀疑他生理有缺陷。

总之，一个独身男人肯定会有个性。人一旦有个性，生活上自然与众不同，也必然会招来许多闲话，但有谁能真正了解"盖板杨"独身的原因呢？

他之所以一直未娶，守身如玉，其实心里始终恋着汪小凤。他坚信汪小凤也一直爱着他，不然汪小凤为什么三天两头在梦里跟他相会呢？心里有了汪小凤，他还看得上别的女人吗？

第八章

鲁爷办事急性子，虽然"盖板杨"在他面前已经答应接小白楼的活儿，但是，第二天，他还是放不下心，给"盖板杨"打了个电话，叮嘱他赶紧见詹爷："话我已经给你带到了，具体什么事儿，你们二两棉花，单谈（弹）吧。"

"得嘞鲁爷，我知道了。""盖板杨"在电话里不想跟老爷子啰唆，说了句客气话，把电话挂上了。

詹爷，大号詹可维，五十出头，原来是外贸总公司的业务员，后来辞职"下海"，和几个哥儿们成立了一个出口贸易公司。干了十多年，发了点儿财。

詹爷路子广，朋友多，人也豪爽义气，跟"盖板杨"比较说得来，他们都是"久仁居"的"酒虫儿"。

詹爷喝的是急酒，他一天到晚应酬很多，所以喝酒从不恋桌。当然也不矫情，不管什么酒局，他先斟满三杯酒，说两句客气话，然后一口气干掉，接着再陪大伙儿喝几杯，便起身告辞："抱歉了诸位，还有一个酒局候着我！"

"盖板杨"跟他喝过无数次酒，有时候，詹爷还特意请他一起赴酒局，替他挡酒。每次詹爷提前告辞都说这话，"盖板杨"也闹不清是不是真有酒局在候着他。

"盖板杨"喜欢跟詹爷一起喝酒，因为詹爷从来不喝蹭酒，每次喝酒都会带两瓶酒，摆在酒桌上。他带的都是好酒，甚至有时候还有"茅台""五粮液"。大家伙儿都知道他是搞进出口生意的，银行卡上有的是钱。

这两年，詹爷开始改喝陈年老酒了。他认识一个搞收藏的小哥儿们萧帆，专门收藏各种有名儿的老酒，还在北京建了一个老酒收藏馆，里头光茅台镇出的各种"茅台"就有上万瓶。这个收藏馆有詹爷的股份，您想他喝好酒能不方便吗？

不过，詹爷喝酒跟他做人一样，能当爷，也能当孙子。他能喝几千，甚至上万块钱一瓶的好酒，也能喝几块钱一瓶的酒，关键是看他跟什么人喝，还有就是为什么事儿而喝。

詹爷跟"盖板杨"算是过得着的酒友，平时俩人说话不隔心。"盖板杨"想不明白为什么小白楼的活儿，他要绕个弯儿找鲁爷牵线搭桥，难道这里有什么张不开嘴的隐情吗？

小白楼在七八年前就拆了，在原址上盖起了二十多层的豪华大厦。楼是人盖的，人有生命，楼也有生命，一个人离开了这个世界，还有多少人记得他？一个楼也一样，它拆了，消失了，在原地又盖起了新楼，还有多少人记得这个楼呢？

这是最让"盖板杨"感到痛心的事儿。不管是谁，只要一提起当年东单的小白楼，他心里就像撞倒五味瓶，一种异样的感觉，像几百条虫子在他心口窝抓挠。

小白楼凝聚着他的喜悦、欢乐、幸福、甜美，也凝聚着他的忧郁、苦闷、寂寞、烦恼。小白楼好像他人生命运的转折点，这个转折，既是苦恼的开始，又是幸福的起点。因此，他总觉得小白楼是他撒下爱情种子的地方。

其实，詹爷是个说话办事很痛快的人，难道詹爷知道小白楼是他的心病，所以才不好意思张嘴，让鲁爷出面吗？"盖板杨"琢磨了半天，想不明白詹爷为什么不直接找他。

他给詹爷的手机打了个电话，但半天没人接。詹爷是个大忙人，不接手机是常事儿。

他撂下电话，转身进了厨房。昨天晚上，他本来是想跟汪小凤在梦中相会的，他很想问问她知道不知道小白楼的事儿。但酒喝得没到位，小凤的幻影没有出现。

看看今天晚上吧，他早晨起来，就开始琢磨这事儿，想自己动手做几道可口儿的下酒菜。

别瞧"盖板杨"一个人单挑儿，但小日子过得也有滋有味儿。他爱喝酒，也会做下酒菜，老北京的"酥鱼""卤肉""苏造肉"什么的，是他的绝活儿。

鱼洗干净，正准备上锅呢，有人敲门。"盖板杨"开门一看，原来是他的朋友徐晓东给他送酒来了。

徐晓东的媳妇是做烟酒批发的，"盖板杨"喝的酒，多半是徐晓东帮他按批发价买的。他喝酒的量大，几乎是一天一瓶，所以每次至少买五箱。当然，太好的酒他也喝不起，通常就是"二锅头"。

"咱们不是说好昨天送吗？你怎么今天才来？""盖板杨"对徐晓东嗔怪道。

昨儿晚上，"盖板杨"在家里搜罗半天，只找出半瓶酒。要是徐晓东按事先说好的把酒送来，他的酒喝到位，不是就能见到汪小凤了吗？

"你把我的好事儿都耽误了，知道吗？"他对徐晓东说。

"老师，实在是对不住您了。不瞒您说，酒我都装车上了，但是……"

"是不是又打牌去了？"

"盖板杨"知道他恋麻将桌儿，尽管十赌九输，但他还是一天不摸麻将牌，手痒痒。

"哪儿呀？二乐把我拦住了，非说有重要的事儿跟我说，结果聊起来没完，把给您送酒的事儿给耽误了。"徐晓东拧着眉毛说。

"嗯，还能想起来，就算没忘。""盖板杨"淡然一笑。他嘴上什么也没说，心里却嗔怪：说什么都晚了。跟你说好的事，十有八九，你要打折扣。你办事要是有准谱儿，大伙儿能给你起"冬菜"的外号吗？

冬菜，是用秋后的大白菜晾干后做的。老北京人吃馄饨，往往要放一小掐儿冬菜提味儿，热乎乎的馄饨汤里放点儿冬菜，确实别有风味。但冬菜做起来比较麻烦，又不赚钱，现在已经没人做了。

不过，馄饨汤里没它，人们也照样吃。这就叫有它更好，没它也行。知道什么叫冬菜，您就明白徐晓东为什么能荣获"冬菜"这个雅号了。

徐晓东把十箱酒搬进屋，"盖板杨"随手将事先预备好的酒钱递给他。尽管他没把徐晓东当外人，徐晓东到他家，跟到自己家差不多，做饭，洗碗，洗衣服，搞卫生，什么家务都干，但"盖板杨"没让他花过一分钱，他从来不占任何人的便宜。

徐晓东大大方方把钱收好，嘴里说了两句客气话，转身见"盖板杨"的茶碗干着，赶紧到厨房烧水，给他沏茶。

"你说昨儿二乐拦住你，你们聊什么事儿了？""盖板杨"看了他一眼，问道。

二乐姓宋，二十七八岁，是他唯一的磕过头的徒弟。眼下，在一家民营工艺美术厂当技工。

"老师，我正要跟您说呢，宋二乐新接了一个大活儿。"徐晓东挤咕了一下小眼说。

"什么大活儿？他没跟我说呀？"

"是呀，他跟我说，现在还处于保密阶段，谁都没说。"

"谁都没说，你怎么知道了？""盖板杨"说话有时能一下点到穴位上。

"我不是昨天晚上才知道的吗？他特意嘱咐我，别跟您说。"徐晓东诡秘地一笑，那意思是说，我跟您可从来不隔心。

说起来，"盖板杨"跟徐晓东的关系最近，徐晓东可以说也是他的经纪人。假如"盖板杨"犯了心脏病或者脑梗，第一时间通知的人肯定是徐晓东。

"盖板杨"没儿没女，一直把徐晓东当自己的亲生儿子。但也许是"盖板杨"对他圆滑的心性太了解了，所以始终对他留着一手。

徐晓东有三十五六岁，属于"八〇后"，原本跟"盖板杨"是一个单位的，他中专毕业进厂后,一直在"盖板杨"手下学徒。当然这种师徒关系是大面儿上,"盖板杨"在工厂算是老师傅,厂子里的头儿指派让他带谁,就是谁。在他看来,只有磕过头的才算是真正拜师,所以他压根儿就不承认他是徐晓东的师傅。

"盖板杨"在工厂干的是花丝镶嵌,这是个非常细致的活儿,来不得半点儿马虎,干这活儿一坐就是大半天。偏偏徐晓东天生是个坐不住的人,坐一会儿心里就长草。

"盖板杨"带他干了几件活儿,险些毁在他手里。多亏"盖板杨"的独具匠心和一双妙手,才让几乎成了废品的器物起死回生,变为精美的艺术品,其中一件还在市里的工艺美术大奖赛上获了银奖。当然,这也成了徐晓东日后吹牛的资本,其实,只有他心里明白这活儿是谁做的。

其实,徐晓东心眼儿不坏,品质还说得过去,为人也热情,但就是心性浮躁,干事不踏实,吹牛擅侃,干事没长性。"盖板杨"最烦这种不务正业的人,所以徐晓东干了三年多,"盖板杨"实在没法再跟他喘气,找厂子头儿把他调到了业务科。

徐晓东在业务科干了有三四年,心里又长了草,主动辞职,"跳槽"到了一家保险公司,以后又自己单干。总之,混了十多年,也没混出什么模样儿来。这会儿,他知道"盖板杨"的錾艺出众,做的盖板儿在玩鸟儿的人里名声大噪,于是又来投靠他。

按徐晓东的意思,想全面包装"盖板杨",把他打造成世界一流的国际品牌。为此,他还找国内有名的策划公司高手当参谋,花了几个月的时间,拿出了一个策划书,但是跟"盖板杨"一谈,老爷子当场就翻了车。

"干吗?想吃烤肉了是吧?你们这是把我往烤炉里烤呀!"

"瞧您想到哪儿去了?我可不是那意思。"徐晓东赶紧解释。

"我有那么金贵吗?还国际品牌,世界一流?玩儿去!哪凉快,哪儿待着你们的!"他把徐晓东骂了个狗血喷头。

但是徐晓东知道他的脾气，几两酒下肚就什么事儿都没有了。他不再跟"盖板杨"提包装的茬儿，但想宣传一下他，扩大他的影响力，于是找了两个报社的记者来采访"盖板杨"。

"盖板杨"一听说是记者采访，顿时拉下脸来，当着记者的面儿，把徐晓东数落了一顿，弄得记者臊目耷眼地走了。他扭头对徐晓东约法三章，他对登报上电视不感冒，再找记者来采访，以后别登这个门。

尽管"盖板杨"不愿抛头露面，但他做的玩意儿地道，錾艺高超，活儿绝，所以玩主们都认"盖板杨"。因为很少有人见过他，不识庐山真面目，所以玩主们对他的传说也跟着出来了：有的说"盖板杨"是八十多岁的老头儿，一年就做两个盖板；有的说他有特异功能，想錾什么图案，喝几两酒，在铜板上用手一拍就出来了。总之，越传越神奇。

徐晓东听了这些，往往还要添枝加叶。因为玩主们几乎都知道，要找"盖板杨"，只能找徐晓东，这种效果是徐晓东求之不得的。

徐晓东一直觉得"盖板杨"是棵大树，在大树下面好乘凉，于是他整天围着"盖板杨"转，替他跑前跑后，家里外头什么事儿都张罗。他对"盖板杨"说："以后我给您'挎刀'吧。"

"挎刀"是戏曲名词儿，即"跑龙套的"，换句话说就是当"盖板杨"的跟包儿的。

"盖板杨"扑哧一笑："你别给我'挎刀'，给我'挎枪'吧。"

"挎枪"的意思是"拉出去枪毙"。话外音是：你别跟我这儿打镲。

"盖板杨"不需要什么"挎刀"的，他刚六十出头，虽然每天喝酒，但他喝酒有规律，也有节制，酒没伤着他，反倒"养"了他。所以，他身体还说得过去，一切都能自理。

徐晓东跟他的"冬菜"外号一样，有没有他在身边真是无所谓。但徐晓东却需要"盖板杨"，因为他可以利用"盖板杨"干许多事儿。

"盖板杨"一直防着徐晓东，徐晓东对外称他是"盖板杨"的徒弟，他坚决不干。后来徐晓东还想认"盖板杨"为干爹，也被"盖板杨"给否了，他限定徐晓东只能称他为老师，因为这称谓现在已经大众化了。

徐晓东知道"盖板杨"对他有戒心，但他比"盖板杨"更有心计。表面上，一切都听"盖板杨"的，什么事也跟他商量，但私下却干自己想干的事儿。比如找"盖板杨"做盖板，外人都得通过他，他似乎是"盖板杨"的经纪人，但他在"盖板杨"面前却从来不露这些。有活儿了，他会编各种瞎话和说词哄"盖板杨"，谈价儿的时候，他会两头说，中间"骑驴"，吃最想要的那块肉。

"盖板杨"对徐晓东玩的这些小鸡贼，心里明镜儿似的，但他压根儿没露过。一是给徐晓东留点儿"喝汤"的缝儿；二是他把钱的事儿看得很淡，所以对徐晓东也就睁一只眼闭一只眼了。

见徐晓东说话神秘兮兮的劲儿，"盖板杨"以为他又在卖关子，嘿然一笑道："二乐接的是什么活儿呀？至于这样背着人？"

徐晓东笑道："其实他这事儿不想背着别人，就是怕您知道。"

"盖板杨"听了一愣："什么，怕我知道？什么活儿呀？"

"他可是一个劲儿嘱咐我，别跟您说。这事儿您知道就是了，别去问他行吗？"徐晓东迟疑了一下说。

"好吧，你先说说什么事儿吧。"

徐晓东沉了一下，笑道："小白楼的活儿。"

"小白楼？""盖板杨"像被什么东西烫了一下，诧异地直视着徐晓东问道，"小白楼什么活儿？"

"具体什么活儿他没跟我说。他知道小白楼是您的心病，所以不让我告诉您。"

"嗯……""盖板杨"心里糊涂了，鲁爷说詹爷找他是做小白楼的活儿，怎么现在宋二乐接的也是小白楼的活儿？这不是一女找了两个婆家吗？这是一档子事儿，还是两档子事儿呢？

他知道徐晓东的嘴"漏风",所以詹爷找他的事儿没跟他说。不管怎么着,还是先找詹爷。

"盖板杨"心说:找到詹爷,这个闷葫芦不就解开了吗?

第九章

"盖板杨"一连给詹爷打了两天电话,他的手机一直处于关机状态。他知道詹爷手里不止一部手机,这部手机关机,别的手机也会知道他来电话,不接,是不是有什么事儿?他不会发短信,也不玩微信,这次电话打不通,只能等下次。

他顺便给几个认识詹爷的人打了电话,那几个人都说不知道詹爷干什么呢,听他们的话口儿都挺忙。"盖板杨"也就不跟他们多废话,匆匆关了手机。

撂下手机,他猛然想到了一个问题。这世界表面看风平浪静的,人们的日子挺悠闲,其实每个人都有自己的天地,各自忙着自己的事儿,酝酿着不可告人或早晚人会知道的故事,自己现在不也是如此吗?

怎么待得好好儿的,鲁爷会告诉他这么一件事儿呢?这件事偏偏又关系到了小白楼,而徐晓东也来添乱,说的还是一档子事儿,这不是大晴天突然飘来一块云吗?他不知道这块云有没有雨,有雨,又会是什么雨?

烦。烦的时候,"盖板杨"就会想到酒。正琢磨呢,接到了"教授"的电话:"杨爷,有日子没见了嘿。今儿中午'久仁居',咱们不见不散了。"

"教授"打电话向来是这种命令式的语气,没等你找理由回绝他,他把电话挂上了。

"教授"是邢志远的外号,他也是"久仁居"的"酒虫儿",比"盖板杨"小十多岁,算是"六〇后"。高中毕业后,接他爸爸的班,到乐器厂做笛子、京胡。

后来,乐器厂倒闭,他成立了一个做旅游产品的文化公司,售卖工艺品,正是在这儿,他认识的"盖板杨"。后来文化公司让他给折腾"黄"了。

他现在靠什么吃饭养家,"盖板杨"并不清楚,只见他一天到晚,天上一脚地上一脚的还挺忙。

邢志远平时喜欢看书,而且学以致用,酷爱点评时事政治。平时"盖板杨"怕见他,因为他是"话痨",聊起时事政治没完没了,比政治家还政治家。听起来,他上知天文,下通地理,没有他不懂的。偏偏"盖板杨"烦他的神侃,所以他话匣子一打开,赶紧溜之乎也,不愿意跟他这儿瞎耽误工夫。

邢志远记忆力超强,他看书的特点是只看高深艰涩的大部头理论书籍。小说、诗歌、散文等文学作品,他认为都是扯"闲篇儿",不屑一顾。马克思的《资本论》比砖头还厚,一般人觉得难啃,他说自己至少看过两遍。黑格尔的哲学著作晦涩艰深,但只要是翻译的,他都读过。信不信由你,反正他能说黑格尔的名句,而且还能告诉你在书里的哪一页。

他看书的目的,不是为了求知,也不是为了著说,简单说是为了跟人叫板。他能很快把作者的观点,融解在自己的大脑里,然后迅速成为自己批判和否定的靶子,接着再拿起自己的武器,跟对手直接交锋。

他恨自己未能生在风流的"魏晋时代",但身上却有"阮籍之风",阮籍能做青白眼,青眼看朋友,白眼看俗人。他认为自己的白眼,是看那些所谓名人、大家的,他的使命就是对这些人进行挑战。所以他的白眼瞅谁都不顺眼,瞅谁都想咬两口,跟谁都爱搬杠,而且一搬就搬到姥姥家。

邢志远以轻狂为脱俗,以畅饮为洗脑,他之所以喜欢和"盖板杨"这样的"酒虫儿"在一起,是因为他藐视权贵,甘居草根儿,其实他压根儿也不是贵族。

他喝酒也有理论,就是向世人证明,人越喝酒越聪明,记忆力也越好。谁不信,他当场给你背诗,他能一口气把《离骚》一字不落地背下来,一般人没这好脑子,当然也没他的酒量。

有一年,他买了一本某大学教授写的哲学书。看了以后,对这位教授的观点产生了质疑，为此专门跑到教授所在的大学，找人家辩论。

教授跟他岁数差不多，是个南方人，见他拎着"二锅头"来的，不知道他是哪路神仙，有点儿发毛，想闪了[①]。

他在楼道里，一把将教授给薅住，理直气壮跟人家掰扯[②]："既然你的书在社会发行，就是文化产品；我花钱买了你的书，我就是消费者；消费者就是你的上帝，你没有权利不见上帝。"

教授见他把"上帝"都搬出来了，不得不见了。没想到这一见不要紧，差点儿要了命。敢情这位爷不是来跟教授打架的，而是来"绑架"的。

他把教授的书拿出来，一边喝着"二锅头"，一边给他讲黑格尔和尼采、叔本华。口若悬河，容不得教授插嘴，从下午两点一直讲到夜里十二点，这中间谁拦着他说话，他跟谁急。

教授坐在那儿又渴又饿，低着脑袋合着眼，迷迷糊糊打了几个盹儿，邢志远带来的一瓶酒也见了底，这才收兵。

临完，他对教授一瞪眼："我的观点您服不服？"教授恨不得给他跪下，赶紧说了三个"服"字。他心说，我再不服他，他得扶我了，扶着我上医院急救了！

"瞧见没有？连大学教授都服咱啦！"事后，邢志远把这事儿讲给"久仁居"的"酒虫儿"们听。

"是呀，你是教授的教授。""酒虫儿"们哈哈笑道。从这儿起，邢志远便得着"教授"这个外号了。

说来好笑，由打邢志远让这些"酒虫儿"戏谑为"教授"以后，他还真把自己当成了教授。有时别人叫他名字，忽略了"教授"的头衔儿，他还挺不高兴，瞪人一眼后，会郑重其事地告诉人家："熟悉我的人都叫我教授。"

当然，当教授要有范儿。他经冬历夏永远是西服，还扎了领带，谢了顶的脑袋，戴着金边眼镜，倒有点儿"教授"的派头。其实，他这也是玩

[①] 闪了：北京土话，躲闪之意。
[②] 掰扯：北京土话，细说之意，但含有理没理较三分的意思。

"教授"

世不恭,有意拿"教授"俩字开涮。

因为他张口闭口教授教授的,人们一闻他满身的酒气,而且说的又是酒话,心里也就释然了。别说他是教授了,喝了酒,他说自己是总理,人们也会付之一笑的。

别瞧他这个假"教授"看不起真教授,但对"盖板杨"却非常敬重。虽然"盖板杨"跟他一样,没有任何头衔儿和名位,但他有真才实学,有中国匠人的匠心和绝活,所以他佩服"盖板杨",跟他也是能过心的酒友。

"盖板杨"有些日子没在"久仁居"露面了,既然"教授"张嘴了,他不能不去。再说,"久仁居"这地方几天不去,心里就痒痒,他太喜欢在"久仁居"喝酒了。

"久仁居"在和平里的一条胡同里,是仿照老北京样式的小酒馆,现在京城这种酒馆已然难觅了。说起来,这个酒馆的幌子能挑起来,并且一直维持到现在,得念詹爷的好儿。

"久仁居"这地界,原本是个修自行车的门脸;后来租给一个河南人,把门脸翻建,开了家刀削面馆;火了几年,老板改做别的买卖,把它转手给北京人季三。

季三大号季建国,三十出头,属"八〇后"。大学毕业后,到海南一家房地产公司打了几年工,挣了点儿钱,回北京发展。

他把刀削面馆整体翻建,重新装修,门脸儿扩大到三百多平方米,聘了几个原来老字号的退休厨师,专门做老北京家常菜。由于饭菜可口,实惠价廉,一时间生意挺火,每天爆满。小饭馆也因为便民,还上了报纸。

当时,"盖板杨"还有詹爷、鲁爷、苏爷、"教授"、"带鱼"、王景顺、"豆包"是这儿的常客。这些人都是住家离这儿不远,平时也好喝两口儿的主儿,在饭馆打头碰脸地成了熟人。酒又把他们拢到了一起,一来二去的,饭桌成了酒桌,熟人变成了酒友。

季三对这老几位格外关照,不但让他们带酒,而且还让他们自己带菜。

| 酒虫儿 |

他平时也好喝，有时酒瘾上来，也陪他们喝几口。当然，他得盯着买卖，不能撒开了往胃里灌酒。

本来饭馆经营得不错，突然有一天，后厨的头灶[①]突发脑出血，没有抢救过来。头灶是特级厨师，他一撂挑子，其他厨师也耷拉了肩膀。

厨师要是不玩活儿，饭馆也就离"黄"不远了。果不其然，顾客对饭菜咧了嘴，没几个月的工夫，饭馆的生意直线下降，从昔日的顾客盈门到现在的门可罗雀了。

季三见状想打退堂鼓，改行干别的，但"盖板杨"还有那些"酒虫儿"舍不得让季三走，也不想让这个饭馆倒闭。饭馆"黄"了，他们上哪儿找这么消停的地界喝酒去？

这时候，鲁爷和苏爷站出来说话了，季三要是北京爷儿们，就把这个饭馆改成酒馆。一来把雇厨师和服务员的费用省了；二来恢复一些老北京的小吃和下酒菜，不见得街坊四邻不买账；三来他们这些"酒虫儿"也有喝酒的地方了，何乐而不为呢？

为什么这二位爷撺掇季三开酒馆呢？敢情季三的太爷那辈儿就在京城开酒馆，季家酒铺当年在东单一带非常有名儿，尤其是酒铺的下酒菜。

老北京的酒馆，最早叫"大酒缸"。即把酒缸的半截埋在地下，上面放上盖子当"桌子"。缸里有酒，喝酒的主儿要喝几两，店主拿着"提拉"现从缸里舀，很方便。一般的酒馆门脸不大，有三到五个大酒缸算多的了。

后来有了酒铺和酒馆，酒铺和酒馆里没有大酒缸了。再后来发展为"二荤铺"，也就是除了一般的下酒菜，酒馆还可以给客人炒俩热菜或做炒饼、炒面等主食，但仍然以喝酒为主。"二荤"的意思也在于此。

再后来，又发展到单一的酒馆，但顺便也卖些糖果零食。这种酒铺和酒馆，在二十世纪五六十年代的京城街面儿上随处可见。酒馆的真正消声灭迹，是二十世纪九十年代。

季家酒铺从季三的太爷经营"大酒缸"，一直到他爸爸经营小酒铺，

[①] 头灶：灶头，也就是后厨手艺最好的厨师。

有一百多年的历史了。鲁爷和苏爷都曾在季家的老酒铺喝过酒。

季三的太爷仁义，他开酒铺时，北京人喝的白酒叫"烧刀子"。这"烧刀子"跟现在的"二锅头"一样，只是烈性白酒的俗称，不是品牌，也不是酒的品种。

那会儿，做白酒的作坊统称"烧锅"。北京人喝的白酒，主要是来自京南和京北，京南叫"南路烧酒"，京北叫"北路烧酒"。

不管"南路"还是"北路"，进京城必须要走崇文门，因为崇文门是"税门"，专门收税的。

白酒的税极高，往往高出酒价几倍，所以从"烧锅"出来的酒价儿非常贵。到了酒馆，店主没有不掺水的，一斤白酒兑半斤水是常事。所以老北京的酒馆，往往要特地在店里贴出告示："本店烧酒概不兑水"，其实这是此地无银三百两。

为了逃避关税，老北京专门有一拨儿走私原酒的"酒虫儿"。他们把羊肠子洗干净，然后到南城的大红门、西红门一带的"烧锅"，买现烧出来的原浆酒。这种酒价低酒醇，然后灌进羊肠子里，缠在身上，夜深人静、月黑风高的时候，溜到城墙根儿下，顺着城墙爬上去，然后再翻进城里。

这纯属要钱不要命的差事，北京的城墙几丈高，掉下去不摔死也得摔残。那当儿①，每年都得摔死十个八个"酒虫儿"。

走私酒属于重罪，被官府给捉住了，脑袋就要搬家。但翻一次城墙得到的利，够"酒虫儿"吃半年的，所以干这营生的前赴后继。

贩私酒犯法，所以"酒虫儿"都跟酒馆的店主勾着，他走私来的酒直接给酒馆，季三的老祖一直买的就是这种酒。喝酒的人向来认口儿，喝对了口儿，他就离不开这家酒铺了。

季氏三代经营这家酒铺，不知"培养"了多少"酒虫儿"，也赢得了好口碑。爷儿几个也没野心，从没想过买卖好点儿要扩张，要大发展。酒铺的四间房是自家的，一动不动经营了一百多年。可惜在"文革"时，季

---

① 那当儿：北京土话，那会儿的意思。

三的爷爷作为小业主被批斗，抄家。老爷子一口气没上来，呜呼了，酒铺也跟着"黄"了。

詹爷比鲁爷和苏爷岁数小，喝酒没赶上"大酒缸"的时代，但听他爸爸说过季家酒铺的事儿。这些年，他全国各地跑，吃过的高级饭店和名家酒楼多了，但一直想找一个像季家酒铺这样的酒馆。弄一壶老酒，几碟下酒菜，跟几个老北京人一起边喝边聊，他觉得那才是神仙过的日子。所以听了鲁爷和苏爷的建议，当场拍了巴掌。

詹爷是做买卖的坯子，给季三出了个主意：降低身价，把饭馆改成小酒馆兼小吃店。换句话说，就是恢复老北京的"二荤铺"。

詹爷脑瓜活泛，提出几个常喝酒的酒友，每人"加傍"五千块钱，作为消费资金，什么时候花完再接着续。为了支持酒馆的改造，他提出所有装修和更换桌椅餐具的费用，都由他负责。

季三是个没主意的人，见这些老朋友如此关心饭馆改造，便对詹爷的主意点了头。

原来饭馆的名字叫"群益轩"，"教授"提出饭馆改酒馆是改头换面，得改名儿，季三让"盖板杨"给起个名儿。"盖板杨"想了三天，想出"久仁居"这个字号。

季三琢磨了半天，没明白"久仁"是什么意思，问"盖板杨"："杨爷，您给解释解释吧。"

"盖板杨"笑道："'久仁'，就是'九人'的谐音呀。常在这儿喝酒的是八位爷，加上你，不正好是九人嘛。"

"这名儿起得好，久是长久之意，仁就是仁义呀。好，好，还是杨爷有水平。""教授"非常认可这仨字儿。

"久仁居"的招牌就这样稀里糊涂地挂出去了。詹爷大包大揽，成了季三的"CEO"，让他把所有厨师都开了，从胡同招聘了几个闲得手心发痒的大妈，掌红案儿，炒家常菜，平时在家做什么，现在就在饭馆做什么。

詹爷还亲自定菜谱：醋熘白菜、土豆丝、烧茄子、焖豆角、熘肉片、炸带鱼、炸丸子、红烧肉、炖排骨……都是北京人平时吃的再普通不过的家常菜，价码儿没有超过十块钱的。

詹爷的意思是炒菜之外，酒馆主打的是下酒菜：从三五块钱的拍花瓜、煮花生、开花豆、松花蛋，到十块钱左右的拌海蜇头、酱鸭、酱鸭脖、酱肘子、酱牛肉、豆酱、苏造肉、酱干、熏鱼、豆腐干、熏鹌鹑。根据时令还有小葱拌豆腐、拌柳芽、香椿豆、野菜蘸酱，等等。好家伙，在菜单上打出来的下酒菜，居然有八九十道！

这些下酒菜多半是八个"酒虫儿"琢磨出来的。比如熏鱼和酱鸭是"带鱼"夫人的杰作；苏造肉是老北京的一道名小吃，但很多饭馆都不做了，是詹爷找人"挖"出来的；肉皮冻儿，因为冻里有豆儿，所以北京人又叫它"豆酱"，这是"豆包"带过来的。

这些下酒菜，勾着那些"酒虫儿"。让季三没想到的是，这些大妈炒出来的菜接地气，还倍儿受附近居民青睐。"久仁居"开张半年多，宾客盈门，居然赚到钱了。

季三按詹爷的意思，在"久仁居"加盖了二楼，给八个"酒虫儿"单设了一个大的包间。这间房他们专用，所以八位爷几乎天天在"久仁居"喝到深夜。

"盖板杨"一提"久仁居"，肚子里的"酒虫儿"就蠢蠢欲动，开始抓挠。他赶紧把手里的活儿整理了一下，把自己做的熏鱼装在不锈钢饭盒里，准备拿到酒馆吃。临出门，他换了一件外衣，穿上皮鞋，又照了照镜子。

别瞧"盖板杨"腻酒，喝了酒常常让他忘乎所以，但忘了什么，他不忘体面，他觉得人活着得有尊严。尊严俩字往往体现在穿着打扮上，虽然他在吃上往往很随意，但在穿戴上从来不随便。

不过，他的身板儿和长相，再好的行头穿在他身上，也难提气，有时衣服搭配得看上去很滑稽。但他并不在乎别人的眼光，自我感觉良好就得。

"酒虫儿"聚会

"久仁居"离"盖板杨"家只有两站地远,打车不值当的,坐公交又没站,只能腿儿着[①]。

　　"盖板杨"走到"久仁居"门口的时候,见季三从里头走出来,笑容可掬地说:"杨爷,有日子没来了。楼上请了您。"

　　"盖板杨"一愣,今天什么情况,怎么季三跑门口迎我来了?他看了季三一眼笑道:"三儿,今儿怎这么客气呀?"

　　"一切正常,太阳还是昨天的太阳。"季三跟他打了个哈哈。

　　"盖板杨"心里犯着嘀咕上了楼,进了包间,一下愣住了,敢情屋里坐着的除了"教授",还有詹爷。

---

① 腿儿着:北京土话,即走着的意思。

第十章

"盖板杨"找了几天詹爷,一直没找到,想不到这位爷在这儿等着他呢。

"杨爷,是不是觉得我在跟你藏猫儿呢?"詹爷对他嘿然笑道。

"您可真行。""盖板杨"憨然一笑道,"手机一直关着,要不就没人接听。"

"失联了是吧?哈哈。"

"再见不到您,我得登寻人启事去了。"

"把您登报纸的钱省喽,留着咱们喝酒吧。"詹爷笑道。

"找不着您,我怕鲁爷起急呀?您瞧您跟鲁爷说了,鲁爷扭脸找我,我再找您,您又闪了,咱们这是'转影壁'呢?""盖板杨"对詹爷哂笑道。

"得,这事儿怨我,我先给您赔不是,回头,跟您单聊。来来,赔礼不能光动嘴,瞧见没有?这酒喝过吗?"詹爷指了指桌子上摆着的两瓶酒。

"盖板杨"拿起来一看,是八几年的"茅台",怔了一下,看了詹爷一眼道:"怎么,今儿喝这个?"

"我拿到这儿,可不是摆着看的。"詹爷笑道。

"教授"一直低着脑袋玩手机,听到这话,抬起头来笑了笑说:"不敢喝了吧?"

"我怕烫嘴。""盖板杨"咧了咧嘴说。

"这酒拍卖价,至少两万一瓶!""教授"说道。

"别说八几年的'茅台',就是当年的,咱们草民喝得起吗?""盖板杨"皱着眉苦笑道。

"这酒地起就不是给草民预备的。"詹爷笑道,"但'酒虫儿'另说,今儿您几位把胃口预备下,这酒我管够!"

"姥姥逮!一瓶两万,一口得多少钱?您管够,我能张不开这嘴吗?回头品两口得了。""盖板杨"放下酒瓶,转身拿出饭盒,对邢志远说,"'教授',熏鱼上午刚做得,您不是得意这口儿吗?来呗!"

"得,我这儿谢杨爷了!""教授"找服务员要了双筷子,夹了块鱼尝了尝,冲"盖板杨"伸出大拇指说,"真地道嘿!"

他们正说着,苏爷和"带鱼"、画家唐思民进来了。

"闻着酒味儿了你们?""教授"笑道。

"还闻着腥味儿了呢!"苏爷一眼看见桌上饭盒里的熏鱼,嘿然笑道。

"瞧瞧吧,今儿詹爷请咱们喝什么?""盖板杨"指着桌上的"茅台",对刚进来的三位爷说。

"带鱼"一看是八几年"茅台",咂了咂舌头道,"啊,难得呀!这可是酒里的贵族,我有十几年没喝了!"

"詹爷今儿可是'吐血'了。"唐思民啧啧道。

苏爷瞥了一眼笑道:"这酒再值钱,我也喝不惯,什么好酒到我嘴里,都不如北京的'二锅头'过瘾。"

"您喝酒就认口儿。"唐思民说。

"那倒是。"苏爷撇了撇嘴笑道。

在"久仁居"的九个"酒虫儿"里,苏爷年龄最大,已经七十有六了。他的酒量比不过"盖板杨",但他喜欢喝"渗酒",而且就认清香型的高度白酒。半斤酒,一把开花豆,他坐在那儿,能喝大半天。

苏爷是真正的京城"板儿爷","板儿爷"的这个"板儿",指的是平板三轮车。这种车现在已经被淘汰了,当年却是京城主要的运输工具。

苏爷年轻的时候,拉过洋车,解放后,入了三轮车合作社,蹬着板车给副食店拉水果。后来在食品厂拉汽水,直到退休。他跟胶皮轮子打了一辈子交道,也喝了一辈子酒。他六十多的时候,还能蹬三轮平板车,拉两千多斤重的货。他说这全仗着酒。

他的平板车上,永远放着酒。最初是散装的,他装在了锡壶里,后来

| 酒虫儿 |

是瓶装的"二锅头",酒瘾上来,他可以随时随地仰脖儿白嘴儿喝两口。这可是实实在在的"酒驾",所不同的是,他"驾"的是平板车。

苏爷的吃食简单,平时车上总要放几个窝头,和几块臭豆腐。他吃臭豆腐讲究,总爱在上面滴几滴香油。

那会儿,买豆油、花生油都要票儿,香油透着金贵,逢年过节,每户凭购货本才能买几两。但苏爷在河北老家有一个表弟,是专门磨香油的,每年都给他送两斤。这两斤香油媳妇平时不舍得吃,都留着给苏爷"点"臭豆腐了。

跟喝酒认口儿一样,苏爷对香油点臭豆腐也情有独钟,念念不忘,几天不吃就想。他还时常带着臭豆腐到"久仁居",弄得"盖板杨"和詹爷也好上了这口儿,烤窝头片儿沾臭豆腐,竟成了"久仁居"的一道主食。

"苏爷,今带没带臭豆腐来?吃臭豆腐喝'茅台',蛮有意思滴。""带鱼"看着苏爷笑道。

"这可是绝配!"詹爷忍不住哈哈大笑起来。

在"久仁居"的"酒虫儿"里,"带鱼"是比较斯文的。自然,"带鱼"是他的外号,他的真名叫陈岱怡,江苏泰州人。

陈岱怡虽然在北京生活了几十年,但吴侬软语一直没扳过来,舌头不会打弯儿,不会说北京话的儿化韵。江苏人"王""黄"不分,"怡""鱼"也不分,所以陈岱怡,他自己就念成了"成带鱼"。

陈岱怡在饭馆没叫"久仁居"的时候,就跟这几位"酒虫儿"一起喝酒。每次来,他总是自己带酒和下酒菜,他的下酒菜是装在铝制的饭盒里的。每次带的下酒菜都少不了鱼,或腌或熏或炖或炸,都是他夫人的厨艺,但这一带鱼,就有了"带鱼"的雅号。

北京人把长长的刀鱼叫带鱼,而且在计划经济年代,带鱼是凭购货本供应的主要鱼种,所以北京人对带鱼有特殊的感情。奇怪的是"带鱼"先生偏偏不爱吃带鱼,他夫人给他做的鱼,主要是黄花鱼、鲫鱼、白鲢鱼、

苏爷

鲤鱼什么的。

他夫人跟他是老乡，他们都是二十世纪六十年代初，在北京上的邮电大学，毕业后分到了邮政研究所当了工程师。"带鱼"最早喝的是黄酒，后来在"教授"的诱导下，才改喝白的，而且整天跟着这些"酒虫儿"泡在一起，酒量也越来越大。最多的一次，他跟"教授"一块儿，俩人喝了两瓶"五粮液"。

那次是他女儿在美国获得一个全美的科技大奖。他就这么一个女儿，为此他兴奋不已。"五粮液"是他带来的，其他"酒虫儿"就认北京的"二锅头"，只有"教授"陪着他喝这酒，喝到最后，连他自己都惊诧，一瓶下去，居然没有醉意。

"带鱼"平时的酒量撑死了半斤，他喜欢喝"渗酒"，一边就着菜小抿着，一边聊天，所以他跟苏爷和"教授"能喝到一块儿。

"带鱼"跟"教授"非常有意思，俩人平时不见面就想，见了面就掐。"带鱼"爱较真儿，"教授"爱叫板，俩人谁也不服谁，直到一方把另一方喝趴下，这才算"服"，但这个"服"，应该是扶墙的"扶"。扶墙回家，争论的话题也就此翻篇儿，下次见面，俩人又有新的话题相互较劲。

"带鱼"和"教授"正聊着，王景顺和"豆包"进来了。王景顺在房管所当管理员，没头衔，有实权，巴结他的人多，手里拎着两条活鱼，他让季三找后厨给红烧了。

"豆包"的大号叫包建民，是九位爷里岁数最小的，属"七〇后"。大学毕业后，一直"跑单帮"，做环保用品生意。娶了个四川媳妇，会做饭，所以每次来"久仁居"都不空着手，今儿给大伙儿带的是老婆做的泡笋尖。

不过，"豆包"老婆做的菜太辣，"久仁居"的"酒虫儿"里，只有季三喜欢吃，其他人都发憷。每次"豆包"带来泡菜一类的小菜，"盖板杨"也只是象征性夹一筷子尝尝。

"久仁居"这九个"酒虫儿"，职业不同，年龄各异，学识不一样，性格志趣也各不相同，但只有一样是相同的，就是这个"酒"字。

不过，越是这样，这些"酒虫儿"凑到一起才有意思。他们每天在一起喝酒，每天都有聊不完的话题。

除了有病住院的鲁爷，八位爷都凑齐了，詹爷带来的两瓶"茅台"，哪儿够这些"酒虫儿"喝的？大伙儿象征性地喝了两杯，算是"烧"了一回包儿，"炸"了一回富。

按"教授"的说法，一杯这酒上百块钱，两瓶这酒，能买一卡车普通的"二锅头"。即便是这样，苏爷依然不动心，独自喝他的"二锅头"。

两瓶"茅台"酒刚喝完，"教授"跟"带鱼"便掐起来了。"盖板杨"不知道，如今"教授"已经是"网红"，网名"皇城艺侠"，不但是群主，还是"无师有艺者论坛"的版主。在互联网上被称为"意见领袖"，粉丝有十几万。

既然叫"皇城艺侠"，"教授"思考的肯定是艺术上的事儿。这几天，他的注意力，放在了一家艺术品拍卖公司的秋拍上。

"瞧见没。一对儿清晚期的鸟笼子盖板儿，起拍价两百万。杨爷，过来看看嘿！""教授"打开手机的视频，让"盖板杨"过来看。

"盖板杨"伸过脑袋看了一眼，脸上掠过一道莫名其妙的阴影，嘿然一笑，没说话。

"一个盖板是'桃园三结义'，一个盖板是'竹林七贤'，人物錾得太生动了，有点儿杨爷的艺术风格。""教授"不停地赞叹道。

"我瞜瞜嘿！""豆包"抢过手机，看了起来，"嘿，人物雕得确实地道！上面可写着这是从宫里出来的玩意儿呢。"他嚷道。

"宫里的玩意儿，那是内务府造办处工匠的活儿呀，是不是杨爷？"苏爷喝了一口酒，对"盖板杨"问道。

"苏爷说得对，拍卖图录上写着呢，还真是造办处的嘿。""豆包"说道。

"造办处？哈哈，造办处，不就是造办处吗？""盖板杨"喝了一口酒，

八个"酒虫儿"在"久仁居"喝酒

心不在焉地打了个哈哈儿。

"嚯，还是杨爷聪明，知道造办处是造办处！""教授"拿"盖板杨"打镲道。

"宫里的，那就应该是皇上玩过的东西。清末的皇上，有谁喜欢玩鸟儿呢？崇尚节俭的道光，肯定不玩；咸丰呢？想玩，没那命；同治，没等玩呢，自己就玩完了；剩下的光绪和宣统，俩人谁会玩这个？""教授"拧着眉毛问道。

"那肯定是末代皇帝溥仪了。光绪是个病秧子，整天想着'变法'，估计他没心思玩鸟的了。""带鱼"接过话茬儿说。

"对对，溥仪喜欢玩，他在故宫当退位的'逊帝'，闲得浑身发痒，什么都喜欢玩儿。""豆包"想了想说。

"教授"突然哈哈大笑道："我一说皇上，你们就顺着皇上这条线往下捋，可你们怎么忘了，清末那几十年，虽然前后换了四个皇上，但朝廷真正当家的是谁呀？"

苏爷笑道："慈禧老佛爷呀！"

"对对，老佛爷喜欢玩儿！""豆包"说道。

"你们看看，这么一会儿工夫，我把这对盖板是谁玩过的都给他考证出来了。哈哈，'豆包'，图录的说明上没说是谁玩过的吧？""教授"得意地说道。

"没写。""豆包"应声道。

"他们还等着你这个'教授'考证呢。"詹爷凑过来，笑道。

"是呀，什么叫学问呀？""教授"听到詹爷说他"咳嗽",他不由得"喘起来了"。

"你怎么就能断定是慈禧玩过的呢？""带鱼"把杯里的"茅台"干掉，让服务员打开一瓶"二锅头"，斟满后，一口喝掉，拧着眉毛问"教授"，"你看见她玩过？"他的舌头发硬，北京人说的玩儿，他的发音是"完"。

| 酒虫儿 |

"废话,我要是亲眼得见慈禧老佛爷玩鸟儿,现在能坐在这儿,跟几位爷一起喝酒吗?'带鱼'先生,您这不是搬杠吗?""教授"咧了咧嘴说道。

"是呀,他没法亲眼得见。"苏爷对"带鱼"说。

"没有亲眼见,你就敢断定那鸟笼子是慈禧玩过的?你的依据是什么?""带鱼"较起真来,能打破砂锅,问(璺)到底。

"那您说这鸟笼子是谁玩儿过的?""教授"喝干酒杯里的酒,反问道。

"我说它是皇上玩过的,也许是咸丰,也许是光绪,也许是宣统,还有可能是乾隆。总之是皇上,而不是皇后。""带鱼"撇了撇嘴说。

"哦,是皇上,不是皇后,为什么?""教授"哂笑了一下,问道。

"因为皇上是男的,皇后是女的,一般玩鸟的,都是男的。""带鱼"释然一笑说。

"那也不见得吧?慈禧老佛爷喜欢玩鸟儿,这可是史料上说的。""教授"反驳道。

"我看'带鱼'说得靠谱儿,'教授'说的这对盖板儿,应该是'红子笼'上的,老北京养'红子'多是爷儿们。妇道人家玩'红子',谁听说过?慈禧老佛爷是喜欢玩鸟儿,但她玩的应该是八哥、鹦鹉、黄鸟之类的鸟儿。"苏爷笑道。

他说的靠谱儿,因为他就喜欢玩鸟儿,现在养着两只"红子",一只"靛颏"。

"瞧见没有,行家说话了。"詹爷对"教授"说,"你们俩先别开掐,我想听听'教授'的高论,这么一对盖板儿,开价两百万,卖得出去吗?"

"这您得问杨爷,他是盖板大师呀!""教授"笑道。

"杨爷,您说说看。"詹爷对"盖板杨"问道。

"盖板杨"一直闷头喝酒,虽然耳朵一直跟着"教授",但他几乎没搭一句腔,听詹爷问他,他放下酒杯,淡然一笑道:"两个两百万,那就是一个一百万。对吧?"

"教授"不耐烦地说道："哎呀，听杨爷说话这叫一个累，这儿让您算数呢？干脆说，就要您一个字或两个字，一对盖板儿两百万，值，还是不值？"

"值，还是不值？你不是都说了吗？""盖板杨"笑道。

"行，您可真是爷！""教授"无可奈何地说道，"我算服了您了。"

詹爷笑着对"教授"说："你别难为杨爷了，这种话，越是行里人越不好明说。你不是'教授'和'版主'吗？发表一下你的权威观点吧？"

"教授"拿筷子夹了一块豆酱，喝了一大口酒，用手背擦了擦嘴，嘿然笑道："我的意见嘛，当然是物有所值了。首先是这个盖板是人工錾雕的，艺术水平极高。"

他又打开了手机，对众人说："你们看两个盖板上的这十个人物，真是绝了，个个活灵活现，就这艺术水平，现代人绝对做不出来了。我估计这种绝活已经失传了，是不是杨爷？"他看着"盖板杨"问道。

"也许吧。""盖板杨"抬起脑袋，看了看他。

"什么叫也许呀？您老人家说话，不能痛快一点儿吗？是，还是不是？""教授"瞪了"盖板杨"一眼。

"是。'教授'说的话，能说不是吗？""盖板杨"笑了笑说。

"还有它的收藏价值。大家都知道物以稀为贵。甭管它是皇上玩过的，还是慈禧老佛爷玩过的，总之是从皇宫里出来的玩意儿。跟玩瓷器一样，'官窑'的东西，跟'民窑'的能一样吗？况且这世界上就这么一对儿！所以我说这对盖板儿两百万，值！唐思民，你说呢？""教授"说完，把目光投向画家老唐。

唐思民正跟王景顺聊房子的事儿，听"教授"点名，"嗯"了一声，扭过脸对"教授"说："今儿的'茅台'酒让你喝美了是不是？又给我们开起艺术课来。盖板儿是特殊艺术，按艺术分类来说，算是工艺美术。现在工艺美术也分大师级的和一般人的作品，大师级的价值自然高，如今一幅齐白石、张大千的山水或写意花鸟画儿，都拍到了上千万，这对宫里造办处大师的作品两百万，应该说不贵。"

王景顺点了点头说道："两百万是起拍价，也许能三百万成交呢。"

苏爷对"教授"笑道："两百万？听你这通儿吹，这盖板儿不是你的吧？"

"教授"咧了咧嘴说道："我的？我们家要有这东西，该惊动派出所警察了。"

"那我问问你，你要是手里有两百万，买不买这对盖板儿？"苏爷问道。

王景顺搭腔道："买了，你就赚了，二百万买，四百万卖呀！"

"您饶了我吧，我可没这野心。""教授"笑道。

"豆包"接过话茬儿道："你们平时不上网不知道，咱们'教授'现在是版主了，粉丝有几十万。他一天到晚忙着呢，思考的都是国家大事。"

"他眼里，看什么都是国家大事，哼，有那么严重吗？""带鱼"这会儿的酒劲儿恰到好处，开始要跟"教授"争辩了。

"咱别扯远了嘿！"这时，詹爷对"教授"说，"在盖板上，咱们都是'棒槌'，真正的行家是'盖板杨'，他还没说话呢。"

"盖板杨"莫名其妙地笑了笑，对詹爷道："他们可不是你说的'棒槌'，您瞧'教授'刚才说的多有水平呀？"

"杨爷，他是研究艺术的。您不上网，不知道，人家现在是'网红'，网上大名鼎鼎的'皇城艺侠'。""豆包"插话道。

"盖板杨"忍不住哈哈大笑起来，原来上拍的这一对盖板儿正是他的早期作品。前些年，被人花八百块钱买走，现在做了旧，摇身一变成了宫里造办处的玩意儿，居然以假乱真，还让这些"棒槌"们演绎出这么多故事来。对此，他只能暗自感到荒唐可笑。

当然，以他的做人准则，他不会捅破这层窗户纸，折大伙儿的面子，更没必要去砸那位造假者的"饭碗"，也许他家里出了什么意外，急需这笔钱呢？

不过，假话重复百遍就会成为真话，重复千遍，就会变成真理。当大多数人都认为这是宫里的，他突然站出来说，这是我的作品，人们也许会怀疑他不是骗子，就是疯子或傻子。所以他对付这种事儿的最明智的办法就是俩字：认头。就像在戏园子看戏，明明知道武松打死的是假老虎，也要当真老虎看，并且还要拍巴掌。

"盖板杨"不说话了，盖板的话题就翻篇儿了。这会儿，"教授"跟王景顺就拍卖的猫腻话题又辩论上了，"带鱼"对这个话题很感兴趣，他是"教授"观点的反对者，没聊几句，便开始交锋。

这时詹爷站起来，跟挨着"盖板杨"的唐思民换了个位置。坐下后，对"盖板杨"说："他们聊他们的，咱俩说说小白楼的事儿。"

"好呀。""盖板杨"说道。

詹爷端起酒杯跟他碰了一下，一仰脖干掉，看了一眼"盖板杨"说道："小白楼的事儿鲁爷跟你说了？"

"说了，小白楼什么事儿？""盖板杨"问道。

"当然有事儿。"

"小白楼已经拆了有七八年了。"

"是呀，它要不拆，还不会有这档子事儿呢！"詹爷诡秘地一笑说。

"盖板杨"从他说话的语气里似乎听出什么碴口儿，诧异地问道："真的吗？"

第十一章

詹爷性格豪爽,虽然岁数比"盖板杨"还小,但在"久仁居"这九位爷里,却有老大的范儿,平时老哥儿几个有点什么事儿,也常跟他要主意。他说话也是直来直去,从来不会拐弯儿。

"盖板杨"听他的话口儿,以为小白楼出了什么事儿,忙问他:"难道是小白楼的主人回来了?"

"还真让你说对了。"詹爷笑道。

"是汪家的人吗?""盖板杨"心里不由得打了个激灵。

"汪家?"詹爷沉了一下,说道,"你说的是解放后小白楼的主人,不是他。现在找你的人,是小白楼本主的后代。"

"本主?"

"对,就是当年盖小白楼的德国人。"

"你是说当年在协和医院当医生的德国人莫克林吗?""盖板杨"想了想,问道。

"对。是莫克林的重孙子尼尔森。"詹爷说道。

"他的重孙子?""盖板杨"算了算说道,"现在也得有四五十岁了吧?"

"哪儿呀?只有三十出头,跟我儿子岁数差不多。"

"哦,德国人!他来北京找小白楼有什么事儿呢?""盖板杨"纳着闷儿问道。

詹爷迟疑了一下说道:"你也许不知道,当年,莫克林盖完小白楼,为了纪念他爷爷威尔逊,特意让老北京的工匠,雕了个威尔逊的纯金头像。这个头像雕得十分传神,一直挂在小白楼的二楼。"

"我怎么不知道小白楼的这个头像呢?""盖板杨"笑道。他当然知道这个头像。

"你见过吧？"

"见过。"

"后来听说把这个头像拿到冶炼厂，给化成了金块儿。"

"只是听说，到底怎么回事儿，我并不知道。反正那小楼'闹鬼'的时候，这头像就没了。"

"但莫克林的后人还记得小白楼的这个头像。两年前，他们在德国的一本杂志上，看到德国的建筑设计师设计的作品中，居然有北京的这座小白楼，当然还有这个设计师在中国设计的火车站、教堂和医院。小白楼是他设计得比较得意的作品。这个设计者在德国非常有名。"

"可惜呀！他已经死了，那个小白楼也没了。""盖板杨"感慨道。

"是呀，小白楼拆了确实可惜。"詹爷也叹息道，"楼是拆了，但莫克林的后人见到小白楼的老照片，想起了那个威尔逊的头像，因为威尔逊是他们家族中唯一被德国皇室授过爵位的。他们家族后来发达跟这位前辈有直接关系，而且头像雕得又是那么传神，所以他们决定不惜任何代价，让中国的工匠重新复制一个头像。"

"什么，复制？"

"对，他们多方查询，最后查到了那个纯金的头像是老北京工匠'麻片儿李'的杰作。于是他们委托会中国话的尼尔森，来完成这件事。尼尔森在跟我聊这事儿时，我一下想到了您。"

"您认识那个德国人尼尔森？"

"我儿子不是在德国吗，他跟尼尔森是一家德国公司的同事。"

"这事儿，您怎么会想起我呢？"

"因为您是'麻片儿李'的徒弟呀！"

"哦，您知道我是'麻片儿李'的徒弟？"

"当然。可我知道您现在是大师了，一般的活儿不接。"

"大师？您别骂人嘿。咱们的关系，您张嘴直说要做什么活儿，我能不接吗？"

"万一您手头忙呢？"

"忙？那得分是谁的活儿？"

"没辙，我只好请鲁爷出面。鲁爷跟'麻片儿李'是把兄弟，再说他的面子比我大，您说是不是？"

"那您干吗这两天躲着我呢？""盖板杨"直截了当地问道。

"嗐，我没承想半路会杀出个程咬金，把小白楼这活儿给戗了。"詹爷皱着眉，喝了一口酒说道。

"谁呀？"

"何彦生，您应该知道这个人吧？"

"何彦生？""盖板杨"听了，猛然一惊。

"他说他才是'麻片儿李'的入室弟子，'麻片儿李'就他这一个徒弟。"

"他是'麻片儿李'的徒弟，嗯，您信吗？"

"不是我背后说人坏话，实话实说，他拿踩咕人不当事儿，说他自己拿过多少全国大奖，是国家级的工艺美术大师，而您什么都不是，退休时才是个中级职称。"

"盖板杨"漫不经心地笑了笑说："没错儿，在技术职称上我什么都不是，只是一个普通的工匠而已。德国人很看重这些吗？"

"是呀，他们并不了解您这么多年怀才不遇，一直受排挤。凭真本事，您才是真正的大师级工匠，论绝活儿，谁有您知名度高？可这些老外不看这些，他们更看重的是人的学历、职称、职务和名位。这几样，姓何的都比您有优势，所以他们选择了他。"詹爷叹了口气说。

"那好呀，德国人选择了他，就让他去干好了。""盖板杨"不屑一顾地说。

"我是觉得这事儿办得有点儿窝囊，德国人这么做，不是拿我打镲吗？姓何的也是挡横，已经跟德国人说好了，他出来裹什么乱？"

"他以为这是露脸的活儿吧？也许又能挣到一笔欧元。我了解他，凡是这种活儿，他当仁不让。""盖板杨"冷笑道。

"不行。杨爷,这两天我一直在琢磨,这活儿他们不让您干,谁也甭干了。我怎么着也得把它给搅'黄'喽。"

"有这个必要吗？詹爷,咱们还是踏踏实实喝酒,别操那份闲心了。""盖板杨"淡然一笑说道。

"对,喝着！"詹爷端起酒杯,跟"盖板杨"一口干掉,"杨爷,我把实底都告诉您了,您听了不会心里熬恼,怪罪我吧？"

"怪罪您什么,这叫事儿吗？""盖板杨"笑道。

詹爷沉了一下,问道:"您交给我一个实底,姓何的说的有没有谱儿？难道'麻片儿李'真的就他这么一个徒弟吗？"

"盖板杨"笑道："他在许多场合都说过这话。嘴长在他脸上,他这么说,谁能去堵他的嘴？再说,他说是'麻片儿李'的儿子,跟听的人有一毛钱的关系吗？"

"那到底是不是呢？"

"他说是，就是吧。""盖板杨"不以为然地笑了笑。

"你们行里的事儿,听着那么复杂,我还是相信您说的话。"詹爷斟满一杯酒,径自干掉,说道,"不过,这事儿我跟那姓何的还没画句号。"

"您一天到晚那么忙,何必为这种事儿劳神？""盖板杨"喝了一口酒说道。

詹爷依然感到心里不平衡,咧了咧嘴说："哼,他觉得这是个甜买卖给争了过去,但别忘了那句话：没有金刚钻,别揽瓷器活。揽过去了,也会成烫手山芋的。不信,咱们走着瞧。"

"盖板杨"看着他,不置可否地笑了笑。

这顿酒边喝边聊,中间不断有人撂下酒杯,提前告辞。喝到最后,只剩下"盖板杨"和"教授"了。

| 酒虫儿 |

"教授"一向敬重"盖板杨",散了酒席,出门打车,把"盖板杨"送回家。

"盖板杨"进了家门,给自己泡了杯酽茶。他习惯用紫砂壶直接泡茶,然后直接对着壶嘴小啜。几口茶咽下去,他脑子渐渐清醒过来,詹爷说的话也一句一句在脑子里翻腾出来。

小白楼的活儿,被何彦生给戗走,这是多栽面儿的事儿。他跟詹爷说是不足挂齿的小事一桩,而且对他来说已经是过眼云烟。有那么轻巧吗?云烟说过去就能过去吗?

他突然想起徐晓东跟他说的,宋二乐接下了小白楼的活儿,难道他干的也是德国人尼尔森的活儿吗?

何彦生,他有几年没见过这个人了。说老实话,"盖板杨"听见这个名字,心里就有一种硌硬的感觉,像吃热汤面,发现碗里漂着一只苍蝇。

"麻片儿李"就他一个徒弟!何彦生二十多年前,就在大庭广众之下公开这么说。

"盖板杨"听了,只是付之一笑。他不想跟他争辩,也不想捅破那层窗户纸。他觉得这实在没有什么意义。何况那时何彦生在事业上正如日中天,"盖板杨"不想因为这些,毁了他的前程。

不知多少次,"盖板杨"在喝了酒之后,自己敲打自己:一定要给他留点儿面子。尽管何彦生对他的打压,已经到了一般人难以忍受的地步,但"盖板杨"仍然坚守自己的诺言,把那个"忍"字扛到了现在。

这些年,"盖板杨"始终认为:嗓子再好,唱出好听的歌来,才是好歌手。何彦生说他是"麻片儿李"的徒弟,但是他这些年,没錾出过一件有"麻片儿李"风格的作品来,这个徒弟只是徒有虚名而已。

"盖板杨"却一直没放下手里的錾子。他是"麻片儿李"徒弟,不是用嘴说出来的,是干出来的,作品摆在那儿,能证明一切。

"盖板杨"在延庆山村插队七年多,最大的收获就是在那个偏僻的小山村,有幸认识了"麻片儿李",俩人的患难之交,成就了"盖板杨"。

第十二章

"麻片儿李"大号李义山，山东人，寸头方脸，直鼻圆眼，敦实个儿，因为脸上有十几颗非常显眼的麻子，所以得了这个外号。

有麻子，为什么不叫"麻子李"，而叫他"麻片儿李"呢？原来他是在金片儿、银片儿或铜片儿上施展錾艺的工匠，所以才叫他"麻片儿李"。他是老北京前门外"奉记"红炉的"头火"，也就是掌门的工匠。

老北京的红炉，也叫金炉，是专门回炉金器银器的。这是什么买卖呢？简单说就是"废物利用"，您手里有一对祖传的金镯子或银香炉，时间长，磨损了，或不喜欢了，您便可以拿到红炉。红炉的工匠会把它回炉熔化，然后，按您可心的样式，重新给您打一对儿。

京城做买卖讲究扎堆儿，所以有"茶叶一条街""玉器一条街""小吃一条街"等名堂。当年，京城的红炉主要集中在前门外廊坊头条、二条、三条。这行最红火的时候，有京城"四十八家红炉"之称。

这么多红炉在"一条街"上，谁的买卖"叫座"，就得凭真本事了。红炉的真本事是工匠的活儿出众。当年"奉记"在"四十八家红炉"中独占鳌头，凭的就是"麻片儿李"的绝活儿。

"麻片儿李"是以手艺扬的名，他能把一块金疙瘩，用特制的拍子，拍成薄薄的金箔，薄到什么份儿上呢？如蝉翼，如饴纸，而且铺开以后不散不乱，这一绝活现在几乎失传。"麻片儿李"的另外一手绝活儿，就是"錾艺"，也就是现在"盖板杨"手上的功夫。

北平解放以后，黄金被国家列为特殊物资，不允许私人经营，所以京城所有红炉和金店都关张改行。"麻片儿李"一直在一家工艺美术厂当工匠，原来的绝活儿基本上没有用武之地了。

| 酒虫儿 |

当年"奉记"红炉因为有"麻片儿李",在老北京红火一时。但"奉记"再红火,也是东家的,"麻片儿李"只是一个工匠而已。

按说,他的这种出身和成分,不会受什么冲击。偏偏"麻片儿李"脾气耿直,而且是离不开酒的"酒虫儿",这两样儿让他倒了霉。

常言道:酒话只当耳旁风。"麻片儿李"喝高了,也会有说话不把门的时候。自然,他说的都是酒话,酒醒之后,他说的是什么连自己都记不得了。

但说者无心,听者有意。让他没想到的是,他曾经说过的那些酒话,被跟他有短儿的人想起来了,而且当成了"正话",对他兴师问罪。比如他给宋美龄打过一副金耳坠子,给孔祥熙做过一个纯金的蒋介石浮雕像,这是蒋介石五十岁生日时,孔祥熙送给他的礼物。还有,他给一个德国人做过家族的徽章和家族前辈的头像。

这些都是他喝酒时说出来的,这些事都上了揭发他的大字报。别的不说,单是给蒋介石做雕像这一条,就够他喝一壶的[①],又加上给德国人做徽章和头像。于是"麻片儿李"成了"国民党反动派和法西斯的走狗"。这罪状还小吗?

说起来,"麻片儿李"还算造化。他的"罪状"已经在公安分局挂了号,就在警察对他捉拿归案,准备下大狱的榀节儿上,一个"根红苗正"的老工人站出来,替他说了几句好话。

原来在解放初期抗美援朝时,"麻片儿李"曾经给志愿军做过军功章,受到过政府的褒奖。有这一大功劳,才免除了他的牢狱之灾。

这位仗义执言的老工人,就是"酒虫儿"鲁爷。鲁爷是"麻片儿李"的把兄弟,"麻片儿李"走了"月白运",他岂能袖手旁观,所以不怕吃挂落儿,拼尽全力保了自己的把兄弟。鲁爷曾经当过劳模,他说话还是占地方的。

虽然没把"麻片儿李"往大狱里送,但"工人阶级队伍"是不能让他

---

① 够喝一壶的:北京的俗语,够他一呛的意思。

酒厂上班，酒厂有用白薯干酿的酒，内部职工买，三毛钱一斤。"盖板杨"托老胡头买了二十斤，五斤给了老胡，剩下的都给了"麻片儿李"。

由打"麻片儿李"开了酒戒，他的话就更多了。为了能让"盖板杨"接着给他买酒，他在聊天的时候，经常抖个"包袱"，拴个"扣子"，且听下回分解。

想下回分解？那好，您把酒备上。其实，他不"下回分解"，想喝酒了，"盖板杨"也会给他去淘换的。

青花骡子这一蹄子，让"麻片儿李"疼了一年多，也让他跟这些牲口分了手。队长没法让一个下不了炕的老人喂牲口了，"麻片儿李"被生产队"养"了起来。这反倒让他的日子更离不开酒了。

第十三章

喝酒的人喜欢找伴儿。天天在一起"泡"着,"麻片儿李"喝酒,"盖板杨"瞧着,他心里觉得别扭。但不管"麻片儿李"怎么劝,"盖板杨"就是对酒无动于衷。

这天,天降大雪,雪花漫天飞舞,把小山村给包裹成一片银白。雪有两三尺厚,挡住了小屋的屋门,"盖板杨"出门都困难。

"这天儿,只能在炕上裹着棉被喝酒了。""麻片儿李"对"盖板杨"说。

"盖板杨"从被窝里钻出来,披羊板皮袄,身上还冷得直哆嗦。他往灶膛里扔了两把干柴,在铁锅里爆了几把黄豆,拿给"麻片儿李"磨牙下酒。

"麻片儿李"感激涕零地说:"快进被窝儿,暖暖身子吧。"

"盖板杨"看了看灶台,摇了摇头说:"您先喝着,我到队部要点儿棒子面去,中午饭还没辙呢。"

他踏着雪,从队部要了半口袋棒子面,拎回来时,"麻片儿李"还在喝酒。那当儿,他已经开始喝"渗酒"了,一碗酒有三两多,他能坐在那儿喝一上午。

"麻片儿李"看着"盖板杨"从屋外带回来的一身寒气,心疼地把酒碗递给他说:"听我的,喝一口,暖暖身子。"

"盖板杨"淡然一笑说:"我喝了,您还喝什么?"

"那等于你替我喝了。来吧,喝一口,你就知道酒是好东西了。""麻片儿李"笑道。

"盖板杨"对那天的"麻片儿李"的举动感到莫名其妙。他非要"盖板杨"喝酒,好像他给"麻片儿李"做了什么事,要以酒表达自己的感激之心似的。

"我真不能喝酒,酒味儿我闻着都头晕。""盖板杨"推让道。

"你是不是个汉子？是汉子，就把它喝下去！"也许是看着"盖板杨"磨磨唧唧的劲头不耐烦了，"麻片儿李"玩了一个激将法。

没想到"盖板杨"不吃葱不吃蒜，就吃姜（将），听"麻片儿李"说出了这话，他一咬牙一跺脚说："好吧，您给我满上！"

"麻片儿李"拿起酒坛子，把碗斟满酒，递给了"盖板杨"。只见他端起碗，咕咚咕咚一口气把碗里的酒干了。

"好样的！""麻片儿李"拍着巴掌，对"盖板杨"称赞道。

这是"盖板杨"有生以来第一次沾酒。那碗酒下肚后，他几乎没什么反应，又在锅里爆了几把黄豆，跟"麻片儿李"一起连喝了五六碗。大概有一斤多酒，直喝得他神情恍惚，倒在炕上酩酊。

头一次沾酒，他喝出了美意和快感。那是一种飘飘欲仙的感觉，他仿佛觉得自己的身子飘浮起来，离开了那个小屋，进入一个虚无缥缈的仙境。那里有蓝天白云，风光旖旎，树木茂盛，繁花似锦，人也那么祥和俊美，充满善意。

他在这个奇妙的天地里游荡，同时也幻化成另一种状态的人，那么神清气爽，心旷神怡。这种逍遥自在，神游于天外的感觉，让他流连忘返。

第二天，他睁开眼，从被窝里探出脑袋，看到"麻片儿李"蹲在灶台前，正熬棒槎粥。屋子里弥漫着烟气，他仿佛从那个神奇缥缈的世界回到现实，脑子还没完全从那种意境里走出来。

"怎么样爷儿们？好点儿不？""麻片儿李"笑着问他。头天夜里，"盖板杨"喝得已然断片儿，是"麻片儿李"把他给拖进被窝的。

不过，他第一次喝酒的状态，就让"麻片儿李"看出了未来发展的"潜力"。因为他不怵酒，喝到最后还跟"麻片儿李"抢酒喝。另外，他喝醉了酒，不吐，不闹，脸微微发红。喝酒的人都知道有"四大怕"[①]一说，其中之一就是红脸蛋的。

"啊，酒这东西确实很神奇！难怪您离不开它。""盖板杨"打了个哈

[①] 四大怕：流行北京的民间说法。指的是：红脸蛋的（喝酒脸红），吃药片儿的（喝酒前吃解酒护肝药片），梳小辫儿的（女的），带手绢儿的（喝酒后出汗多的人）。

| 酒虫儿 |

欠说。

"还喝不？"

"喝，当然得喝！"

"嗯，真是喝酒的坯子！后生可畏，焉知来者？""麻片儿李"对他啧啧赞道。

当天晚上，"盖板杨"在铁锅里爆了几把黄豆，俩人又喝了一斤多。那种粗瓷碗，一碗大概有二两酒，"盖板杨"喝到五碗时，头脑还清醒。

"麻片儿李"劝他别再喝了，但他还想找头天喝了酒以后的那种感觉，渴望回到那个虚无缥缈的世界。所以又喝了两碗，加起来有八九两酒了，头天晚上的状态还没出现，于是又把自己的碗里倒满了，还要接着喝。

"麻片儿李"看他抢酒的劲头儿，有点儿含糊了。因为白薯干酿的酒，虽然度数比不上高粱、小麦酿的酒，但"盖板杨"买的是直接从酒厂倒出来的原浆酒，度数至少有六十度。"麻片儿李"这个老"酒虫儿"，每次撑死了也就是半斤酒，想不到"盖板杨"会这么能喝。

"盖板杨"又喝了两碗，才渐渐找到头天晚上的那种恍惚状态，他在那种仙境里又度过了一个晚上。

一连两次走进虚幻的仙境，让"盖板杨"尝到了喝酒的魅力。从此，他的生活离不开酒了。

酒让"盖板杨"跟"麻片儿李"的关系更近了。当然，酒虽然是排忧解闷的好东西，但"盖板杨"那会儿还年轻，也是一个有生活追求的人。"麻片儿李"怕他染上酒瘾，整天沉浸在酒里，毁了自己的前程，所以，经常开导他。

这天，"麻片儿李"跟他又聊起了"奉记"红炉的往事。"盖板杨"随口问道："您有徒弟吗？"

"麻片儿李"迟疑了一下，苦笑道："怎么说呢，收过一个徒弟，但这个徒弟水蝎子，不怎么着（蜇）。"

他说了一句北京人爱说的俏皮话。

"是不好好学手艺吗？"

"不是那么回子事儿。我问问你，学做手艺重要，还是学做人重要？"

"当然是学做人重要了。"

"说得对呀！""麻片儿李"叹了口气说，"老北京人有句话，未曾学艺，先学做人。可这个徒弟做人上不行，自然，也学不出好手艺来了。"

"这个徒弟也是北京人吗？"

"是，他姓何，叫何彦生。我跟他爸老何是老酒友，老何在老北京是拉洋车的，给'奉记'的东家拉过'包月'，我们是这么认识的。老何在解放后改蹬三轮了。"

"这种三轮车我还坐过。大概到一九六几年，北京才取消。"

"好像是吧。老何平时好喝，我们能喝到一起。他看重我的手艺，认为我的手艺没用武之地，有些可惜。"

"谁说不是呢？"

"有一次，我跟老何在一起喝酒，他借着酒劲，跟我说了实话。敢情他有个儿子，他想让这个儿子跟我学手艺，将来把我的錾活手艺传下去。"

"您答应了？"

"我听了，付之一笑，心说你都认为我的手艺没用武之地了，还想让你儿子学？"

"是呀。"

"可是没想到，过了两天，他把儿子带了来。见到我二话不说，就让他儿子给我磕了三个头，然后让他儿子叫我师傅。接着他破例在前门的'全聚德'请我吃了顿烤鸭。到这份儿上，我已然没了退身步。"

"就这么收的徒弟。当时何彦生有多大年龄？"

"跟你的岁数差不多吧。但他可比你有心眼儿，人也鸡贼。他脑袋瓜好使，可就是没用到正地儿。老何四个闺女，就这么个儿子，把他给宠坏了。"

"我看不完全是宠坏的吧？"

"他没什么爱好，但念书的成绩不错。老何为什么要让他拜我为师？他观念保守，怕儿子考上大学。"

"为什么？"

"大学毕业生是全国分配。老何怕儿子上了大学将来分到天南海北，离自己太远，所以不打算让他考高中，想让他初中毕业去技校，私下让他跟我学门手艺，将来也有个'饭碗'。"

"他爸爸的起点也不高。"

"我当时也是被他的外表所迷惑了。初次见面，我看他长得浓眉大眼，仪表堂堂，个头儿也高，人也机灵，心说，只要他沉得下心来，踏踏实实学，将来在錾艺上肯定是把好手儿。"

"结果呢？"

"接触时间长了，我才发现自己看走眼了。敢情这个何彦生拜我为师，是他爸爸的强拉硬扯，强扭的瓜，他自己压根儿就不想跟我学这门手艺。他倒是打开鼻子说亮话，直接跟我挑明，跟我学手艺，学的不是手艺，是名义。他想借我的名儿，将来干点事儿。"

"干什么事？"

"他跟我说，他平时喜欢看书，看过很多中外名著，其中他最喜欢的一本书，叫什么红和黑？"

"《红与黑》，法国作家司汤达写的。""盖板杨"说。

"谁写的就不管他了。这小子跟我说，书里有个人物叫什么连？"

"于连。"

"这个叫于连的人，他爸爸是个运木材的，肯定是社会下层的人。他不想再像他爹似的拉一辈子木头，于是绞尽脑汁想往上爬，最后爱上了伯爵夫人，怎么着怎么着的。我听了简直是下三烂的事儿。可这何彦生偏偏喜欢他。"

"这当然是有原因的。"

"可说呢。他对我说,他家太穷了,五个孩子,他排老五,就他一个男孩。他爸爸蹬了一辈子三轮车,他妈一直给人家当保姆,街坊四邻没人看得起他们家。他上小学的时候,同学就给他编了个顺口溜儿:'何老五何老五,饿着肚子捡白薯,他爸蹬着平板车,他妈给人当保姆。'他说他受了十几年的白眼,长大了还能再挨人瞪吗?所以,他一定要活出个人样儿来!"

"跟您学手艺,也许能改变他的命运。"

"这你可说错了,他压根儿就看不起我这个工匠,一心要当官儿。学手艺不过是'跳板'。我知道他这种心气儿后,心说完了,我收的不是徒弟,是冤家。"

"是呀。"

"我本想找老何明说,把肚子里怎么想的都告诉他,这个徒弟我不认了,解除跟他的关系。但后来一想,我跟他也没什么契约,解除什么关系呀?"

"可他毕竟给您磕过头了。"

"说的是呢。他走到哪儿也是拿这个说话。后来,还是拿是我的徒弟说事儿,托人进了工艺美术厂。"

"他从您这儿学到什么手艺了?"

"实际上什么都没学。他不想学,我也没正经教过他什么。那当儿,他还在中学念书,但时不时来找我,表面上看,我们走得很近,其实他找我,就是闲聊天儿,让我说点子北京的老事儿。我这人喝了酒,便口无遮拦了,什么陈芝麻烂谷子的事都说。但说者无心,听者有意,没想到我闲聊天说的那些事儿,居然他都记住了,成了我的罪状。我没承想毁在他手里了。"

"他能干出这种事儿来?"

"运动来了以后,他就跟那些高干子弟裹在一起,抄家,打砸抢,他一样儿没落下。其实,运动没我什么事儿,我怎么倒的霉呢?"

"是呀，您是工匠出身，跟'黑五类'挨不上呀？"

"可说呢。但运动开始后，我看他戴着红箍儿，整天耀武扬威的，我就把他叫到我们家，劝他不要这么张扬，更不要干伤天害理的事儿，人在做天在看。当师傅的劝劝徒弟，不也是应当的吗？"

"是呀。"

"可是这一劝，让他恨上了我。他认为我这是拦着他，不让他革命，自然这是明面上的话，心里他想的是我拦着他出人头地，这是他从小就埋在脑子里的野心。"

"您这么一说，等于得罪了他。"

"是呀，从此他恨上了我，有恨就有仇，有仇就有恶。他很快就跟我翻了脸，转过身来，给我写大字报，批判我。接着他又揭发我是封建思想的残渣余孽，是资本主义的走狗，把我当年跟他讲的那些老北京的掌故，尤其是给德国人錾过头像的事儿都抖搂出来。有这些罪证，我自然成了'落水狗'，大字报的墨迹未干，我们家给抄了。"

"敢情抄您家，是他带的头？"

"没他，怎么会盯上我呢？这一下，我成了历史罪人。后来的事儿你都知道了。你说我是不是收了个冤家？"

"麻片儿李"说到这儿哽咽了。"盖板杨"不想碰他心灵上的疮疤，也就不再往下问了。

第十四章

"盖板杨"跟"麻片儿李"聊天时,经常听他念叨自己的錾活儿,但没见过他做的活儿。

那年冬天,天降大雪,冷风呼啸,滴水成冰,俩人不敢出门,躲在屋里喝酒。喝到兴头上,"盖板杨"突然问道:"您錾了大半辈子活儿,有没有最得意的作品?"

"最得意的?""麻片儿李"看着"盖板杨"若有所思地说,"最得意的作品,往往也是让人最倒霉的作品。"

"什么呢?"

"麻片儿李"迟疑了一下问道:"东单有个鬼屋小白楼,你听说过吗?"

"小白楼我知道,它怎么成了鬼屋?""盖板杨"诧异地问道。

"看来你是不知道闹鬼的事儿。"

"没听人说过呀。"

"小白楼有个金板的外国老头的头像,你听说过吗?"

"知道,我还亲眼见过呢。"

"那就是我的作品。""麻片儿李"漫不经心地笑了笑说道。

"什么?那个老头雕像是您錾出来的!""盖板杨"惊诧道。

"不是我,还能有谁呢?""麻片儿李"喝了一口酒,抹了抹嘴说道。

"啊!您的技艺实在是太高了!那头像简直把人给雕活了。鬼斧神工呀!""盖板杨"闭上眼睛,回忆起自己在小白楼见到那雕像的情景,雕像上老人的眼神又浮现在他脑海里,仿佛老人的头影在他眼前晃悠。

"是呀,要不是把头像给雕'活'了,小白楼怎么会闹鬼呢?""麻片儿李"苦笑了一下。

"麻片儿李"制作头像

"您可把我给说糊涂了,难道那个头像把'鬼'给引来了?能不能细说分详?""盖板杨"说道。

"麻片儿李"微微一笑,拿起酒壶晃了晃说:"这酒可不多了。"

"盖板杨"心领神会地笑道:"得,我给您满上。"

他站起身,把酒桶里剩下的酒,都倒在了酒壶里。看了看有半斤多,显然不够"麻片儿李"喝的,他带着歉意说道:"您别下回分解了,算我欠您三壶酒,您接着聊小白楼闹鬼的事儿,让我也开开眼。"

"麻片儿李"冲他嘿然一笑道:"我这可不是给你说书呢,聊的可都是真事。不信,赶明儿有机会你问问鲁爷,看我说的是不是这么回事。"

"得了,您就聊吧,我知道您不会随意扯闲篇儿。""盖板杨"说道。

那天晚上的雪下得特别大,"盖板杨"记得非常清楚。第二天早晨,大雪愣把门给堵严实了,他是从窗户钻出去,把门口的雪给清走,才开出一条小道。

那天晚上,"麻片儿李"喝得尽兴,一边喝着酒,一边眉飞色舞地讲小白楼闹鬼的事儿。"盖板杨"甚至觉得那"鬼"在"麻片儿李"身上附了体。小白楼的"灵异",让"盖板杨"有几天晚上不敢单独出门。

这是"麻片儿李"在前门外"奉记"红炉当"头火"时的事儿。有一年,"奉记"掌柜的接了协和医院德国大夫莫克林的一个活儿,莫克林要给他爷爷做一个浮雕头像。

当时,莫克林在东单一带盖的那座德式小楼刚落成不久。莫克林想在楼的正面装上家族的族徽,并且在一楼正厅的墙上镶嵌上他爷爷的头像。

他们家族在德国皇室时代非常显赫,他爷爷威尔逊曾是德皇的重臣,而且对莫克林从小就宠爱有加。爷儿俩感情甚笃,是爷爷鼓励他学医,并出资让他攻读的医学博士。所以,他在中国从医,盖起了新楼,不忘死去的爷爷之恩,要为他做一个雕像。

莫克林是个很古板的人,他对这个浮雕头像要求挺高。首先头像的制作工艺要与众不同，材料要用纯金；其次头像的脸要微侧直视，眼神要能与人的目光对视。

头像的眼睛与人对视？掌柜的还是头一次接这种活儿。而且这位德国人像是有意跟中国的工匠为难，他手里没有老人的照片，只能提供一张铅笔素描的画像。

莫克林当时在协和医院是有名的外科医生，医术非常高明，许多高官都找他看过病。当然他也很有钱，明确跟掌柜的说，头像只要做得让他满意，他会出双份的工钱。

莫克林是个干事非常精细之人，而且追求尽善尽美，一丝不苟。那座小白楼从设计到图纸，从材料到施工，都是他专门从德国找的一流设计师和工匠。本来做那个雕像，他要找德国最有名的雕塑家的，但他的法国朋友卢克把"麻片儿李"介绍给他。

卢克找"麻片儿李"给夫人做过头像，他认为"麻片儿李"的手艺，在德国的那位雕塑家之上。莫克林觉得在北京盖楼，找北京的工匠给爷爷雕像再合适不过了，于是才找到了"奉记"。

"麻片儿李"听掌柜的说了莫克林的这些条件，心里有些不情愿。他在"奉记"这么多年，还没接过这种条件苛刻的活儿。什么叫工艺与众不同？这不明摆着是来跟他叫板的吗？

那当儿，"麻片儿李"三十出头，血气方刚。见洋人说话架子烘烘，又出幺蛾子，提出这些苛刻的要求，死活不接。

掌柜的一看"麻片儿李"要摔耙子，把心提拉起来。在他看来，这是机不可失的甜买卖，丢了实在可惜；再者说，莫克林也得罪不起。您别看他是个大夫，他手眼通着天呢。袁世凯大总统都找他瞧过病，折了他的面子，他在警察局长那儿说句话，找个碴口，能让"奉记"的买卖关张。

于是他赶紧跟"麻片儿李"说好话，求他无论如何先把这活儿接下来，究竟怎么做再想辙。"麻片儿李"吃软不吃硬，见掌柜的给他作了揖，再不接就有点拿糖①了。

别看"麻片儿李"嘴硬，但只要接了活儿，手艺上绝没有半点儿含糊。他让掌柜的给他备下五坛子酒，那是上好的"南路烧"，一坛子十斤酒，五坛子五十斤酒，他一个人躲在作坊里，花了整整两个月的时间，把莫克林的爷爷威尔逊的头像錾了出来。

要说与众不同，"麻片儿李"的这种雕像的工艺，还真是之前谁也没见过。他把莫克林提供的那张素描真是"吃"透了，先让素描的老人活起来，再在金板上呈现，这个过程，"麻片儿李"喝了两坛子酒。

酒让他在蒙蒙眬眬中，让那个外国老头儿活灵活现地坐在了自己面前，俩人一起喝酒，一起聊天，一起享受活着的快乐，一起感叹死后对世态的冷眼。两坛子，二十斤酒，让纸上的老头儿，变成活着的老头儿，而且"麻片儿李"跟他成了朋友。这种经历是一般工匠难以想象的，而有了这样的经历，"麻片儿李"錾出来的头像能不生动吗？

剩下的三坛子酒，让"麻片儿李"的錾艺发挥得淋漓尽致。他还来了一手绝的，在金板錾出的浮雕像上，用珐琅镶了边儿，看上去格外典雅别致。

当然，他的绝活是錾艺，有他跟威尔逊交朋友的经历，呈现在金板上的头像真是栩栩如生，活灵活现。脸上神采奕奕，眉眼疏朗，目光炯炯有神，用含蓄的微笑看着你，意味深长，好像一张嘴就能说话。

莫克林看到这个金板头像，一下惊呆了："这……哦，简直把我爷爷给雕活了！太神奇了！"

他惊叹不已，握着"麻片儿李"的手，看了半天，感慨道："啊，我们同样有一双手，我这双手能救助活着的人的生命；你的这双手，却能让死去的人活过来。太了不起了！真是鬼斧神工！"

莫克林不但给了双份的工钱，还额外给了"麻片儿李"一千块银圆。那会儿，"麻片儿李"在"奉记"一年的工钱也就是一百多银圆，那还是因为他是"头火"。

---

① 拿糖：北京土话，端着架子的意思。

头像錾好还要安装。那天,天降大雪。雪花漫天飞舞,天地一片银白。您想那小楼也是白的呀,白雪跟小白楼好像融为一体,连楼的轮廓都分辨不出来了。

"奉记"的掌柜的建议改天再安装,但莫克林夫人非常任性,她决定的事情很难改动。于是,"麻片儿李"带着两个工匠,冒着大雪,来到了小白楼。雪大路滑,在上小白楼门口的台阶时,"麻片儿李"摔了一个屁蹲儿。

他比较迷信,安装头像摔跟头,他下意识地觉得不是好兆头。果不其然,后来发生的很多事儿一直到他死,都是难解之谜。

第十五章

在"麻片儿李"的印象里,莫克林是个比较规矩和温和的老实人。那时,他有五十出头,两个儿子和一个女儿都在德国上学,身边只有夫人和雇的一个中国籍仆人。

莫克林的夫人也有五十多了,长得高大,身子也发了福,走道儿屁股扭搭扭搭的像只海豚。跟莫克林比起来,她的脾气急,甚至有些乖张,说话办事自以为是,比较任性。家里的大小事儿,都是她拿主意。

跟莫克林一样,"麻片儿李"的高超錾艺,也让莫克林夫人感到惊叹。本来新楼的油漆未干,家具也刚刚从德国运来,一切都显得死气沉沉。但当"麻片儿李"把威尔逊的头像嵌在墙上以后,这金色的浮雕让整个房间顿时灿然生辉。

莫克林夫人看着栩栩如生的头像,忍不住尖叫起来,操着德语说:"哎呀,他是不是要跟我说话呀?"

莫克林会说几句汉语,他把夫人的话,翻译给"麻片儿李"。"麻片儿李"笑道:"他还要走下来,跟你们一起吃饭呢。"

"哦,真的吗?"莫克林听懂了"麻片儿李"说的意思,看了一眼头像,笑着用德语说,"爷爷下来吧,我们等着你一起吃晚饭。"

夫人听了这句话,也忍不住仰起头看了一眼头像,喃喃自语:"这怎么可能呢?"

"麻片儿李"对他们嘿然笑道:"你们等着吧,保不齐老爷子会下来,跟你们就伴儿呢?"

"麻片儿李"离开小白楼的时候,已经到了晚饭的饭口儿。莫克林礼节性地要留"麻片儿李"跟他们吃饭,但被"麻片儿李"婉拒了。

说起来，也是奇了怪了，"麻片儿李"那天特别想喝酒。他和铺子里的两个工匠，找了家"大酒缸"，把莫克林给的五块大洋小费，都换成了烧酒，三个人喝得醉么咕咚回的家。

"麻片儿李"怎么也想不到他的那句话成了谶语。一年以后，他錾的那位老人真的从墙上"走"下来，让小白楼闹了"鬼"，而且还出了人命。

由打威尔逊的头像上了墙以后，莫克林只要回家，便像有根线拴着他的心魂一样，身不由己地来到头像前，看着爷爷。

爷爷好像一直在等着他，爷儿俩的眼神对上以后，莫克林便好像身上充了电一样，似乎有了什么心灵感应，他有一肚子话要跟爷爷说。

开始，夫人见他看着头像打愣，常常打断他的思路，让他干点儿家务，分散他的注意力，但是这并没隔断莫克林与爷爷的眼神对视和心灵感应。

一晃儿，威尔逊的头像来到小白楼一年了。这天，天降大雪，跟一年前几乎一样，那雪下得漫天皆白，天气格外寒冷。

莫克林冷风稍气地从医院下班回到家。仆人给他掸掉身上的雪花，换了衣服，倒上一杯热咖啡，让他暖暖身子。

他坐下后，看着仆人，心不在焉地笑了笑，脑子却想着白天死在手术台上的一个病人。

病人是个街头乞丐，也许是几天没吃没喝了，连冻带饿倒卧在街头，被一个教堂的牧师发现，把他送到了协和医院。

牧师认识莫克林，希望他能开恩，搭救一下这个乞丐。当时莫克林正在给一位官员瞧病，后来又去手术室，参加一例大手术。这个手术完了，他才想起牧师说的那个病人，此时那个乞丐早已断了气。

这是一个看上去有七十多岁的老头，衣衫褴褛，脏兮兮的脸上惨白如纸，面目瘆人。莫克林假模假式地让人把乞丐推进手术室，奇怪的是乞丐突然睁开了眼睛。他吃了一惊，用手摸了摸他的心脏，没有任何生命体征，而且身体早已经僵了。

莫克林接触过无数病人和死人，这是第一次遇到病人死后睁眼的。是死不瞑目吧，他生前一定有什么冤屈。

他猛然想到自己的失职，如果牧师搀他进来，他及时处理，老人也许不会死。一种深深的愧疚攫住了他的心，他用手合上老人的眼睛，居然合了三次，眼睛才闭上。

莫克林把那杯热咖啡喝下去，心里才稍稍安稳一些。蓦然，他的目光看到了爷爷的头像，他走到头像前，目不转睛地看着爷爷，脑子里却又浮现出那个老年乞丐的凄惨面容，他的内心不由自主地焦灼起来。

夫人在催促他吃饭，仆人已经把餐具摆好。他走到餐桌前，目光还没离开爷爷的头像，好像爷爷的眼睛把他的魂给牵了去。

他神不守舍地胡乱吃了几口东西，白天工作的劳累和对老年乞丐的忏悔，让他没有一点儿食欲。

他放下手里的刀叉，坐在客厅的沙发上，两眼直勾勾地看着威尔逊的头像。看着看着，他的眼神惶乱起来，直觉得爷爷在墙上幻化成真人，在向自己微笑。

"爷爷！"他情不自禁地叫了一声。爷爷竟然答应了。莫克林惊呆了，不错眼珠地看着爷爷，恍然间，只见爷爷从那个金板上跳了下来，而且直接朝他走了过来。

他揉揉眼睛，爷爷就站在自己面前，冲他微微地笑着，他微笑着又叫了一声："爷爷！"

倏然，爷爷的脸色变了，对他严厉地瞪大眼睛说："知道今天你犯了多大的错误吗？"

"我……是的,我没有及时抢救那老头儿,可我当时也正在给人看病呀。"

"你不要自我辩解了，上帝看着你呢。如果你对所有病人都一视同仁的话，那个老人今天死不了。"爷爷嗔怪道。

"您是这么认为的吗？"

"医生是什么？是上帝派到人间，治病救人的白衣天使。天使对所有病人都要一样对待，不管他是穷还是富，不管他是高官还是乞丐。可你尽到你的使命了吗？你呀，忘了爷爷当初是怎么跟你说的了。"

"爷爷，我记得。您对我说你每救活一个病人，天上就会多一颗星星。今天，天上少了一颗星星。"

"孩子，你知道那颗星星是谁吗？"

"谁？"

"他就是上帝呀！"

"什么？今天死去的那个老年乞丐是上帝？"

"对，他就是上帝。孩子，上帝能死吗？但上帝在你心里死了。"

"真的吗？我让上帝死了？"莫克林猛然听到一声巨响，他大惊失色，睁开了眼睛，爷爷早不见了。原来他靠在沙发上睡着了，夫人在叫他去洗澡，准备睡觉。

夜里，雪渐渐小了，但"风后暖，雪后寒"，天气奇冷。临睡觉的时候，莫克林喝了两小杯白兰地，他以为酒精可以催眠，因为他下意识地觉得今天晚上很难入眠。

果不其然，他跟夫人亲吻后，踱步到自己的卧室，换上睡衣，躺在床上，闭上眼睛，脑子里转悠的都是爷爷威尔逊的身影。

他蒙蒙眬眬，好像回到了儿时生活的庄园。他爷爷穿着白大褂，跟着一位拄着拐杖的老人向他走过来。他小跑着迎了上去，这才发现那位长者正是那个死去的乞丐。他穿着深蓝色的长袍马褂，面目和善，彬彬有礼地冲他微笑。

爷爷和那个长者用审视的目光端视着他，一言不发，弄得他很不自在。难道他们是为自己白天的失职来教训他的吗？他正要申辩，猛一眨眼，爷爷和那位长者不见了。他急忙四处寻找，蓦然在一条幽静的小河边看到了他们，他奔了过去……

莫克林就这样躺在床上，恍恍惚惚地跟着他爷爷和那位长者转悠。一会儿乡村，一会儿城市，一会儿田野，一会儿宴会，总之都是他小时候经过的地方。

一直折腾到午夜，他突然醒了。夫人和仆人在自己的房间各自关灯睡觉了，万籁俱寂，窗外飘着小雪花。他半梦半醒，口渴得要命，准备喝水，突然他爷爷在他的眼前出现。

爷爷俯身亲吻着他的脸，然后拉着他的手，下了床，又下了楼，最后推开了楼门。他跟着爷爷来到了街上，来到了雪的世界。

他举目四望，漫天皆白，但又黯淡无光，渺无声息。走着走着，爷爷带着他到了另一个世界。

第十六章

第二天早晨，人们在雪地上发现了莫克林大夫。他身上只穿着薄薄的睡衣睡裤，已经冻得僵硬。

莫克林死后，他的夫人得了抑郁症，半年以后，她被儿子接回了德国，据说回德国不久就死了。夫人一直觉得莫克林死得诡异，而且跟威尔逊的头像有关，很长时间她不敢看那头像，后来甚至连那小白楼也不敢住了。在儿子接她回德国之前，她把小白楼卖给了盐业银行的董事汪先生。

汪先生是上海人，家室和夫人也在上海，独自在北京当差，寂寞无聊的时候，便到前门外的"八大胡同"泡妞儿。在"清吟小班"[①]"翠云轩"结识了头牌"白牡丹"。

"白牡丹"十七八岁，豆蔻年华，天生丽质，皮肤白皙，容貌可人。她是江苏泰州人，跟这位汪先生算是半个老乡，两人一见倾心，汪先生在她身上没少扔钱。

尽管那年头，有"婊子无情，戏子无义"的说法，但有钱人什么时候都任性。这位汪先生还兼任银行的副经理，大把的钱花不完，所以，在"白牡丹"向他倾吐衷肠之后，他花重金，纳了"白牡丹"。他从莫克林夫人手里买下这座小白楼，实际上是为他和"白牡丹"构筑爱巢。

"白牡丹"，花名是"白"，又住进了小白楼，两个"白"碰到了一起，似乎这小白楼是单给她预备的。所以她住进去感到十分惬意，但没想到住了不到半年，她便中了邪。

莫克林夫人也许是出于某种忌讳，所以在卖小白楼时，没有把威尔逊的头像取下来带回德国，所以头像依然挂在小白楼的二楼。

"白牡丹"由打住进这小楼，便像着了魔。只要一看见墙上的威尔逊

[①] 清吟小班：老北京的高级妓院。

头像，便觉得这个外国老头儿在盯着她，而且目光里带有一种令人难以捉摸的神情。最初，她看几眼，便把注意力转移到别处，也没觉得有什么异样。但是后来，那老头的眼神像是有什么魔力，像小线似的牵着她，让她的目光跟他的眼神对视。

奇怪的是她越不想看那头像，越被头像的眼神牵着走，不看就会觉得身上缺点什么似的。到后来，她不看那头像就觉得百爪挠心，没着没落儿。但是死死地看着它，又会感到神魂颠倒，焦躁不安。

"白牡丹"后来真是中了邪，她经常看着头像，跟那个外国老头聊天。聊的都是无中生有的天方夜谭，而且说话语无伦次，哪儿跟哪儿都不挨着。

她对汪先生说，墙上的威尔逊是她的爷爷，这小白楼是她爷爷盖的。她小时候就住在这里，她爷爷后来去了国外，她父亲常常跟她母亲吵架，她父亲是在小白楼把她母亲轰走的。听得汪先生心里一个劲儿发毛。说到最后，让汪先生胆小儿了，因为她执意要去找她爷爷，就是墙上的那个老头威尔逊。

其实，"白牡丹"是个弃婴，被一个拉黄包车的捡到以后，卖给了人贩子。人贩子倒了几次手，卖给了专门给妓院供"雏儿"的"鹰客"，后来"鹰客"把她卖给了北京的"翠云轩"。

如此说来，"白牡丹"在两岁懂事后，不可能见过自己生身父母，更不会知道他们的下落。如果不是脑子进了水，怎么会说出这种话呢？

后来，汪先生发现是那个头像让"白牡丹"中了邪。所以要把头像从墙上抠下来，但头像的金板是嵌在墙上的，与石头的墙面形成一体，把头像抠下来挺费劲。

没辙，汪先生想了一个补救的办法，找人用泥把头像盖住，上面抹上腻子和白灰。这样，一点儿看不出墙上有头像了。谁知，"白牡丹"见不到头像，折腾得更厉害了。她天天对着墙抹眼泪，有时捶胸顿足，有时甚至号啕大哭，弄得汪先生不知所措。

汪先生看着她饭不吃茶不饮，成天喊着要找她爷爷，而且每天晚上，都说她爷爷在楼门口等着她。见不着她爷爷，就大哭大闹，让汪先生感到无所适从。最后，只好又找人把墙上的泥巴抠掉，恢复那头像的原貌。"白牡丹"重新看到了头像，才不像先前那么闹腾了。

但是她依然每天跟头像对话，经常深更半夜从床上爬起来，来到头像前，喃喃自语，又哭又笑，弄得汪先生寝食不安，彻夜难眠。

一晃儿几个月过去，汪先生觉得"白牡丹"再这么折腾下去，他也快成精神病人了。没办法，只好请医生帮忙。于是，带她找了许多医生询诊，找西医看，说是精神出了问题；找中医看，说是癔症，吃了一堆药也不见效。

俗话说："人被病魔欺，有病乱投医。"后来，有人介绍汪先生到白云观求签。白云观的道士说"白牡丹"碰上了"撞客"[1]。于是在小白楼做了两回"法事"，又是撒米，又是烧符，折腾了几天。说来也是奇怪，"白牡丹"见到道士，精神很正常，但道士走后，"白牡丹"依然哭着喊着要找她爷爷。

闹到第二年的冬天，也是一个大雪天，漫天皆白，天寒地冻，滴水成冰。

那天，"白牡丹"一反常态，心情格外的好，晚饭的时候，提出要跟汪先生喝杯酒。汪先生是南方人，平时喜欢喝黄酒，见"白牡丹"说要喝酒，异常兴奋，让家里的厨子炒了两个菜，烫了一壶绍兴陈年黄酒。

屋里暖意融融，窗外雪花飘飞。此刻，拥着美人，把酒相欢，汪先生竟然来了情趣，忘了"白牡丹"往日撒癔症时的情景。

说来也是奇怪，"白牡丹"那天夜里，喝了酒，脑子非常清醒，没找她爷爷，找汪先生，像过去在"翠云轩"时风情万种的样子，小嘴甜甜的，哄得汪先生五迷三道。

俩人推杯换盏，有说有笑，边喝边调情，情浓性起，喝到深夜，三壶老酒进了肚，汪先生还跟"白牡丹"温情一番。他是带着睡意躺下的，"白牡丹"是带着惬意睡的，一切都那么安详。

---

[1] 撞客：老北京的一种迷信说法，人精神出了毛病，往往说碰上了撞客。所谓撞客，就是"鬼神"之类。

谁也想不到,第二天早晨,汪先生睁开眼,躺在身边的"白牡丹"不见了。他急忙在楼里找,没有找到。

一种不祥的预感让汪先生惶恐起来,他着急忙慌儿地叫起厨子、老妈子,让他们赶紧到街上去找。

大地已经被白雪覆盖,放眼望去,整个是洁白的世界,看着都刺眼。他们在胡同和街上转悠半天,也没找到"白牡丹"的身影。

汪先生急得两眼冒火,只好穿上棉衣自己上街寻找,他发誓找不到"白牡丹"就不回来了。刚走到胡同口,他看到一个拉洋车的车夫站在那儿发愣。原来他拉着车,脚踏雪地的时候,碰到一个"硬物",低头把雪扒开,露出一个女人的脑袋,吓得他差点儿没背过气去。

汪先生听了他的叙述,赶紧在雪里把那个女人扒出来,不是别人,正是"白牡丹"。她穿着一身白睡衣,躺在雪地上,跟白雪混为了一体。汪先生摸了摸"白牡丹"的身子,早冻僵了。

汪先生欲哭无泪,办完了"白牡丹"的丧事,辞退了厨子老妈子,小白楼是不敢住了。正好盐业银行在上海有个空缺,他回到了上海。

小白楼的两拨主人都遇上了"鬼",而且都让"鬼"给牵走了,连死法都差不多,听起来让人心里发毛。周围胆儿小的住户晚上都不敢从小白楼门前过。这小楼一连荒了有两三年,没人敢住。

小白楼是汪先生的房产,他回上海后,心里想着这座小楼。虽然小楼闹过"鬼",但毕竟是他和"白牡丹"的爱巢。

1948年初,汪先生在上海,见到了回家探亲的侄子汪本基。汪本基是他大哥的儿子,二十出头,长得一表人才,当时正在北京大学念书。

爷儿俩在聊天时,侄子告诉他已经有了对象,对象是北京人,他大学毕业后,暂时不回上海了。

当时内战正紧张,汪先生理解侄子的想法。汪先生的父母去世早,是他大哥供他念的大学和出国留学,他一直感念大哥的这份情。所以当侄子说出自己的想法后，他决定把这座小白楼送给侄子住。

汪本基听了很高兴，因为此前，他一直住在北大的沙滩宿舍。其实，他大学毕业不回上海的原因不是有了对象，而是因为他加入了中共北平的地下党的外围组织，跟城工部有密切的联系。

汪先生后来随盐业银行总部去了台湾。这样，小白楼成了汪本基的私人房产，只不过汪本基在解放后把它缴了公。

当时，汪本基住进小白楼时，北平还没解放。汪本基并不知道这小楼发生的诡异之事，他住进去之后，小白楼成了地下党城工部的一个秘密据点。他们经常在这里开会，北平解放前夕，地下党的许多政治宣传的传单，都是在这个小楼里印的。直到"盖板杨"在小白楼认识汪小凤的时候，这里也没出现什么诡异的事儿。所以，他并不知道小白楼曾经闹过"鬼"。

"盖板杨"记得很清楚，"麻片儿李"把这个故事讲完，他问"麻片儿李"："这'鬼'可都跟威尔逊的雕像有关？"

"麻片儿李"哈哈笑起来，说道："你的意思是说我招来了'鬼'对吧？"

"我冥冥之中有这种感觉。"

"麻片儿李"笑道："事后，'奉记'的人也都这么说。哈哈，我有那本事吗？功夫自晓，心血天知。一件作品，您下了多少功夫，是怎么做出来的，可能外人并不知道，但老天爷看着呢。欺骗别人可以，但人欺骗不了老天爷，所以，你必须尽心，否则老天爷都饶恕不了你。"

"这也许就是工匠内心的一种信念吧？""盖板杨"若有所思地说。

"人应该有信念，不能稀里糊涂地活着，但有时候难得糊涂。因为你不知道会碰上什么人。""麻片儿李"沉了一下道。

"是。""盖板杨"心领神会地点了点头。

"你说世界上什么东西能通神？""麻片儿李"笑着问道。

"不知道。"

"酒呀！""麻片儿李"朗然大笑道，"那个外国老头的头像，是人们喝了酒以后，才感觉他是活的，对不对？"

"照您这么说，这事儿是跟酒有关？""盖板杨"不解地问道。

"当然了。你要知道，錾这德国老头儿的头像，我可是喝了五坛子酒。所以，錾出来的玩意儿，带着酒味儿呢！"

"麻片儿李"说到这儿，端起酒碗看了看，碗里还有至少二两，他一仰脖，都把它喝了。

第十七章

"麻片儿李"的绝技,常常让"盖板杨"浮想联翩。他是学美术的,对艺术似乎有着与生俱来的热爱。他非常奇怪,"麻片儿李"没学过画画儿,也没素描速写的功底,为什么能用一把錾子,把人物雕刻得如此惟妙惟肖?难道这是某种天赋吗?

他曾试着问过"麻片儿李",但"麻片儿李"总是嘿然一笑:"什么天赋?酒赋!离开酒,我什么也錾不出来。"

"盖板杨"知道他这是在打哈哈儿,其实他在艺术上是非常执着的,而且跟一般工匠不一样,他有自己对艺术的独到见解,只是不说而已。

"盖板杨"不愿意把自己跟小白楼的关系告诉"麻片儿李",也没细说他见到威尔逊老人头像的感受,只是轻描淡写地说自己在小白楼,见过那个头像。当然,这已经是翻篇儿的事儿了,所以"麻片儿李"也没深问。

有一天,"盖板杨"问"麻片儿李":"除了威尔逊的头像,您还錾过什么作品?"

"麻片儿李"若有所思地说:"以前在铺子里干活儿,东西做出来,主家也就都带走了。手里藏着几件年轻时做的玩意儿,也剩不下了。"

"手头一件都没了吗?实在太遗憾了。""盖板杨"叹息道。

"麻片儿李"怔了怔,笑道:"嗯,你还别说,我手头还留下一样东西,唉,只有这一件东西了……"

他说着站起身,掀开一个他平时放衣服的木头箱子,翻了半天,才从箱子底下,找出一个小蓝布包儿,递给了"盖板杨"。

"盖板杨"打开一看,是一个巴掌大的银质盘子,上面錾刻着三个人物,但有些模糊,他皱起了眉头。

"麻片儿李"看出他的疑惑,要过盘子,用布擦了擦,让"盖板杨"再看。

"盖板杨"拿到亮处仔细端详,不由得大吃一惊。原来盘子上錾刻的是《三国演义》的"桃园三结义",刘备、关羽、张飞三个人物栩栩如生,眉目传神,甚至连头发丝都清晰可辨。关键是人物的神态,神形兼备,活灵活现,呼之欲出。人物之外的马和房屋、树木,景色錾刻得细腻生动,有一种空灵的立体感。

"啊,真是鬼斧神工呀!""盖板杨"啧啧称道。

"唉,精的物件都散没了。""麻片儿李"叹了一口气说,"这个盘子本来是想送给老何的。但老何看到他儿子那样对我,气得脑血栓了,人也'弹了弦子'。"

"给他,也得让何彦生得着。"

"可说呢,还是我自己留着吧。"

"不过,这也是一种纪念。""盖板杨"想了想说。

"盖板杨"让"麻片儿李"把这个盘子收好,不无感慨地说:"您这么好的手艺扔了,实在可惜。"

"是呀,想教的不想学呀。""麻片儿李"想起了何彦生。

"想学的呢,您教不教呀?""盖板杨"端详着他笑着问道。

"麻片儿李"听出他话里有话,拿眼瞄着他问道:"怎么,你想入这个门吗?"

"您看我够不够格儿,当您徒弟?"

"当你师傅?我可不敢。我已经起过誓,这辈子再不收徒。但你要想学,我会尽心把肚子里的玩意儿都掏给你。"

"真的?那我先给师傅磕头。""盖板杨"说着就要给"麻片儿李"跪下磕头。

"别价嘿,咱爷儿们可不兴来这礼儿。""麻片儿李"赶忙把"盖板杨"搀扶起来说,"我发过了誓,就不能打自己的脸,不收徒就是不收徒。但

"盖板杨"与"麻片儿李"在小山村喝酒

咱俩在一个房檐底下已经住了一年多,情同父子,你想跟我学玩意儿,我能掖着藏着吗?"

"盖板杨"笑道:"那以后我就是您的徒弟了。"

当时,虽然在荒僻的山村,远离喧嚣,但"麻片儿李"也清楚自己的处境,消消停停地活着就已经知足了,哪儿敢收徒呀?那会儿,收徒被批判为"封建思想余毒"。他不能"毒"着"盖板杨"呀。

既然"麻片儿李"说了这话,拜不拜师,"盖板杨"也觉得无所谓,只要能跟"麻片儿李"学到本事就行。

"麻片儿李"对待"盖板杨"的确像亲生儿子。干了大半辈子錾活儿,他总结出"錾艺十八法",这是他手里看家的绝活儿。"盖板杨"跟他学艺后,他都毫不保留地传授给了"盖板杨"。

那当儿,"麻片儿李"已经行动不便,走道要拄拐,回不了北京了。当然,妻离子散,家破人亡,他也没有回去的必要了。

"盖板杨"年底回北京探亲时,"麻片儿李"告诉他,他自家住的那个院,原来是王爷府的马厩,挨着墙是个花池子,池子里有棵丁香树,树下埋着一个铁皮箱子。

"麻片儿李"嘱咐"盖板杨":"你要晚上去,趁没人的时候,在花池子里,把那个箱子刨出来,然后给我带过来。"

"箱子里是不是有什么宝贝?"

"你先别问里头装的是什么,只管给我带来。""麻片儿李"对他说。

"我知道了。您放心吧。"

"盖板杨"照他说的办了,果然在那个花池里,挖出了一个铁皮箱子。这个箱子有当年医生出诊背的医药箱大小,很重。箱子的铁皮已经被锈蚀,"盖板杨"不得不找了块破蓝布把它裹上。因为裹得严实,人们以为是什么宝物,在坐长途车上,差点儿被人偷走。

破铁皮箱子弄得挺神秘,"盖板杨"以为里面藏的是金银财宝,及至"麻片儿李"把它打开，才知道里面藏的是几十把各种各样的錾子。这些錾子都是"麻片儿李"用特殊的钢料自制的，因为怕惹祸，他偷着埋在了花池子里了。

"想不到吧？是一堆破铁。""麻片儿李"对"盖板杨"笑道。

"这怎么是破铁呢？在我看来是无价之宝。""盖板杨"说道。

"麻片儿李"把"盖板杨"叫到身边，郑重其事地对他说道："在老北京，我在'奉记'红炉摸了半辈子金子银子。别人都以为我发了财，其实，我什么金的银的都没落下，唯一的宝贝就是这一铁箱錾子。"

"嗯。""盖板杨"点了点头。

"麻片儿李"接着说："在外行人眼里，这些錾子什么也不是，废铁一堆；但对我来说这是无价之宝，我大半辈子的心血都在这儿呢！现在我要把它传给你。"

"给我？真的吗？""盖板杨"激动地看着"麻片儿李"，一时不知说什么好了。

"麻片儿李"沉了一下，语重心长地说："你以为我就知道喝酒呢？我恋酒，腻酒，是为了什么，你不知道吗？我不是一肚子草包的酒鬼，也不是光说不练的酒徒。我从小学艺，以为有一手绝活，可以吃遍天下。但是这些年，我遇到的都是什么人呀？他们羡慕嫉妒，嘴上抹蜜，脚下使绊儿；他们兴风作浪，陷害忠良，弄得我妻离子散，家破人亡；最后把我发落到这个穷山沟里，了此残生。唉，你说我是什么命呀？苍天如果真有眼，不会让我空怀绝技，无用武之地呀！"

"师傅，您别说了，我心里都明白。""盖板杨"听到这儿，不由得鼻子发酸。

"唉，人生就这么几十年，光阴如流水，转眼就是百年。酒，让我想明白了，也让我活明白了，人这一生，不能跟命争，争来争去，伤耗的是你自己的身子骨，自己跟自己过不去。生命生命，要先考虑生；有生，才

"麻片儿李"教"盖板杨"学艺

有命；没生，要命有什么用？所以要想生，就要顺应命运的安排，有马骑马，有车驾车，有船撑船，什么都没有，那就腿儿着。有什么呀？！"

"您说得对。""盖板杨"点了点头说。

"我这辈子也就这样了，眼瞅就七十了，还有什么蹦跶的？可你就不一样了，难得我们在这儿相识，也难得你叫我一声师傅。我现在混得已经真正的光棍儿一人了。我能给你什么呢？想来想去，就这一箱子破铁了。"

"您一辈子的心血都在这儿呢。""盖板杨"说道。

"我刚才说的你都懂了？"

"懂了。您说的这些我会记一辈子。""盖板杨"眼里噙着泪花，点了点头道，"谁说苍天无眼？如果苍天无眼，我怎么会在这穷乡僻壤与您相遇？苍天是让我来跟您学艺的，有我在，您的手艺就不会断桩！"

"麻片儿李"看了看"盖板杨"，叹了口气道："但愿你是我最得意的作品。"

"我不会辜负您的这片苦心的。"

"好啦，这箱錾子现在算是有主了！""麻片儿李"笑道。

由打有了这些工具，"麻片儿李"算有了活儿。他不但细心给"盖板杨"讲錾子的用法，还让他直接上手錾活儿。

当时，在那个荒僻的小山村，他们手头儿别说金片儿，连块铜板儿都没有。"盖板杨"就利用回北京探亲的机会，四处淘换铜片儿，背回来以后，就跟"麻片儿李"一点一点地錾活儿。

后来，"麻片儿李"还带着"盖板杨"在离队部不远的地方，垒了个冶炼的小炉子；从山下运煤，把一些铜料直接熔化，做成铜板；然后再一点一点地拍成铜片，在上面錾活儿。

当时，传统的"帝王将相""才子佳人"题材都属于"四旧"，他们不敢碰。"麻片儿李"就让"盖板杨"錾花鸟鱼虫，这类题材谁也说不出什么来。

整整三年多，"盖板杨"跟着"麻片儿李"一边炼铜做铜片儿，一边在铜片上錾不同题材的作品。他有绘画功底，加上师傅传授的錾雕技艺

"十八法"，勤学苦练，到他离开山村回北京的时候，也就是远近闻名的工匠了。

当地老百姓家里做什么装饰铜活儿，都找他。他精雕细刻，錾出的大件小件活儿非常生动传神，尤其是自然界的小动物，如蚂蚱、青蛙、蝴蝶、蜻蜓，细致得连蜻蜓羽翼的纹路都清清楚楚。

第十八章

"麻片儿李"是1974年的端午节夜里"走"的。"走"之前,他跟"盖板杨"喝了顿痛快酒。

大山里的村民,对端午节的习俗是很淡漠的。村里的人甚至都不吃粽子,因为那年头,没地儿淘换黏米去。

那天,"盖板杨"跟一起磨豆腐的老胡进山,打了一只山鸡和一只野兔子。回来后,"盖板杨"就把这只山鸡和野兔子收拾收拾给炖上了,老胡又炸了一盆豆腐,给他送过来。

"麻片儿李"有日子没吃荤腥了,所以,那天吃得特开心,而且跟"盖板杨"喝了不少酒。

喝酒的时候,"麻片儿李"像有什么感应,突然对"盖板杨"说:"我这辈子认识了你,算是没白活。"

"盖板杨"听了一愣,问道:"您又想起什么来了,说这话?"

"麻片儿李"叹了口气道:"我这一生,千不该万不该的是收了一个徒弟。其实,何彦生说是我徒弟,他并没跟我学过什么玩意儿,但跟我学会了喝酒,坏就坏在这个'酒'字上了。他把我酒后说的话都记下来,运动一来,他先把我这个师傅举报了,造了我的反。我落到今天这种地步,就是因为他呀!"

这些话,他在"盖板杨"这儿不知说过多少回了。那些天,他血压一直很高,天天吃药,"盖板杨"看他有些激动,赶紧把他劝住:"这些陈年旧事您就别提了。"

"不,今天我必须要说,他害了我,也成全了我,要不是挨批挨整,我怎么会到这荒山野岭来呢?不来这儿,我怎么能认识你呢?"

"瞧您说的。"

"光阴识人，落难见心。真心话，认识你我三生有幸。这些年，咱爷儿俩相依为命，要是没你，我活不到今天。"

"哪里话，是您自己的造化。"

"造化？对，我最大的造化就是你把我的玩意儿学到手了。有了你，我这辈子活得值！人这一辈子，不求多，干成一件事儿，就算积德。我手里的玩意儿没让我带到棺材里，留下来了，这是我最大的心愿。"

"您现在觉得心愿实现了吗？"

"当然！""麻片儿李"颇为激动地说，"前几天，你完成的那个錾活儿，干净利落，刀刀见血，鬼斧神工，我佩服极了。来，咱爷儿俩干一下！"说到这儿，他端起了酒碗，动情动容地说，"看到你做的这活儿，我死而无憾了！"

"盖板杨"端起碗，跟他碰了一下，然后一口干掉。在两碗相碰的时候，他发现"麻片儿李"的嘴直哆嗦，手也有些颤抖，同时眼里汪着泪，他不由得一惊。

那天晚上，"麻片儿李"确实没少喝。但"盖板杨"把他扶上炕时，他神志一直很清醒。临睡前，还跟"盖板杨"说了一句："有机会的话，你进小白楼，看看那个威尔逊的头像还在不在？"

"嗯，我记着您的话呢。得，您歇着吧。""盖板杨"冲他点了点头，随手给他盖的被子掖了掖被角儿。

说来让人匪夷所思，那天晚上，"盖板杨"也喝了不少酒。本来想随"麻片儿李"躺下就睡，进入他的那虚幻世界，但队里的那头青花骡子跟磨豆腐的那头老驴闹起了别扭，两头牲口深更半夜嘶鸣嚎叫起来。他赶紧起身，披上衣服，跑到牲口棚，去调驯那头老驴。

折腾到半夜，"盖板杨"才回屋，低头看了看"麻片儿李"，他歪着脑袋，没了声息。他以为老爷子睡着了，没有惊动他。

| 酒虫儿 |

第二天一早,他先爬起来,下了炕,烧火给"麻片儿李"熬棒楂儿粥。粥熬好了,"麻片儿李"还在睡。他喊了几声,没有动静,不由得心里一沉,走过去一摸,"麻片儿李"的身子早凉了。

那年,"麻片儿李"六十六岁,按老北京的说法是"槛年"①。老头儿还算造化,走的时候没有任何痛苦,而且酒也喝美了。

"麻片儿李"的后事,是由"盖板杨"操办的。"麻片儿李"跟老婆离婚后,人家已嫁人,四个孩子早跟他断绝了关系,兄弟姐妹也一直跟他没有来往。他实打实地成了孤家寡人,能发送他的,只有"盖板杨"了。

队长还算仁义,找了几个村民给"麻片儿李"现打了一口棺材。"盖板杨"张罗着把"麻片儿李"埋在了离村不远的山坡上。因为"麻片儿李"的身份,不能立碑,"盖板杨"在他的坟头边上,种了一棵山桃树。

"麻片儿李"死后的第二年,跟"盖板杨"一块磨豆腐的老胡,在上山打山鸡的时候,掉进山涧,摔成了残废,在炕上躺了几个月,也"走"了。

"盖板杨"的两个最好的朋友相继离世,让他感到人生的无常,这更增加了他对酒的依赖。当然,两个人的离世,让他也觉得没有再在这个小山村待下去的必要了。年底,他回家探亲的时候,父亲病重住了医院,他便以照顾老爸的名义,一直没再回村。

两年以后,"盖板杨"的老爸去世,这时候,插队的知识青年开始返城。他虽然不是学校"大拨儿轰"来农村的,但也属知青。恰好北京的一家工艺美术厂招工,他父亲的一个老同学,是主管这家工厂的上级公司的小头儿,从中说了句话,他便办了返城手续,进了这家工厂当了工人。

一晃儿,"麻片儿李"已经走了四十多年。前几年,"盖板杨"到张家口办事,特地绕道儿回到当年插队的那个小村看了看。

斗转星移,小山村已经发生翻天覆地的变化。"盖板杨"没想到当年的荒僻山村,如今成了旅游地,家家户户开起了"农家乐"旅馆。造化弄人,物是人非,队长那茬儿人早已作古,现在村里没有人能认出当年在这

---

① 六十六槛年:老北京人迷信的说法,六十六是"槛年"。民间谚语:六十六,不死也要掉块肉。

136

儿插队的"盖板杨"来。

他来到村外的山坡上,找到了"麻片儿李"的坟。所谓坟,已经成了荒冢,杂草丛生,看不出坟头在哪了,只有那棵山桃树,枝繁叶茂,树冠成荫。"盖板杨"花钱,找了几个村民,在荒冢上重新堆起了坟头,而且还立了一块碑。

他知道师傅是"酒虫儿",特意买了五瓶"二锅头",拧开盖儿,把酒洒在地上。因为是新培的土,比较松软,酒很快就渗到了地下。

"盖板杨"幻想着师傅在那边①嗅到了酒味儿,会从棺材里探出脑袋,一口一口地用嘴舔着那酒,心里会有一种美意。有了酒,他就不会感到孤独了。

那天,他在"麻片儿李"的坟前哭了好久,跟师傅一直聊到太阳落山。那天非常奇怪,"盖板杨"离开山村的时候,脑子里突然蹦出了何彦生。

何彦生张口闭口说他是"麻片儿李"的徒弟,可是,别说他压根儿就不会"麻片儿李"的錾艺,"麻片儿李"在哪儿埋着,他知道吗?想到这儿,"盖板杨"心里撞倒了五味瓶,一种别样的心绪涌上心头。

俗话说:不是冤家不聚头。"盖板杨"怎么也没想到,今生今世,命运的轮盘转了一圈儿,居然跟何彦生走到了一起。

"盖板杨"到那家工艺美术厂报到的时候,在楼道里,迎面走过来一个长得挺帅气的年轻人。"盖板杨"跟他走了个对脸儿,他居高临下地打量了一眼"盖板杨",问道:哎,你是不是姓杨,住在……"他说出了"盖板杨"住的那条胡同名儿。

"是呀。你是……?""盖板杨"觉得他人不大,架子不小,越是这种人,他越不拿眼睐。

"我姓何,你叫我何主任就行。"何彦生伸出手想跟"盖板杨"握一握。

什么呀,我就叫你主任?"盖板杨"心说。他看了何彦生一眼,撇了撇嘴,招呼也没打,转身走了,给何彦生来了个烧鸡大窝脖。

何彦生说得没错儿,他当时确实已经是一个车间的主任了。也许是那

---

① 那边:指的是阴间。北京人说话常常爱用隐语,特别是一些忌讳的词,一般都改用隐语。

| 酒虫儿 |

次大窝脖儿让他记了仇；也许是他倒腾记忆里的旧账，翻出"盖板杨"跟小白楼的那位少女汪小凤的旧情，让他妒意大发。总之，从"盖板杨"一进厂就跟他成了冤家。

尽管何彦生那时还不知道"盖板杨"跟"麻片儿李"的关系，更不了解"盖板杨"一直恋着汪小凤，但"盖板杨"却遭到了何彦生的嫉恨，成了他的眼中钉，肉中刺。

似乎老天在有意考验着"盖板杨"的忍受力，后来何彦生居然爬到了工厂主管生产和业务的副总经理这个位置。对"盖板杨"来说，等于一个在岸上，一个在水里，在水里的"盖板杨"，一直受制于在岸上的何彦生。

当时，工厂的总工艺师姓梁，叫梁承，一开始非常器重"盖板杨"，厂里大的设计都让"盖板杨"参与。因为"盖板杨"的錾艺独树一帜，而且有创新意识，一些高难技术上的活儿，他总能攻关破解。

但是随着何彦生的上位，梁承跟何彦生绑到了一起，他俩合伙算计"盖板杨"，借他的才艺，捞自己的资本，生生让"盖板杨"在行里埋没了二三十年。

"盖板杨"参与设计和制作的作品无数，但没拿过行业内的任何奖。行里评职称要看作品的获奖情况，您再有本事，没有获奖作品，也评不上美术师，工艺大师更别想。所以直到"盖板杨"退休，才是个工艺美术技师。这只是一个中级职称而已，再无能的主儿，在行里混几十年，临退休，也能给这么一个职称。

所以，詹爷说德国人没看上"盖板杨"，也是有原因的。名分，当一个老外考察一个陌生的中国人时，自然会把名分看得很重要。但"盖板杨"对这些向来不当一回事，尤其是大师之类的职称或名分，他更是不屑一顾，因为他看重的是艺术本身。大师是要以自己的作品说话的，而不是什么证书和奖状。

当然，在他眼里酒高于一切，"酒虫儿"嘛，他是宁舍大师职称，不舍一顿酒的人。何彦生和梁承也正是号准了他的脉，才敢放心大胆地对他进行技艺掠夺的。

别看何彦生在技术上不玩活儿，但他会玩人，把"盖板杨"玩得滴溜转。厂里有参加全国大赛的作品，或者承接了一件重大活动献礼的作品时，他和梁承一定要让"盖板杨"参加，因为他们再也找不出像"盖板杨"这样执着认真和技艺高超的人了。

在请"盖板杨"参与设计之前，何彦生一定要请"盖板杨"喝一顿酒。酒必须是高度的"茅台"，因为只有"茅台"能让"盖板杨"喝美。他和梁承已经摸准了"盖板杨"的脉，这酒喝半斤不管事儿，喝八两还没到位，一定要让他喝到九两到一斤之间，才能使他进入最佳的艺术创作状态。这时，他的艺术灵感会像爆发的火山一样熔岩喷涌。如同"盖板杨"喝到八两酒时，能进入梦境，跟汪小凤相见的状态一样。

"盖板杨"会用自己的天赋和才华，绞尽脑汁，废寝忘食地拿出设计方案，然后又施展自己的绝活儿进行制作。制作的时候，"盖板杨"可真是一丝不苟，独运匠心。但就在作品马上就要大功告成，换句话说，整条龙都画完了，就差最后拿笔点一下睛的时候，何彦生和梁承又会出面请"盖板杨"喝酒了。

这顿酒是领导对"盖板杨"付出辛苦的慰问酒，也美其名曰是庆功酒。所以，一定要让"盖板杨"喝好，所谓"喝好"就是喝高，喝倒。酒依然是"茅台"，但不用限量了。三瓶四瓶进肚，"盖板杨"便进入那种虚幻的世界周游了。这时候，二位领导便让厂子的宣传部门，邀请新闻记者来厂现场采访。在即将大功告成的作品面前，何彦生和梁承各拿手里的工具比画几下，于是这件作品就没"盖板杨"什么事儿了，却堂而皇之地成了他们俩设计制作的艺术品了。不信？有现场摄影照片和录像为证。

然后，这二位再写报告，讲述他们如何设计和制作这件作品的，克服了多少困难，作品的工艺有多少创新等等。说起来也是不可思议，凡是"盖

何彦生

板杨"参与设计和制作的作品，没有不获奖的时候，许多作品是市级和全国大奖。

凭借着这些大奖，这家工厂连年是盈利大户，何彦生和梁承也因此被评为特级工艺美术大师，而真正的设计和制作者"盖板杨"却给淹浸了。但"盖板杨"对这些不以为然，他始终没忘师傅"麻片儿李"说的话，人不能跟命争，要顺应自己的命运。

福兮祸所伏，那些头衔和荣誉有时你看着挺好，但不知道什么时候给你带来祸。所以这些东西，他视如废纸。当有人为他的这些境遇鸣不平时，他总会付之一笑。不过，谁都看得出来，这笑，意味深长。

第十九章

"盖板杨"没想到詹爷会因为德国老人头像的活儿，提起何彦生。如同嗑瓜子嗑出一个臭虫，让他感到恶心，但翻回头一想，这世上什么人（仁）都有，心里也就释然了。

中午喝了二两，"盖板杨"踏踏实实睡了一下午觉。虽然何彦生插了一杠子，让即将到手的活儿"飞"了，但"盖板杨"并不觉得有什么可惋惜的。假如不是小白楼的活儿，即便何彦生不插手，他也许都不会接。

玩主们找他订的活儿，他做到明年底都干不完。做一个盖板的钱比錾德国人雕像的钱不少，他何必呢？

"盖板杨"起了床，在紫砂壶里泡上茶，坐在工作凳上，准备做一会活儿，突然有人敲门。

他开门一看，猛然愣住了，原来站在他面前的是罗玉秀。

"嗯？你，你怎么来了？""盖板杨"迟疑了一下，问道。

"觉得奇怪吗？杨老师，怎么几天不见，我们变得生分了？是不是嫌我来得不像以前那么勤了？"罗玉秀莞尔一笑说道。

"几天？我们横是有两年多没见了吧。""盖板杨"冷冷地说。

他没有让罗玉秀进屋的意思，但罗玉秀却并不介意，大大方方地推门进了屋。

"这屋子可该收拾了。我才几天没来呀，瞧你弄得这么乱。"罗玉秀拿眼扫了一下屋子，嗔怪道。

"你过来，是不是有什么事儿？""盖板杨"没接她的话茬儿，直截了当地问道。

"瞧你说的，过来找你，就有事儿吗？我就不能过来看看你？"

"看我？""盖板杨"看了她一眼，冷笑了一下道："你以为我想见你吗？"

罗玉秀凑到他面前，嘴唇轻轻一翘，不嫩装嫩地娇嗔笑道："你不想我，我想你呀！"

"想我？扯去吧！你的话只能糊弄三岁小孩儿！""盖板杨"冷冷地说道。

"是吗？那你就是三岁小孩。你以为你喝了酒，不像小孩吗？"罗玉秀嫣然笑道。

这句话把"盖板杨"给说愣了，他惊异地看着罗玉秀，一时无语了。

罗玉秀有四十七八岁，但长得少相，看上去比实际年龄要小得多，这大概跟她细嫩白皙的皮肤和浓浓的黑发有一定关系。

她长得算不上漂亮，但五官周正，眉眼传神，尤其是那两片薄薄的小嘴，一颦一笑间带有几分妖冶和妩媚。当初，正是这浮动秋波的眼睛和火辣辣的小嘴，让酒后的"盖板杨"在恍惚中，误以为她是汪小凤，跟她上了床，跌入了她设计好的"感情圈套"。

罗玉秀是四川泸州古蔺人，古蔺是个紧挨着贵州的小县城，位于赤水河的下游，古代就以产酒闻名。那儿的男人女人都能喝两口儿，罗玉秀的老爹就是县城有名的酒鬼。

罗玉秀五岁的时候，老爹把她妈给喝跑了，只好一个人带着她和两岁的弟弟生活。一个酒鬼养两个孩子，那日子可想而知。谁知她弟弟非常聪明，功课出类拔萃，老爹为了供她弟弟上学念书，在她十六岁的时候，把她嫁给了在县城开旅馆的宋大河。

宋大河比罗玉秀大十多岁，见酒比见到媳妇亲，不是大河，是大喝。罗玉秀跟他结婚以后，他几乎每天都喝得酩酊大醉，而且醉后就折磨罗玉秀。她简直像入了地狱，饱受煎熬之时，她认识了常住旅馆的贵州人老于。

老于是做茶叶生意的，见宋大河这么欺辱罗玉秀，心有不平，也对罗玉秀深表同情，经常以暖男的身份劝慰她。那边冷，这边暖；一个打，一个揉，年轻娇媚的罗玉秀，不久便跟老于进了温柔之乡。这一温柔，当然就温柔出"果实"来，罗玉秀怀孕了。

谁知她怀了孩子后，宋大河不但对她没起疑心，反倒对她不打不闹了。罗玉秀从来没见过他这么对她好过，那真是百依百顺，温柔体贴。不光是他，连他爹妈对她的态度也变了，酒鬼变成了暖男，让罗玉秀心里不踏实了。

罗玉秀心里清楚，跟宋大河结婚以后，俩人一直同床异梦，宋大河从来没碰过她的身子，跟那个男人没有性生活，那肚子里的孩子肯定是这个男人的。老于对此心知肚明，但宋大河对罗玉秀的由冷变热，却让他胆小了。

宋大河的生理缺陷是天生的，他虽然在性上"短了路"，但别的功能不弱，他身材高大，膀大腰圆。打架，老于绝对不是他的对手，思来想去，老于三十六计走为上了。

临走时，老于给罗玉秀两万块钱，算是补偿。他对罗玉秀说到广州打工，但从此再无任何消息。几个月后，罗玉秀生下一个儿子，宋家人自然欢喜，宋大河给孩子起了个名叫"二乐"，他乐，他爹也乐。一加一等于二，二乐的名字就这么来的。

宋家的爷儿俩乐了，罗玉秀却乐不起来，毕竟这不是宋家的种儿，一旦宋家人识出破绽，那可就是她和孩子的末日。但宋大河似乎一直不愿捅破这层窗户纸，对儿子视同己出，非常宠爱。有了儿子，他居然把酒给戒了，对罗玉秀也很恩爱，好像她为宋家生了个儿子，立了大功似的。

一晃儿，二乐长到六岁多，眼看该小学了，但谁也没想到宋大河会出了车祸，命丧汽车轮下。宋大河一死，这个家也跟着塌了。罗玉秀自感在宋家的日子不好过，便跟着村里的妇女一起来北京打工。儿子由爷爷奶奶照管，她每月寄些生活费。

罗玉秀来北京时才二十四五岁，这会儿她好像也长开了，皮肤透着白嫩，眉眼也舒展了，脸上还有了水气儿，看上去有点儿青春少女的感觉。没有人知道她结过婚，甚至在老家还有个六七岁的娃，更没人知道她还有过婚外情。

当时正是二十世纪九十年代，改革开放进入市场经济以后，社会生活呈现出丰富多彩、鱼龙混杂的状态。京城五光十色的斑斓世界，让这个从山村来的女人大开眼界，虽也感到心中惶惑和迷茫，但她很快就适应了这里的生活；因为她初中都没毕业，没有雄心，也没野心，脑子里只有空洞又实际的两个字：挣钱。

她来北京，最初是在日坛公园附近一个四川人开的豆花庄饭馆，当服务员。只干了两年，她就被一个叫阿媛的老乡引诱到歌厅，当了坐台小姐。

她改了名，简称阿秀，在歌厅坐台出台，吃的是"青春饭"。她凭借自己的颜值和妩媚，吟风弄月，阅人无数，钱确实没少秀[①]，但自己的身体也付出了代价。

年过三十，阿秀每当照镜子化妆时，都会感慨，吃这碗饭的人容颜衰老得太快，再好的化妆品也难掩半老徐娘脸上的皱纹。嫖客泡的是妞儿，不是娘，所以，在干到第七个年头的时候，她毅然决然金盆洗手[②]了。

当然，她不当小姐也有原因，之前，她出台时，认识了一个做古董生意的老板。这个姓吴的安徽人，比她大十八岁，在老家有老婆孩子，阿秀跟他傍了两年多，吴老板挺喜欢她，后来承诺要娶她。她对这个人也确实动了心，只要娶她，给他当"二房"都干。

两个人信誓旦旦的，约好过了春节就带她回安徽老家定亲。可过了春节，这个吴老板便人间蒸发了，跟当初的那个老于一样，再也找不到这个人了。

不过，吴老板还算对得起她，在北京给她留下一套房，房子只有七八十平方米，但在三环边上，这也许是她来北京后的最大收获了。

在北京生活，有了房就没有后顾之忧了，但总得有吃饭的营生呀，大概是受吴老板的影响，她把这些年的积蓄拿出来，在潘家园附近租了间门脸房，开了家古玩店。她正是在这儿认识的徐晓东。

[①] 秀：北京土话，属于隐语。秀，有利用某种手段，想方设法得到某样东西的意思。比如，现在流行的"泡妞儿"，以前北京话叫"秀蜜"，即想办法把看上的女孩弄到手之意。
[②] 金盆洗手：不再干这种事儿了的意思。

| 酒虫儿 |

那时，阿秀已经四十出头了，虽然容颜已衰，但在吴老板身边待了两年多，她一直注意保养，加上本来也长得年轻，所以，细皮嫩肉的看上去还有几分姿色。

当时，徐晓东跟两个哥儿们在朝阳区的麦子店也开了家古玩店，专做紫砂壶和玉器。阿秀的店经营得比较杂，有时，徐晓东会把他们的货，拿到她的店做样品摆着。

阿秀开了古玩店，名字又改了回来。一切都从头开始了，像许多在北京做买卖的外地人一样，几乎没有人知道她的底细，更没人晓得她曾经当过坐台小姐，徐晓东也是后来才知道的。

罗玉秀最初以为徐晓东看上了她，想跟她亲近，所以对徐晓东频繁地暗送秋波。她知道古玩行水深，自己刚入门，需要认识一些收藏界的高人，但后来发现自己是热脸贴在了冷屁股上，徐晓东压根儿就对她没想法，跟她只是业务上的来往。

其实，罗玉秀没眼拙，徐晓东确实是看上了她，只不过，是为他人作嫁衣裳。那会儿，徐晓东为取得"盖板杨"的信任，正极力地表现自己。他知道"盖板杨"一直沉迷在遐想的情爱世界里，从来没真正接触过女人，这辈子活得有点儿冤；看到孤身独处的罗玉秀，人长得说得过去，性格温柔，心眼儿也不错，便想把她介绍给"盖板杨"。

当然，他也是好心，而且当时也不知道罗玉秀的真实情况，以为她不过是一个来北京打工的单身女人。

徐晓东了解"盖板杨"，知道他心里只有那个永远的情人汪小凤，如果直截了当跟"盖板杨"提罗玉秀的事儿，不但会遭到"盖板杨"的一顿臭骂，而且俩人的关系也得闹掰了，所以只能"曲线救国"。

他先把"盖板杨"的两件作品，放到罗玉秀的店里，罗玉秀没想到两天就出手了，而且一件赚了三千块钱。这，徐晓东还埋怨她标价低了。"盖板杨"一下成了罗玉秀崇拜的人。

徐晓东借着这个茬儿，让罗玉秀做东，请"盖板杨"喝了一次酒。这次酒局，让"盖板杨"和罗玉秀喝到了一块儿。

敢情罗玉秀从小受酒鬼父亲和宋大河的熏陶，后来又在歌厅磨砺，不但会喝酒，而且酒量惊人，居然能跟"盖板杨"喝个平手。第一次喝，两人，一人喝了一瓶高度白酒，临完，她还觉得没尽兴。

罗玉秀文化不高，但聪明伶俐，知道"盖板杨"是"酒虫儿"，她心里乐了。以她在歌厅坐台的经验，她明白酒色不分家，征服男人最好的武器就是酒，何况，她在这方面有优势。

在酒桌上，罗玉秀知道"盖板杨"喜欢喝"茅台"，她的老家离仁怀市的茅台镇很近，为此，她特意回了一趟老家，托人从茅台酒厂买了几十箱。这正中"盖板杨"的下怀，这些酒喝了没一半，"盖板杨"便醉倒在了她的石榴裙下。

罗玉秀跟"盖板杨"上床，并不是真心喜欢他，也不是想嫁给他，主要是因为"盖板杨"太有才了，他錾出的活儿件件是精品，如果能傍上"盖板杨"，她开店还用发愁吗？

以她的本意，是不想跟"盖板杨"结婚的：一是"盖板杨"比她大十五六岁，瘦小枯干，而且长得实在不受看；二是她对所有男人已经没有感情可言，对婚姻更是提不起兴趣来，所以跟"盖板杨"也只是逢场作戏，玩玩而已。

但"盖板杨"每次酒后跟她干那事的时候，动情动容，那真是一种真情的流露。罗玉秀突然发现"盖板杨"像个孩子似的，那样单纯幼稚，眼神里流露出的情感是天真无邪的纯真，而且是那么炽热而真诚。

罗玉秀常常被他的这种纯情和挚爱所感动，有几次，她扑在"盖板杨"的怀里放声大哭。她十六岁跟宋大河结婚，后来接触过数不清的男人，没有一个像"盖板杨"这样，爱得如此专情，如此深沉。她心里说，真要是嫁给他，这辈子也还是能找到幸福感的。

罗玉秀

开始她以为"盖板杨"是真心喜欢她,后来才明白敢情她是替身,"盖板杨"喝了酒,进入梦幻状态以后,把她当成了老情人汪小凤。

罗玉秀最初在心理上还有些不平衡,后来,她被"盖板杨"的这种痴情感动了,心想反正也不想跟他结婚,当替身就当替身吧,也算成全了"盖板杨"的痴心和爱意。

当然,她也是真想跟"盖板杨"好下去,她从"盖板杨"痴情汪小凤这件事上,发现了他的与众不同之处,而他的錾艺也是无人能比的。

自然,这谈不上爱,因为在她眼里"盖板杨"已经是老头儿了。不过,她压根也不理解,或者说没享受过什么是爱。所以,跟男人接触,她首先想到的是利益。跟"盖板杨"好,除了能从他身上挣到钱之外,她还想让"盖板杨"培养她的儿子宋二乐。

女人到了罗玉秀这个年龄,就会收心了,主要心思会从做事转移到自己的孩子身上。罗玉秀这些年在北京打打拼拼的,基本上没管过在老家的儿子,好在宋二乐在爷爷奶奶身边还没学坏,高中毕业,没考上大学,他放弃了复读重考的机会。他从小喜欢画画儿,跟两个伙伴在县城开了个画廊,既卖画,又给人画像。

这时,宋二乐的爷爷奶奶已经去世,罗玉秀觉得儿子再在老家待下去,没有什么出路,便让宋二乐来到北京,拜"盖板杨"为师,学习錾艺。

本来,"盖板杨"已经发誓不收徒的,但看在罗玉秀的面子上,又观察了宋二乐几个月,感觉这孩子比较老实厚道,而且画儿画得也不错,正好"盖板杨"正在做两个掐丝珐琅的鸟笼子,手底下缺个帮手,便破例收了他。

宋二乐由打给"盖板杨"磕了头,便心无旁骛,一门心思跟他学做鸟笼子。那对掐丝珐琅的鸟笼子,是一个亿万富翁定做的,做工极其讲究,"盖板杨"带着二乐,花了一年多的时间才做出来。

徐晓东拿着鸟笼子在玩主中炫耀了一番,自然引起轰动。有一,就有二,找徐晓东定制"盖板杨"鸟笼子的人又排起了队。

宋二乐与徐晓东、罗玉秀

在做鸟笼子的过程中,"盖板杨"看二乐这孩子特别稳当,坐在工作台上,半天不动窝。"盖板杨"喜欢他的这种踏实劲儿,也尽心尽意地教他。

二乐原本有绘画基础,加上勤学苦练,一年多之后,便能自己独立錾活儿了,当然,要达到师傅"盖板杨"的那种艺术造诣,还且得练呢。

罗玉秀看到"盖板杨"尽心尽力地教儿子,心里也很感动。她雇了女孩看店,每天都到"盖板杨"家,给他洗衣做饭,归置屋子,在徐晓东看来,俨然像是"家里人"。

徐晓东希望"盖板杨"能和罗玉秀成为一家子,这样,他可以把"盖板杨"牢牢控制在自己手里。他心里明白,艺术的传承极难,玩意儿是谁的,就是谁的。就像齐白石的画儿,马连良的戏,邓丽君的歌,侯宝林的相声,后人画得唱得再好,最多也只能得到个传人的名头儿,人家还是人家。玩主们认的是"盖板杨",别人做得再好,玩主看不上。所以,他手里必须要攥住"盖板杨"这张牌。

照徐晓东看来,罗玉秀娘儿俩绑在"盖板杨"这条老船上挺好。母亲当替身,儿子学手艺,即便他们不成家,这样搭帮过日子也各有所求,挺滋润。但没想到罗玉秀格局太小,过于急功近利了,所以,挺好的事儿让她给毁了。

第二十章

文化和修养，是女人身上的发动机和方向盘，没有文化和修养，聪明可能会变成糊涂，机灵也可能成为愚蠢。

宋二乐在"盖板杨"的指导下，錾了几件活儿，有铜板浮雕，也有盖板儿，让"盖板杨"夸了几句。罗玉秀为此心眼活泛了，她觉得自己的儿子学出来了，背着"盖板杨"，把二乐的这几件活儿摆到了店里，打出的是"盖板杨"徒弟的名号。让罗玉秀没想到的是，这几件活儿，不但没两天就卖出去了，而且还有人跟她定做二乐的錾活儿，这让她的脑子发热了。

罗玉秀这些年，在古玩圈儿里混，多少也认识一些人，虽然，在玩主们眼里，她属于"二货"，但行里圈里的一些潜规则，她还是知道一些。比如一个画家或大师要想出道，除了本人的手艺之外，还要有人"包装"，换句话说，画家和大师不是画出来和干出来的，而是人们捧出来的。

她死活看不上"盖板杨"那种"蛟龙潜海"的处世原则，也无法理解"盖板杨"不愿出名，做人低调的风范。她认为男人要有出息，必须要有名儿，所以她要想方设法让儿子出名儿。

恰在二乐能独立做錾活儿的时候，罗玉秀在电视上看到，广州举办"全国民间手工艺作品大奖赛"的消息。她两宿没睡踏实，琢磨着二乐出名的机会来了。如果二乐的錾活儿作品能在大奖赛上获奖，就能一举成名。上报纸、上电视、上网络，而且也有资格加入艺术家协会，然后评大师，自己办工作室，开工厂，办展览，搞对外艺术交流，不知为什么她格外看重出国交流。她凭借自己的想象力，设计出二乐美好的发展前景。

怎么才能让二乐的作品获奖呢？必须得有人捧，找谁呢？她把这些年认识的人，过了一遍筛子，翻出所有积攒下来的名片，翻来覆去想了几天，

终于找出一个人来。

这个人是她在歌厅出台时认识的，做工艺美术的，派头不小，像是头头脑脑，但处事抠抠唆唆。每次出台，找的是低档旅馆开房，给她印象极深的是每次跟他完了事，他不给小费，给纪念品。

当时北京要开奥运会，吉祥物很流行。她曾经心里骂过他：玩完不给钱，给我这么多吉祥物，想让我开动物园吗？

不过，他倒是嘴甜，给她留下名片，要她管他叫大哥，以后，在北京混，有事儿就找他这个大哥。现在有事儿了，找他，他能不管吗？

这个泡妞儿给吉祥物的先生，不是别人，正是何彦生。

罗玉秀并不知道何彦生跟"盖板杨"的关系，为了儿子的事儿，她也是情急抱佛腿。让她没想到的是，一晃儿十多年了，何彦生的手机号愣没变，而且他接通电话后，还记起了当年一起玩过的这个四川妹。

罗玉秀直截了当地说，有事儿求他。他也很爽快地答应了。

这会儿的何彦生已经成了退休老头儿，但他会保养，注意养生，戒了烟也戒了酒，一直坚持锻炼，所以保持着苗条的体形。而且这些年，他相貌也没太大变化，典型的锥子脸，浓眉大眼，气质不俗，一副老帅哥的样儿，看不出来他有六十多岁。

他现在的主要乐趣是每天一早一晚到公园跳舞。现如今跳广场舞已经成了热门，但同样属于广场舞，跳什么舞却有讲究。何彦生玩的是高大上，跳的是拉丁舞。

他跳舞还真下功夫，专门找专业老师请教。几年下来，他的舞步娴熟，舞姿优美，加上身段和气质，有点专业水平。他场场不落，成了公园的"舞霸"，还在全国老年舞大赛上拿过奖。

俗话说，江山易改，本性难移。好色的何彦生，老了，依然不改当年的色心。他之所以迷上跳舞，跟他的好色不是没有关系。跳舞，既能健身，又能结识许多的舞伴，舞伴有时可比老伴透着亲密，他何乐而不为呢？

接到罗玉秀的电话后，何彦生旧情萌动，先答应罗玉秀的要求，然后约她见面吃饭。他没想到十多年过去了，罗玉秀风韵犹存，依然不显老，酸眉辣眼的，尚有几分姿色。久别生情，让他性痒难耐。

饭后，罗玉秀找了家四星级饭店开了房，两人亲热了一番。两个人云散雨收，这才说起二乐想参赛获奖的事儿。何彦生当时大包大揽，满应满许，因为那天两人见面的一切挑费，都是罗玉秀出的银子。

他看出罗玉秀已经今非昔比，从她的大方劲儿上看，不是大款，就是富婆，所以他不但想在那方面换换口味，还想借机敲她的竹杠。殊不知，罗玉秀这是在求他办事儿，打肿脸充胖子。

其实，何彦生离开工美行业已经好多年了，在他到歌厅"泡"罗玉秀的时候，他所在的工艺美术厂就倒闭了。工厂本来也是区属企业，倒闭时，职工被"买断工龄"各谋出路了。

那些年，何彦生凭借着大师的职称，在几家民营的工艺美术厂当顾问或技术指导，挣了一些钱，但时间不长，他便露了馅儿。敢情他在技术上是猴儿戴胡子，一出没一出儿，屁嘛不懂，还牛气烘烘。这号人谁还敢用？

但是，猫有猫道，鼠有鼠道。他凭借着职称和那张嘴，跟几个行业协会的关系不错，后来还当了两个行业协会的副秘书长。

他敢答应罗玉秀儿子获奖的事儿，并不是虚晃一枪，而是心里有数。因为举办这类大奖赛，通常都是协会组织牵头，企业赞助，找熟悉的专家做评委，他就经常以评委的身份参加这类赛事，所以门儿清。

当然，何彦生管二乐参赛获奖的事儿，也藏着私心。他虽然不干工美这行了，但他儿子何啸却开了个礼品商店，跟工美有关系。二乐获奖出名，将来何啸能用上他。

罗玉秀为了儿子获奖在何彦生身上没少花钱。何彦生也挺给力，经过私下与赛事组委会斡旋，最后二乐的一件铜板浮雕《梅兰竹菊》，获得了大赛的银奖。

这个奖"获"出了麻烦，因为整个二乐的作品参赛，以至于获奖，都是罗玉秀一手操办的，二乐一点儿不知道，"盖板杨"更是蒙在了鼓里。

获了奖，得本人领呀！这时，罗玉秀才把这事告诉"盖板杨"和二乐。她本以为会给师徒二人一个意外惊喜，"盖板杨"知道自己的徒弟获奖能不高兴吗？

谁知"盖板杨"知道这事儿，顿时火冒三丈，把她骂了个狗血喷头。罗玉秀头一次看到"盖板杨"发这么大的脾气。二乐见师傅动了肝火，哪敢提领奖的茬儿？

钱已经花了，何彦生的人情债也搭出去了，奖不能不要呀？没辙，罗玉秀自己飞了一趟广州，把奖杯抱了回来。

要不怎么说没文化可怕呢，"盖板杨"已经为二乐获奖的事儿发了一通火儿，若是明白人，会想办法承认自己错了，不该这样急功近利，不知深浅。要让儿子踏踏实实地潜心学艺，低调做人，"盖板杨"也许会原谅她的。

但罗玉秀没这脑子，看不出个眉眼高低来，她以为，"盖板杨"要是知道她为二乐参赛评奖，费了多大劲儿，也许会理解她呢。

在随后的一次喝酒时，她许是喝多了，竟跟"盖板杨"诉起苦来。诉苦诉累就说自己吧，她居然把何彦生给抬了出来。说何彦生就说何彦生吧，她一不留神，在"盖板杨"的追问下，把她在歌厅坐台认识何彦生的经过，给说了出来。

"盖板杨"听了，拿刀抹脖子的心都有。他把手里的酒杯往地上一摔，连喊了三声："我眼瞎了！瞎了！瞎了眼了我！"

接着，他什么废话都没说，只说了一句："滚，今生今世别让我再见到你！"

对二乐也是两个字："走人！"并且明确跟他说，"十年之内，不准说你是我徒弟！记住喽，十年！"娘儿俩从这起，再没见过"盖板杨"。中间，罗玉秀求徐晓东说过几次情，"盖板杨"没给面子。

徐晓东把罗玉秀骂了一顿："你呀。真是屁股决定脑子。杨爷是爷呀！你跟他好几年，怎么会不知道呢？他眼里不揉一点沙子，你偏得要往他眼里放沙子。你过去的那些骚事，你不说谁知道呀？鬼知道你是怎么想的，非要自己给自己脸上往黑喽抹。这下好了，城门失火，殃及池鱼，把你儿子都耽误啦！"

到这会儿，罗玉秀才知道"盖板杨"和何彦生的恩恩怨怨，也弄清楚"盖板杨"正是对汪小凤的痴情才守身如玉，明白自己把戏演砸了。但为时已晚，"盖板杨"的倔劲儿上来，九头牛也拉不回来。没辙。

一晃儿两年多了，罗玉秀和儿子没跟"盖板杨"见过面，徐晓东了解"盖板杨"，自那次翻脸，也没有在"盖板杨"面前提过他们。"盖板杨"似乎已经把他们给忘了，想不到罗玉秀会突然登门，而且还把脸放一边，直接愣往屋里闯，他一时不知道罗玉秀唱的这是哪出戏。

"怎么？还记着那事儿呢？我是来求你翻篇的。"罗玉秀淡然一笑，说了一句北京土话，但她不会说儿化韵，"篇儿"，说成了"片"。

"翻篇儿？想什么呢？我说出去的话，泼出去的水。""盖板杨"冷着脸说。

"泼出去的水，也有蒸发的时候呀！"罗玉秀的小嘴又翘了起来，对他莞尔一笑。

"少跟我这废话。我说了，今生今世不想再见到你！""盖板杨"的小眼瞪了起来。

"今生今世？你说得太绝情了。不管怎么说，我也是跟你上过床的人呀！没有感情，还有感动呢，是不是呀？"

罗玉秀的嘴皮子很能说，但"盖板杨"似乎不为所动。你说什么"动"，他的心也不"动"。

"回家照照镜子再出门，你还有脸来找我，你是什么人自己不知道吗？""盖板杨"说道。

"告诉你一百遍了，那都是过去的事啦，谁没有摔跟头的时候呀？"

"你来是找我打架的吧？""盖板杨"脸上露出不耐烦的神色。

"打架？我爱你还爱不过来呢。"罗玉秀笑了笑，说道，"怎么，不想让我坐下吗？"

"坐下？你还有脸在我的屋子里坐下？""盖板杨"把脸耷拉下来。

"什么？我怎么着也是你的情人，虽然是替身吧，但你搂的可是我呀！现在，你连你的家都不让我坐吗？"罗玉秀不等"盖板杨"搭腔，拉过一把椅子，不管不顾地坐下了。

"盖板杨"被她的死皮赖脸，弄得一时手足无措了。

罗玉秀转过身，见屋里的东西摆得杂乱无章，嘴角挤出一丝冷笑道："瞧你这屋子，你不让我来，自己倒是收拾呀？"

"这是我的家，我愿意这样。""盖板杨"赌气说。

"呦呦，那个劲儿还没过去呢？怎么真像个三岁小孩儿似的呀？"罗玉秀用娇嗔的口吻，看着"盖板杨"说。

"你别在我面前演戏了，马上给我走人！""盖板杨"绷着脸，没好气儿地说。

"走人？已经坐下了，我能舍得走吗？"

"你到底想干吗？"

"我想……"

"有话说，有屁放，我一分钟也不想见你。"

"我真是那么让你讨厌吗？"

"我怕你脏了我的房！"

"盖板杨"这句话，像烧红的烙铁一样烫在罗玉秀的身上，她猛然一惊，觉得心在流血，一种难言的屈辱油然而生，委屈的泪水夺眶而出。

"杨先生，您一直是我敬重的人，想不到这样扎我心的话，会从您的嘴里说出来……"罗玉秀抽泣着说，"是的，我做过丢人现眼、女人不该做的事，但您想过吗？我也是被逼无奈呀？我要是有个好爸爸好老公，有一个幸福的家，能出去干那种事去吗？初来北京，我举目无亲，两眼一抹黑，但我得吃我得喝，我还要租房住，怎么办？一切都是为了活着呀！"

"少跟我说这个，来北京打工的多了！"

"我当初不是幼稚无知嘛。人，谁没做过错事，谁没做过悔事？我早就知道自己错了，也改了，这些都是过去许多年的事了！"

"别说啦你！我都替你丢人。"

"是，我不该走那一步……可我已经向您忏悔了呀。"

"你别再说了！"

"不，我要说，我一定得说，要不然我就会憋死的！杨先生，你知道我喜欢你吗？"

"扯！"

"我要是对你不是真心的话，能对你坦白我内心的一切吗？在歌厅坐台的事，我要是不跟你说，别说是你，连徐晓东也不会知道。真的，没人了解我的过去。我已经跟过去彻底拜拜了。可是为什么你却一直不能原谅我？你知道吗？离开你的这些日子，我是多么想你吗？"

"你别在我面前装了。想我？想那个姓何的吧？"

"我想他？他是个色狼，是个卑鄙的小人，我已经看穿他的本性。他跟您杨老师没法比。您不要在我面前提他好吗？"

"好啦好啦，该说的你已经都说了，走吧，别让我说出那个'滚'字！"

"滚？我为什么要滚？"

"你自己不知道吗？你是脏身子！我瞅见你，心里腻歪，明白吗？"

"我脏？"罗玉秀像挨了一鞭子，突然止住了哭泣。她直视着"盖板杨"，猛地扑到他怀里，喊道，"我真的脏吗？我的身子可是你挨过的，我把我的身子，还有我的心，都给了你。你占有了我，最后说我脏。我脏？告诉我，我哪儿脏？"

"你要干吗？""盖板杨"想挣脱她，但她死死地抱住他，还在他的脸上吻了两下。

"干吗！既然你说我脏，今天我就要让你知道什么是干净！"罗玉秀突然两腿一软，扑通给"盖板杨"跪下了，泣不成声地说，"杨老师，求求您，让我留下吧！您不是嫌我脏吗？我今天要把这两间屋子好好打扫一遍，让您感受一下什么是干净。"

"不需要！""盖板杨"的话茬子带着凉气。

但没等他话音落地，罗玉秀已然从地上站了起来，转身脱掉外衣，麻利地归置起来。

这个家她太熟了。时间倒回两年多，她几乎每天过来，搞卫生，做饭。她知道厨房的酱油醋放在哪儿，知道家里的电卡、煤气卡放在哪儿，甚至"盖板杨"的内裤在哪儿放着她都知道，俨然是这个家的主妇。所以，现在她收拾起来轻车熟路。

到了这份儿上，"盖板杨"也没了脾气。罗玉秀一刻不闲地在那儿忙着，他站着坐着都觉得别扭，在旁边看着，怒吧，怒不起来；恨吧，又找不出理由，一时感到很尴尬，甚至有点瞠目耷眼，索性蔫不出溜地推门出去了。

第二十一章

"盖板杨"溜达到街心花园,见到几个遛鸟儿的老头儿在树趟子里闲聊。

几位爷的鸟笼子起了罩,挂在了树杈子上。鸟儿在笼子里唧唧啾啾地叫着,"盖板杨"一听就知道是"红子"。

别看"盖板杨"能做鸟笼子,也能做盖板儿,但他却不养鸟儿。因为,前些年,他养过两只"红子"。为伺候这两只鸟儿,他没少下功夫,而且调训两只鸟儿,能哨出五六个"音儿"。

每天錾活儿累了的时候,直起腰来,走到鸟笼子跟前,听听鸟儿鸣,觉得很惬意,他跟鸟儿也有了感情。但是,转过年的冬天,有一只鸟儿得了感冒,不吃不喝,没多久就死了。他对这小生灵的生命无常,感到很伤心,发誓不再养了,剩下那只鸟儿也让他给送了人。

他跟几个玩鸟儿的主儿闲聊了一会儿,又听了一会儿鸟儿鸣,心里的那点气儿不知不觉顺了下去。

临近中午,他回了家,推门一看,屋子打扫得窗明几净,东西摆放得井井有条,看上去焕然一新。

他脱了外衣,扭脸再看,只见餐桌上,摆着两瓶"茅台",一只他最爱吃的香酥鸭、清炒虾仁,还有酥鱼、酱牛肉、花生米、拍黄瓜七八个凉菜。敢情香酥鸭、清炒虾仁是罗玉秀现叫的外卖,"茅台"是她刚带来的。

"饿了吧?洗洗手,我今天跟老师一起喝口酒,给老师赔罪。"罗玉秀笑着对"盖板杨"说,那口气好像她是这个家的主人。

"盖板杨"还想拧着来,但罗玉秀已经把"茅台"倒在了杯子里,他闻到了那股酱香味,不由自主地吸溜了一下舌头。最近"茅台"已然涨到了一千多,他有日子没喝了。

"还愣着什么？快洗手去呀！"罗玉秀催促道。

到这会儿，"盖板杨"已经身不由己了。他洗完手，耷拉着脑袋坐到餐桌前，拿起了筷子。

罗玉秀瞅着"盖板杨"软下来，不由得长长舒了一口气。她心说，戏没白演，只要"盖板杨"坐下，拿起筷子，端起酒杯，自己谋划的那点儿心计就算落听了。

跟"盖板杨"接触这么长时间，她太了解这位"酒虫儿"了。酒是降伏他的灵丹妙药，只要酒一沾唇，他们俩的位置就调过来了。好在老天爷眷顾她，给了她这么好的酒量，否则，真对付不了他。

罗玉秀这么煞费苦心，完全是为了儿子。以她的性情和心态，"盖板杨"跟她因为过去的那点事儿翻脸，而且说了那句狠话后，她真不想再见他了。她觉得"盖板杨"这个软硬不吃的倔老头，除了有点手艺外，没有跟他深交的价值，既然闹掰了，就掰了吧。

但是她的儿子宋二乐不干了，这小子一根筋的劲头，比"盖板杨"还"盖板杨"。他说一日为师，终身为父。既然给"盖板杨"磕了头，"盖板杨"也认了他这个徒弟，那"盖板杨"就永远如同自己的父亲。

宋二乐很小的时候，父亲宋大河就去世了。长大以后，他又从别人嘴里得知宋大河不是他的生父，所以他对父亲有一种与生俱来的敬仰。"盖板杨"因为母亲的事儿，把他赶出门，他一直心里非常难过，什么时候想起"盖板杨"，什么时候掉眼泪。

罗玉秀曾经让他到何啸的公司当技师，他坚决不去。他一直一个人在家里錾活儿，錾出的活儿，罗玉秀要拿到店里出售，他也不干。

除了画画儿錾活儿，宋二乐没有任何爱好，平时很少出门，没有哥们儿，更没有女朋友，一门心思錾活儿，并且坚信师傅"盖板杨"会回心转意，让自己回到他身边。

罗玉秀觉得儿子有点儿魔怔了，但一提到"盖板杨"，她就发憷，不

| 酒虫儿 |

单是她，连找徐晓东说情，徐晓东都犯怵，"盖板杨"的脾气忒各色了。这次来找"盖板杨"赔罪，实在是万不得已，因为德国人要錾当年小白楼的雕像，转了两个圈儿找到了宋二乐。

罗玉秀一听是为德国人錾活儿，激动得两宿没睡好觉。她觉得这是儿子千载难逢的出名机会，而且这个名儿还要出到德国去。弄好了，二乐有可能在德国发展，将来找个德国媳妇，生个混血宝宝，她也可以到德国去看儿子。她越想越有前景，想着想着，就跟明天宋二乐就要坐飞机走了似的。

但徐晓东告诉她，德国人就认"麻片儿李"，而"盖板杨"才是他的真正徒弟，德国人找宋二乐也是因为他是"盖板杨"的徒弟。这件事，"盖板杨"不点头，二乐敢做吗？

这么一说，罗玉秀才恍然大悟，明白真佛是"盖板杨"。怎么拜这尊佛呢？她绞尽脑汁，琢磨了几天，才想出了现在这招儿。只有酒，能把这位爷搞定。

当然，只要"盖板杨"把酒杯端起来，不喝到一定火候，他是不会放下的，何况碰到的是对口儿的酒。罗玉秀今天不能多喝，她要保持清醒头脑来对付"盖板杨"。

她频繁地给"盖板杨"的酒杯里斟酒。她是"酒经沙场"的高手，而且跟"盖板杨"喝过无数次酒，知道他喝到几两时，会出现什么状态。

八两五！罗玉秀知道"盖板杨"喝到八两五的时候，便会进入幻境，跟汪小凤见面了。所以她一直拿捏着"盖板杨"酒量，因为这是她见"盖板杨"的重头戏。

果不其然，"盖板杨"喝到八两五的时候，眼睛发直了。这时，如果罗玉秀再让他接着喝，他脑子里幻化出的梦境，可能就会一闪而过，汪小凤也就不会出来跟他"见面"。

其实，"盖板杨"的幻境出现，就在喝到八两五后的恍惚之间，而且还要恰好到位，像是有刻度的容器管着似的，多一口不行，少一口也不行。

这种量的把握，只有"盖板杨"自己喝酒的时候，才能找到，也才有那种朦胧感，随后，一边听着塔尔蒂尼的小提琴曲，一边进入幻境。

跟别人喝，这种量很难把握，所以"盖板杨"在幻境里跟汪小凤相会，在外面喝酒几乎没有碰到过。罗玉秀跟他喝过那么多次酒，也只是碰到过有数的几回，给汪小凤当替身并不容易。

看到"盖板杨"出现了恍惚状态，罗玉秀心中暗喜，赶紧把他手里的酒杯夺下来。

"你要干什么？""盖板杨"用游离散乱的目光凝视着她，他已经进入了状态。

罗玉秀知道自己当替身的时候到了，她盯着"盖板杨"没吭声。见他眼神迷乱，这才站起来，急忙转身朝屋门走去。

"小凤？是小凤吗？你怎么不言声就走呀？""盖板杨"用慌乱的目光追着罗玉秀喊道。

罗玉秀猛然回过身，轻柔地问道："正元，你是正元吧？"正元是"盖板杨"的名字。

"是，我是正元。小凤，你是小凤吗？""盖板杨"不由自主地站起来，不错眼珠地看着罗玉秀。

"是我呀，正元。"罗玉秀柔声细语地唤道。

这声呼唤似乎让"盖板杨"吃了迷魂汤，他的神情很快出现了恍惚，目光也倏地变得迷茫起来，他眼前的罗玉秀渐渐地幻化成汪小凤。而罗玉秀也逢场作戏，把自己当成了汪小凤。

关于"盖板杨"和汪小凤的故事，罗玉秀听得耳朵都快起茧子了。汪小凤是什么样的人，也让罗玉秀揣摩得够不够的了，所以，她装扮成汪小凤真是得心应手。

"小凤，你怎么有日子没来了？""盖板杨"把罗玉秀拉到身边，端视着她问道。

"我这些天一直忙呀。"罗玉秀妩媚地看着"盖板杨",微微笑道,"再忙,我心里也在惦念着你,这不是来看你了吗?你近来还好吗?"

"好,就是老想你。"

"我也好想你呀!"罗玉秀伸出手来,在"盖板杨"的头上抚摸了一下。"盖板杨"情深意切地把罗玉秀搂在怀里,俩人紧紧地依偎在一起,享受着浓浓爱意。

在这种童话般的幻境里,罗玉秀有时"假戏真做",被"盖板杨"的真情撩拨得仿佛自己真的就是汪小凤,所以一切都显得那么神情自若。

俩人在一起耳鬓厮磨地缠绵一会儿,罗玉秀猛然从梦境里跳出来,轻轻握着"盖板杨"的手,温情脉脉地说:"你记得我们家当年住的小白楼吧?"

"怎么能忘呢?那是咱俩最初见面的地方!可惜呀,那精致的小楼已经拆了。""盖板杨"叹息道。

"那个小白楼是德国人盖的,你知道吧?"

"当然知道。"

"你记不记得当年小白楼有个金板的浮雕?"

"记得,那是我师傅'麻片儿李'錾的。"

"我知道呀,现在那个盖小白楼的德国人后代,要复制这个浮雕,你知道吗?"

"盖板杨"愣了一下,诧异地看着罗玉秀问道:"我知道。可这事儿你怎么知道的呢?"

罗玉秀莞尔一笑道:"正元,你的事儿能瞒得了我吗?我们早就息息相通了。"

"哦。""盖板杨"点了点头。

"你是'麻片儿李'的徒弟,宋二乐又是你的徒弟,宋二乐这孩子不错,你要多提携他,把这个雕像做成精品。他露脸,你不是也有面子吗?"

"嗯。我会关照他的,好赖他也是我徒弟。"

"你们师徒之间,是不是因为他妈的事儿闹了点儿别扭呀?"

"盖板杨"吃了一惊,怎么这事汪小凤都知道了,以前跟她见面儿,没提过这事儿呀?"是……闹了点儿别扭。"他漠然一笑道。

"你误会二乐他妈了,她是多好的人呀!前几年,我不在你身边,不都是她照顾你吗?"

"她对我是不错,可我不知道原来她当过小姐,我硌硬她是脏身子。"

"你快算了吧!她当小姐都是什么时候的事儿了,你说她脏身子,她脏你哪儿了?你没搂过她抱过她,也没跟她上过床,你怕什么?你呀,想得太多了。"

"我主要还不是为了你吗?我觉得这辈子除了你,我不能再碰第二个女人的身子。"

"还是的,既然你没碰过她的身子,怎么会觉得她脏呢?其实她的心灵非常纯洁,像我一样干净。你说一个人干净不干净,是看身子呀,还是看心灵?"

"当然是看心灵了!"

"对呀,既然这样,你以后就别认为她脏了。我的话你能听进去吗?"罗玉秀对他微笑道。

"这么多年了,我就信服你。你的话,对我来说,就是圣旨。"

"那就对了。"罗玉秀在他的老脸上轻轻地吻了一下。

俩人情深意浓,聊到深夜,这才上床缱绻。罗玉秀一直看着表,她必须要在天快亮,"盖板杨"酒醒之前离开;否则的话,等到"盖板杨"酒醒了,她还在,这出戏就会露馅儿。

罗玉秀看"盖板杨"睡得挺沉,心里踏实一些。她把屋子收拾利落,又给"盖板杨"把暖瓶里的水烧好,随手又给他掖了掖被子,这才关上门下楼。

第二天早晨,"盖板杨"起来,从梦境里走了出来,他愣了一会儿神,

罗玉秀与"盖板杨"缠绵

沏了壶酽茶。酽茶喝下去，他的脑子渐渐清醒了。不过，头天晚上，他跟罗玉秀一起吃香酥鸭，喝"茅台"的事儿，他已然记不得了，只记得罗玉秀到家里来过，是让他给轰走的。他能记住的，是夜里跟自己心爱的人汪小凤见了面。汪小凤说到了罗玉秀和她的儿子，让他原谅他们。小凤的话像温馨和暖的春风，能吹散心里的一切阴霾。

他欣然顿悟，对罗玉秀和宋二乐确实有些过分。想到这一层，他又念起罗玉秀对他的种种好儿来，徒弟二乐也是那么让他中意，他没有理由对他们那样不近人情。

这么一想，他又有些过意不去了，但他从来不吃"后悔药"，对他们的冷淡和漠视，过去就过去了，他压根就没想过有道歉一说。感情上的裂痕，只能在今后用感情来弥补，以后对他们好点儿，不就将功补过了吗？

他想起宋二乐手里接的小白楼雕像的活儿，不由得心里敲开了鼓。他哪儿行呀？等着吧，这小子早晚得来找我。他知道以二乐现在的手艺，拿不起来这个錾活儿。

中午，"盖板杨"在"久仁居"吃饭的时候，见到了詹爷。

詹爷对"盖板杨"问道："你知道了吧，何彦生把做小白楼老头雕像的活儿，转给你徒弟了？"

"绕过山，绕不过河。""盖板杨"嘿然一笑。

"我不是跟你说过吗？没有金刚钻，别揽瓷器活儿。这活儿早晚还得是你的。你徒弟也未准能干得了。"

"怎么见得呢？""盖板杨"眯细了眼睛看着他问道。

詹爷咧着嘴说道："这活儿有点儿强人所难了，德国人不给图样，不给画像，只拿出一张莫克林夫妇在小白楼的合影照片，照片的背景有个很模糊的浮雕像，让复制这个。我看了看那张照片，浮雕的头像根本看不出人影来。实在是太难了。"

"盖板杨"听了一愣，打了个沉说道："原来如此，我说姓何的怎么主动放弃了呢。"

"是呀，何爷是谁呀？甜买卖他能舍得撒手！"

詹爷想了想说："杨爷，这活儿，咱干得了就接，干不了，也别为难。何苦呢？得嘞，先喝酒吧您。"他给"盖板杨"满上酒，也给自己满上，俩人碰了一下杯，一口干掉。

詹爷的话，让"盖板杨"听了有些别扭，德国人尼尔森为什么要复制这个浮雕呢？难道这是跟中国的工匠叫板吗？

第二十二章

"盖板杨"喝了三四两酒,又囫囵吃了一大碗炸酱面,打了几个饱嗝,出了"久仁居",晃晃悠悠回了家。中午觉,他不能缺。

"盖板杨"睡到下午三点多钟,起了床,正要泡壶茶,忽听有人叩门,他打开门一看,敢情是宋二乐。

二乐手里拎着酒和点心,进了屋,放下手里的东西,二话不说,走到"盖板杨"跟前,扑通跪了下来。

"盖板杨"愣了一下,诧异道:"嘿嘿,进门就磕头,你这是哪一出呀?"

"师傅,我对不起您。大人不计小人过,求您宽恕我一回吧。"二乐甩着哭腔说。

"盖板杨"释然一笑道:"快起来吧!唉,你有什么错儿呀?是你师傅心窄了。"

他想把二乐从地上拉起来,但二乐说什么也不起来。二乐道:"师傅,您一定要让我把心里话说出来,这些话我憋了快两年了!"

"说吧,孩子。""盖板杨"让他的执拗劲儿,动了恻隐之心。

"师傅,我从小就没了父亲,我妈又来北京打工,是爷爷奶奶把我带大的。小的时候,我常常想我要是有个爸爸多好呀!苍天有眼,让我拜了您为师。常言道:一日为师,终身为父。您就是我的父亲呀!自从拜了您,我就下了决心,今生今世,我就跟定了您,我不但跟您学手艺,还要跟您学做人。您身边没孩子,我就是您的孩子,我要孝敬您到老,不管别人怎么说,我一定说到做到,宁可这辈子不结婚,我也要给您养老送终。不管您对我怎么样,我也海枯石烂心不变,绝不能做一点对不起您的事儿,对您永远不离不弃。师傅,这就是我想说的话。"

"盖板杨"是个非常重感情的人，二乐的这番话，让他五内俱热，忍不住热泪盈眶。他用手擦了擦眼角，动情动容地说道："孩子，你的心，师傅领了，都领了。我早就看出来，你跟别的孩子不一样，你的定力和韧劲儿无人能比，这正是我所追求的。人的一生，功名利禄都是过眼云烟，真能留住的是玩意儿，是艺术。而真正的艺术是什么？是功夫。只要你肯跟着我，放心吧，我会像对待我亲生儿子那样对待你的。"

"谢谢，谢谢恩师！"二乐咣咣咣给"盖板杨"磕了三个响头，这才站了起来。

"盖板杨"让他去泡茶，然后，坐下来，看了他一眼，问道："二乐，你心里是不是装着什么事儿呢？"

二乐怔了怔，低着头，嗫嚅道："是，师傅，我错了，我真错了。"

"你怎么错了？"

"我接了不该接的活儿。其实，这之前，我并不知道何啸的爸爸跟您的关系。当我知道他是那种是非小人之后，我才知道我错了。"

"这怎么能是你的错。我跟他是什么关系，碍不着你。你该接活儿就接活儿。""盖板杨"淡然一笑道。

"那怎么成？师傅，我绝不能做对不起您的事儿，这个活儿再甜，您不点头，我也不能接。我已经跟何啸说了，这活儿我不干了，给多少钱也不干。"二乐拧着眉毛说。

"怎么，你把小白楼的活儿给推了？""盖板杨"惊异地问道。

"嗯，我给推了。"

"嗐，你怎么不跟我商量一下呢？"

"既然是何啸他们家派的活儿，没有什么可商量的，坚决不能干！"二乐语气坚定地说。

"盖板杨"没想到二乐比他还气迷心，既然他已经把那活儿推了，再说什么也没什么意义了。不过，他转念一想，除非那个德国人的活儿不做了，要做，转来转去，还得转到他这儿来，因为可着京城说，能做这件活儿的估计就是他了。

果不其然，"盖板杨"接到了鲁爷的电话，鲁爷说想他了，希望这两天能见他一面儿。

"你再不来，咱们就得到那边见了嘿。"鲁爷在电话里说。

"瞧您说的，到那边见面，指不定谁先等谁呢。""盖板杨"尽量安慰他说。

鲁爷在电话里没提那个"酒"字，不由得让"盖板杨"心里犯起了嘀咕。这位爷是不是现在真喝不动了？及至在病房真见到他时，"盖板杨"心里不由得打了吸溜，眼泪在眼眶子里直打旋儿，差点儿没掉下来。

鲁爷，这是鲁爷吗？只见他瘦了至少有两圈儿，头发已经掉干净了，眼也眍了，腮也嘬了，连人中都往下塌了，细胳膊上打着吊针，输着液。

不过，他脸上的精气神还没散，依然能坐着直起腰来说话，只是说话的底气不照先前那么足了。

"怎么样，瞅着眼生了是不是？嘿，都是不喝酒给闹的，哈哈。还有什么放疗啦、化疗啦给折腾的。"鲁爷笑道。

"治病嘛。""盖板杨"有些惶惑地说。

"嘿，那不是什么好东西，我压根儿就不想做，可儿子不干，大夫也撺掇，好像人得了癌症，就必须得这'疗'那'疗'似的。错来[①]，我还就认酒，酒能杀菌消毒，就不能杀死癌细胞吗？可他们不让我喝呀！离开酒，我还有什么活头儿，唉。"鲁爷唉声叹气地唠叨着。

"一点儿酒不沾了？""盖板杨"低声问道。

"让他们给我管制住了。我说不喝，闻闻味儿行不？也不行。没辙，我让他们在床头拴了两个酒瓶子，馋酒了，就看两眼。"鲁爷指了指床头。

"盖板杨"看到床头拴的两个空酒瓶子，忍不住乐了，打了个沉儿，他说道："大夫说得对，放疗期间，喝酒会有反应。等过了放疗期，您缓过点儿来，我过来陪您喝两杯。"

---

① 错来：转折用语，老北京话，"其实""可是""但是"的意思。

"估计到那会儿,我真喝不动了。"鲁爷苦笑了一下,嘬了个牙花子道,"现在,每天只能吃流食。前天,苏爷要来看我,我说想吃烤窝头片儿,蘸臭豆腐,但臭豆腐上要滴香油。苏爷真给我带来了,但他拿过来,我也只是瞅了瞅,闻了闻味儿。吃不动了。真呐!"

"盖板杨"听了,鼻子一阵发酸,人老了,都有这么一天呀!他心里说。

"等您出了院,再吃吧。"他劝慰道。

"哈哈,我还能站着从这儿出去?得嘞,大侄子,托你的福,我就等着这天呢。唉,不聊这些了,说说小白楼的事儿吧。"

"瞧您都这样了,还惦记小白楼的事儿。"

"我哪儿样了嘿?"鲁爷自我解嘲地笑道,"别瞧我现在这德行,真让我立马儿就到阎王爷那儿报到,我还不干呢!怎么着,我也得喝美了,再跟这个世界告别呀!"

"那是。""盖板杨"顺口搭音儿地笑道。

"说正事吧大侄子,知道了吧,小白楼那活儿,你徒弟给推了?"鲁爷问道。

"嗯,他跟我说了。"

"他推了,你得把它揽过去。"

"为什么?"

"大侄子,我总觉得德国人做这活儿,有点来头。小白楼是什么楼,你不会不知道吧?那是'鬼宅'呀!这德国人自称是莫克林的孙子,大老远地跑中国来,要给他老祖鏊雕像,我怎么琢磨着这事儿有什么'鬼'呀?"鲁爷挤咕了一下眼睛,纳着闷儿说。

"问题是他提出的条件也忒苛刻,什么都没有,就一张照片的背景图。""盖板杨"咧着嘴道。

"是呀,这不是玩幺蛾子吗?詹爷跟我说了。我跟他说,活神仙也鏊不出来这活儿来。"

"他备不住这是跟咱们叫板。"

"叫板？他叫什么板？大侄子，这事儿，为什么让我起疑心呢？"

"为什么？"

"何彦生这小子掺和进来了。詹爷告诉我，本来说得好好儿的，这活儿由你接，谁知道姓何的会插一杠子。什么事有他，准有娄子事儿。这些年，他把你害得还不够吗？我知道你是老实人，怕惹事，但这件事不能听由姓何的摆布。大侄子，听我的，你先把这活儿接过来。何彦生那儿有什么碴口，让他冲着我说。"

"他能有什么说的？小白楼那活儿，德国人给他，他干得了吗？"

"干不了，他在里头给你瞎搅和呀，对这种小人，你不得不防。"

"您说得对。""盖板杨"点了点头。

"大侄子，我怎么觉得德国人錾浮雕这事儿，备不住有什么诡异吧？德国人莫克林是怎么死的，你知道吧？"鲁爷若有所思地问道。

"知道，我师傅给我讲过。""盖板杨"不解其意地笑道，"那事儿已经年头不短了。诡异？难道莫克林在他孙子身上附体了？不会吧？"

"附体不附体不敢说。但他好目耷秧儿①地怎么想起跑中国，给他们老祖錾头像来了？"

"是呀，我琢磨着这事儿也挺奇怪的。""盖板杨"皱着眉头说道。

"世界上的事儿，常常超出人的想象知道吗？'鬼屋'是拆了，但'鬼'你能说没有吗？我总怀疑何彦生这小子在里头搞鬼。为什么我让你把小白楼的活儿先接过来呢，道理就在这儿。他绕世界说他是'麻片儿李'的徒弟，图什么呀？我跟詹爷说了，让那个德国人直接找你不就得了吗？"

"您什么时候跟他说的？"

"在你来之前，我们俩刚通过电话。本来就是他求我找的你嘛。大侄子，你听不听我的？"

"听您的。"

---

① 好目耷秧儿：北京土话，形容没事找事儿，如同"待得好好的，怎么就……"。

"那什么也不说了。"

"您好好养病,有什么消息,我随时给您递话儿。"

"盖板杨"见护士进来给鲁爷换输液的瓶子,便跟鲁爷打了个招呼,起身告辞。临走前,趁他没留神,悄悄在他枕头下,塞了五千块钱。

鲁爷的话,让"盖板杨"想了一路。难道小白楼的"鬼魂"还没散吗?鲁爷为什么会想到这个问题,难道他发现了什么征兆?他越想心里越乱,到家后,脑子里还影影绰绰转悠着小白楼的"鬼",好像他也让"鬼"给缠住了。

时过境迁,物是人非,小白楼拆了快十年,连一些老邻居都快把它忘了,怎么远在德国的尼尔森会想起威尔逊的头像来呢?

整整一天,威尔逊的头像一直在"盖板杨"的脑子里转悠。

他是在汪小凤家看到这个头像的。汪本基一直把它当成了艺术品,所以到他看到这个头像时,还保持着原貌。

"盖板杨"看到头像的第一眼,就被"麻片儿李"的精湛工艺镇住了。那时,他还不认识"麻片儿李",也不知道这个雕像还有那么多的"鬼"故事,只是被雕像的工艺,以及外国老头儿栩栩如生的神态所折服。

他在头像前足足看了有十分钟,头像等于在他的脑子里复制了下来。回到家,他遗貌取神,画了两张,等于复写下来。虽然画稿后来不知去向,但印象极深。所以,后来"麻片儿李"跟他讲起这头像的故事时,他脑子里还能清晰地把这雕像"再现"出来。

鬼斧神工会出现灵异?"盖板杨"想到这儿不由得暗自惊诧。"麻片儿李"的錾艺实在太神奇了,难道这头像现在又出现了什么"灵异",让他的后人来中国找寻?

但"盖板杨"猛然想到这头像,早在拆小白楼之前,就不翼而飞了。莫克林的后人,怎么会知道当年小白楼的威尔逊头像呢?

第二十三章

"盖板杨"琢磨了一天,也没弄明白尼尔森要做威尔逊头像的真实目的。

下午,快到饭口儿的时候,詹爷给他打电话,请他晚上到"久仁居"喝酒。"盖板杨"心想,正好让詹爷解开这个闷葫芦。

詹爷跟"盖板杨"都是"久仁居"的酒友,虽然他一向对"盖板杨"怀有一种敬畏之心,但两个人之间总有一层面子,所以,请"盖板杨"錾威尔逊头像,他不好意思直接跟"盖板杨"张嘴。他知道"盖板杨"跟鲁爷关系不一般,因此事先得让鲁爷垫话。

詹爷为什么对做威尔逊头像这件事这么上心?原来他的儿子詹毅,在德国留学,考上了博士,后来留在德国工作,跟尼尔森是一家公司的同事。通过詹毅的关系,尼尔森来北京办事,认识的詹爷。

说起来也是巧劲,尼尔森想找的錾头像的"麻片儿李"传人,正是詹爷认识的"盖板杨"。对尼尔森来说,这真是"踏破铁鞋无觅处,得来全不费工夫"。但是詹爷没想到何彦生会插一杠子。何彦生怎么知道这事儿的呢?

也是巧劲儿,原来詹爷的夫人喜欢跳舞,跟何彦生算是舞伴儿。他们在公园跳舞之余,短不了要聊几句家常,詹爷夫人说起了儿子的同事尼尔森,来北京找"麻片儿李"的传人。何彦生一听这话,便说出了他是"麻片儿李"的正宗传人的身份。

偏巧当天下午,远在德国的詹毅给母亲打电话。詹夫人并不知道詹爷已经见了尼尔森,并且把"盖板杨"介绍给了尼尔森,所以当跟詹毅聊起尼尔森找人的事时,以为自己发现了新大陆,忙不迭地把自己的舞伴何彦生说了出来。

| 酒虫儿 |

詹毅觉得母亲对自己的舞伴应该有所了解,熟人熟路,扭过脸,把何彦生的情况告诉了尼尔森。于是才有尼尔森放弃"盖板杨",扭脸儿去找何彦生的茬儿。

这位何爷一听是老外的活儿,肥水不流外人田,变着法儿也要把这活儿抢到手。到手之后,才知这不是一般人拿得起来的,又成了烫手的山芋。他脑瓜儿活泛,自己干不了,可以找"枪手"。经过何啸的关系,他转手给了宋二乐。

"盖板杨"哪知道做一个金板头像,会有这么多的故事?不过,他更想知道尼尔森为什么要做这个头像,这个问题詹爷也说不清楚。

不过,詹爷是个玩"中庸"的高手,他的生活信条是"和为贵",甭管是谁,他都不得罪。所以,何彦生抢尼尔森的活儿时,詹爷顺水推舟让给了他。

他准知道能做金板头像的唯有"盖板杨",何彦生接过去也是瞎掰,早晚还得给"盖板杨"。果不其然,转一圈儿又到"盖板杨"手里了,但他也算给了何彦生面子。在"盖板杨"这边儿,他贡献两瓶好酒,面子也有了。

"盖板杨"在待人接物上,分不出谁近谁疏,他跟谁都那样不温不火,对詹爷也一样,尽管詹爷在"久仁居"的酒友里比较拔闯[①]。"盖板杨"心里对詹爷的左右逢源,随机应变并不感冒,所以,面子上对他始终是不冷不热的劲头儿。当然,这种劲头儿,也常常让詹爷对他的所思所想拿捏不准。

但詹爷知道,找"盖板杨"摆平什么事儿,最好的办法是喝酒。酒是开心斧,喝美了,就没有翻不过去的山,没有蹚不过去的河。

威尔逊头像到底怎么做?儿子从德国给詹爷打电话,告诉他尼尔森去上海了,明后天回北京。他让詹爷安排尼尔森直接跟"盖板杨"见面,这样可以减少许多不必要的麻烦。

---

① 拔闯:北京土话,在人群中显鼻子显眼,凌人之上的意思。

詹爷觉得这个主意不错,但不知道"盖板杨"愿不愿意见这个老外?因为"盖板杨"跟"久仁居"的酒友说过,他这辈子有"二不",一是不坐飞机。不坐飞机,不就是不想出国吗?二是不见眼睛带色儿的。眼睛带色儿,不就是老外吗?所以让他直接见尼尔森,脑子还得多转几圈。

"盖板杨"赶到"久仁居"的时候,詹爷早在这儿候着他,因为要谈事儿,他特地让季三单给他开了一桌。季三找后厨,炒了几道档口的"横菜",酒是詹爷带来的两瓶"茅台"。

"盖板杨"一看"茅台",心里就嘀咕上了:詹爷肯定有什么事儿相求。

果不其然,酒过三巡,菜过五味,詹爷说出了请他喝酒的目的。"那个要做小白楼头像的老外,想直接跟你见面聊聊。"詹爷笑着对"盖板杨"说。

"盖板杨"笑道:"怎么,您今儿请我喝酒,就为了这个吗?"

"你们直接见面谈,最好不过了,中间隔着山,难免有绕弯儿的时候。"詹爷喝了一口酒,说道。

"我一见老外就张不开嘴。再说我也不会说德语,还是詹爷跟他们谈,他们有什么话儿,您转达吧。"正如詹爷所料,"盖板杨"死活不想见尼尔森。

"教授"和"豆包"在旁边的酒桌上,正侃前些天聊的那对皇宫出来的盖板拍卖的事儿。

在拍卖会上,那对盖板儿拍出了二百八十万的高价。"盖板杨"听后嘿然一笑,对"教授"说:"还是你说得对,值。"他心说,别说卖二百八十万,卖二千八百万,跟我也没有一毛钱关系了。

"教授"听到詹爷说"盖板杨"见老外犯怵,把脑袋伸过来说:"杨爷见老外怯场,我陪着您。"

"得嘞嘿,你陪着,回头再把人家老外拐到沟里去?"詹爷瞪了他一眼,笑道。

"教授"打镲道:"我要有那本事,早到联合国当秘书长去了。"

"您是烦老外呀,还是怵老外呀?""豆包"歪着脖子跟"盖板杨"逗了句闷子,"怕老外咬您一口是吧?"

"我怕你咬我一口!怵他们干吗我?没别的,就是不想见!""盖板杨"干巴巴地给了"豆包"一句。

詹爷死说活说,就是撼不动"盖板杨"的"二不"原则。知道尼尔森是德国人,他坚决不见,一点儿没商量。

"盖板杨"的一根筋让詹爷没了脾气,不过,他是心眼活泛的人,直截了当让他们见面不行,为什么不能拐个弯儿呢?他心说:我这两瓶"茅台",不能让这位爷白喝呀!

几天以后,尼尔森从上海来到北京。詹爷为了安排他跟"盖板杨"见面,在"盖板杨"那儿虚晃了一枪。

他在"久仁居"设了个饭局,让季三在包间摆了一桌,席面儿很体面,然后,大大方方把"盖板杨"请过来。

詹爷见了"盖板杨",跟他明说:"今儿让你见一位特殊的客人。"

"谁呀?""盖板杨"纳着闷儿问道。

"我儿子。"詹爷笑道。

"您儿子?是那个在德国留学的儿子吗?听说他混得挺出息的是吧?"

"肯定比我强,在德国拿下生物学博士学位后,现在德国的一家生物工程研究所搞研究呢。"

"生物学?这可是前端科学。""盖板杨"想了想说道。

"怎么样,您想不想见见犬子?"

"得嘞嘿,人家都博士了,还犬子呢?当然得见。"

"真想见?"

"真。您怎不提前言语一声?见人家孩子,我可没预备见面礼。""盖板杨"笑了笑说。

"他都多大了?见面还给他见面礼呢。他该给您备上。"詹爷笑道。

凉菜上桌后,"盖板杨"执意要等詹毅来了再动筷子。但詹爷说,他这次回北京要办的事儿多,时间没谱儿,不用等他。于是詹爷陪"盖板杨"先吃上了。

两个人推杯换盏,酒过三巡,季三进来把詹爷叫了出去。没过一会儿,詹爷进来了,但他身后跟着一个小伙子,看样子不到三十岁,黑眼珠,高鼻梁,深眼窝,白皮肤,瘦高个儿,长得挺帅,但一眼就能看出是欧亚人的混血儿。

"杨爷,您瞧这事儿闹的,儿子有事过不来了,他的同事替他来了。"

"噢,您是詹毅的同事?""盖板杨"站起来跟年轻人握了握手。

"他就是我跟您说的那位尼尔森先生。"詹爷把年轻人介绍给"盖板杨"。

"啊,哦,您就是尼尔森先生?""盖板杨"吃了一惊,他没想到詹爷会给他来突然袭击,也没想到尼尔森跟詹毅是同事,更没想到尼尔森是混血儿,汉语说得非常好。

尼尔森落了座儿,詹爷像想起什么,看了尼尔森一眼,悄然对"盖板杨"说:"没影响您的'二不'方针吧?他可是半个中国人。"其实,詹爷也是刚知道尼尔森是混血儿。

"不,这跟'二不'挨不上。""盖板杨"不好意思地笑了笑。

尼尔森不喝白酒,詹爷给他要了两瓶啤酒。啤酒也是酒,尼尔森几杯啤酒下肚,话也就跟着多起来。

尼尔森告诉"盖板杨",他爸是德国人,妈妈是中国人,而且还是北京人。詹毅所在的生物工程研究所是德国最大的,他在这家研究所下属药厂当工程师。他们正在研发一种治疗神经系统疾病的生物药剂,他来北京,主要是跟科学院下属的科研机构谈合作的事儿。

"他才是'麻片儿李'真正的徒弟。"詹爷向尼尔森介绍了"盖板杨",然后对他说,"您跟他说说做威尔逊头像的事儿吧。"

"是的,这是我来北京的另一个目的。"尼尔森对"盖板杨"微微一笑道。他的中文挺标准。

尼尔森与"盖板杨"见面

詹爷打了个沉儿，说道："你们德国的工匠世界闻名，重视细节，精益求精。"

"是的，德国有八千多万人口，却有二千三百多个世界品牌。"尼尔森说道。

"谁不知道德国货质量精呀？我老爸当年有辆1928年'三枪'的自行车，现在还能骑。"詹爷道。

"盖板杨"疑惑不解地问道："既然德国工匠那么牛，为什么你不找德国工匠做这个头像，偏偏找中国人？"

"中国工匠干出来的活儿，不见得德国的工匠也能干出来。那个威尔逊头像做得多传神呀！真是世界一流。"尼尔森笑着问詹爷，"它是那个叫什么'麻管李'做的吧？"

"盖板杨"扑哧一笑，心说什么"麻管李"，还"铁管李"呢。

"你说的是'麻片儿李'，当年北京有名的工匠，杨先生就是他的徒弟。"詹爷更正了尼尔森的话。

"那位何先生难道不是'麻片李'的弟子吗？"尼尔森还想着上次见面的何彦生。

"是，但他那个弟子不是正宗。"詹爷说道。

"正宗？"尼尔森搞不懂中国人的弟子，还有正宗不正宗的说法，当然他也不知道什么叫正宗。

"盖板杨"心说，你跟老外扯这些干吗？但他又不想跟尼尔森多嚼舌头。

"正宗就是把师傅的手艺传下来的徒弟。"詹爷对尼尔森解释道。

"如此说来，这位杨先生是有复刻威尔逊雕像能力的了？"尼尔森端视着"盖板杨"问道。

"怎么着，你还怀疑吗？"詹爷笑道。

"我之前，听说中国经过'文革'十年动乱，许多传统工艺已经失传了。现在进入网络时代，许多技术都是电脑制作了，年轻人谁愿意学这些纯手工技术？估计你们已经找不到有'麻片李'这种錾艺的工匠了。"尼尔森的嘴角掠过一丝冷笑。

"盖板杨"心说，这不是胡诌八咧吗？你听谁说的呀？但这句话他到嗓子眼，又咽了回去。他感觉尼尔森岁数不大，看上去城府也不是很深，但说出的话却含沙射影，让人听着那么不舒服。

詹爷笑道："看来你对中国的情况还是有所了解，失传倒是不至于，不过，有这手艺的匠人不多了，却是实情。"

"不是不多了，恐怕是绝迹了吧？"尼尔森喝了一口啤酒，撇了撇嘴说，语气里带有几分嘲弄的意味。

"盖板杨"被他的这种傲慢和轻率弄得像身上扎了刺儿，他实在忍不住了，对尼尔森说道："你找'麻片儿李'这样的老工匠，到底是想做什么物件？"

"哦，我只想复制威尔逊先生的头像。"尼尔森看了"盖板杨"一眼，淡然一笑道。

詹爷已经感觉到尼尔森有点跟"盖板杨"叫板的意思。因为之前他接触过何彦生和他儿子何啸，后来还找过宋二乐，他们都不敢接头像这活儿，所以才让尼尔森说出这话。

"那个头像？它就是你想要的吗？""盖板杨"问道。

"哦，他是想问你，除了这个头像，你不想再做别的什么了吗？"詹爷替"盖板杨"补充了一句。

尼尔森耸了耸肩，微微一笑道："我没有那么多的奢望，现在你能帮我找到能复制出威尔逊头像的工匠，我就已经很高兴了。"

"盖板杨"心里骂道，这小子真是出言不逊，说什么呢？你以为中国真没有好工匠了吗？

詹爷看了尼尔森一眼，对"盖板杨"暗示了一下说："我要是为你找到这样的工匠了呢？"

尼尔森顿了一下，说道："真能吗？"

"当然。"詹爷笑道，"跟你们德国人不能开玩笑，对吧？"

尼尔森想了一下，看着詹爷说："这样吧，谁如果能在金板上，复制出威尔逊先生的头像，我不给欧元了，送给他一款最新版的'奔驰'轿车！"

"什么？送一辆'大奔'？"詹爷惊诧道。

"对，进出口关税由我来付。"尼尔森说道。

"杨爷怎么样？您倒是说句话呀！"詹爷对"盖板杨"道。

"'大奔''小奔'跟我没什么关系，我又不会开车，要它干吗？但威尔逊头像这个活儿我接了！""盖板杨"转身对尼尔森淡然一笑说，"你给个期限。说吧，多少天？"

"怎么？是你亲自做吗？"尼尔森睁大眼睛看着"盖板杨"问道。

"难道你还有疑问吗？""盖板杨"笑道。

"没有没有。但是我要事先说明，我只能给你提供一张我爷爷和奶奶的合影照片，别的就没有了。"

"我知道。""盖板杨"哼了一声，"说吧，什么日子要？"

"一个月？不，我要在北京待二十天，你看能不能……"

"好，我保证十五天之内，把雕像交给你！你把那张照片给我就行，材料不用管，百分之百的纯金。"

"什么？十五天？"詹爷怔了一下，猛然拦住"盖板杨"说，"十五天少了点吧，再多几天，二十天吧？"

"不，就十五天！""盖板杨"斩钉截铁地说。

"那我们就说好了？"尼尔森用怀疑的目光看着"盖板杨"说，"我们是不是需要签一个协议？"

什么？签协议？你给我玩去！"盖板杨"看着尼尔森，心里骂道。

"这还用签协议吗？"詹爷从"盖板杨"的脸上看出他一百个不愿意，急忙对尼尔森说道。

| 酒虫儿 |

"你要信得过我,我就做。信不过我,就算了。""盖板杨"沉着脸,干巴巴地说道。

"你放心好了,北京人绝对讲信用!"詹爷对尼尔森说。

"好吧。我绝对信任杨先生。"尼尔森改了话口儿。

詹爷顺水推舟举起了酒杯,笑道:"那好,我们一起先喝一个,预祝杨爷的活儿圆满成功!"

"盖板杨"瞥了尼尔森一眼,把酒杯举了起来。

第二十四章

"盖板杨"复制威尔逊头像的事儿，在"久仁居"的"酒虫儿"中间引起点儿震动。"酒虫儿"们没想到"盖板杨"敢接这活儿，更没想到德国人尼尔森让"盖板杨"錾个头像，会舍得出一辆新款的"大奔"。

"教授"认为这是德国人玩的"圈套"："他准知道杨爷錾不出来那头像，所以使了一个攒儿。"

"带鱼"的观点永远跟"教授"拧着来，他反驳说："你怎么知道杨先生錾不出来？德国人如果不晓得杨先生有这本事，也不会舍那么大的本钱。"

苏爷赞成"带鱼"说的："'教授'也忒小瞧杨爷了。他没有金刚钻儿，能揽这瓷器活儿吗？"

"教授"是有名的杠头，当然要坚持自己的观点。他自斟自饮，干了一杯酒，看了"盖板杨"一眼，擞了擞嗓子，扬声说道："我说这话，并不是贬我们杨爷。杨爷的錾艺在京城首屈一指，'盖板杨'谁不知道？问题是德国人做的这活儿，一没设计图样；二没头像照片；三没制作说明。只给了一张照片，那做头像的德国老头，在这张照片上只是模模糊糊的一个人的轮廓。您说这么苛刻的条件，谁能给他錾出来？"

"是呀，鲁班爷来了也未准能做得出来！"苏爷嘬了个牙花子道。

"教授"接着说道："再者说了，即便杨爷给他錾出来了，他要是说不像，或者看了不如意，提出这样那样的问题，您怎么说？头像也没技术标准和参数，所以我说这老外是拿杨爷打镲呢。看上去他宁肯舍一辆'大奔'也要做这个活儿，乖乖，这活儿是人能干得出来的吗？"

"带鱼"用手擦了擦眼镜戴上，撇着嘴说："老外提出的条件是苛刻，但条件苛刻就意味着杨先生做不出来吗？显然，你这种推论是站不住脚的。"

季三、唐思民、詹爷、"教授"在"久仁居"欢聚

唐思民站了起来，对"带鱼"笑道："你们谁也别争了，还是让事实说话吧。杨爷说十五天，交活儿，孰是孰非，半个月就能见分晓，还用得着你们争来争去的？"

"教授"冷笑道："其实，到那时就晚了，杨爷的半个月等于白耽误工夫。"

"怎么能叫白耽误工夫呢？""带鱼"对他讪笑道。

"我知道我说的，你们都认为我是在'喷'，但我告诉你们，这件事百分之百是骗局，我敢打赌，杨爷做出来的玩意儿，老外肯定不认可。所以，送'大奔'纯粹是扯！有没有人敢跟我打这个赌？""教授"站起来问大伙儿。

季三在旁边问道："赌什么的？"

"赌一万块钱的，怎么样？""教授"的目光把饭馆吃饭喝酒的人整个儿扫了一遍，居然没有人响应。

"我还留着那一万块钱喝酒呢！"王景顺嘿然笑道。

季三随声附和道："是呀，杨爷的事儿，成不成，他心里有数，咱们跟着瞎掺和什么？"

"这活儿可'涉外'了嘿！不是小事儿。踏踏实实喝咱们的酒，跟着哄什么？"苏爷随口说道。

"教授"要打赌主要是冲着"带鱼"去的。他看了"带鱼"一眼，用嘲讽的口气说："我先把一万块钱拍在这儿，有没有人敢跟我打这个赌？"

"算了呗'教授'，别以为没人跟你打赌，你就赢了，还没到你敲得胜鼓的时候呢。半个月以后见分晓。"王景顺替"带鱼"鸣不平地说。

"盖板杨"一直在闷头喝酒，听着"酒虫儿"们鸡一嘴鸭一嘴地议论，一声没吭。旁边的詹爷几次向他示意，让他说几句，他都无动于衷，好像大伙儿议论的话题，跟他一点儿无关似的。

"您可真行！"詹爷算是服"盖板杨"了，心说可真能沉得住气。

其实，"酒虫儿"里，对"盖板杨"这活儿最上心的是詹爷，一来尼尔森是他儿子詹毅的德国同事；二来"盖板杨"这活儿是他给牵的线。"盖板杨"如果掉了链子，他的脸肯定也会挂不住。所以在"教授"他们咋咋呼呼的时候，詹爷也没揣苶儿，一直在观察"盖板杨"脸上的表情。

酒喝到七八成的时候，"盖板杨"把杯里酒一口干掉，放下筷子，对詹爷道："你答应我两件事儿行不行？"他的话语气沉重，像是经过深思熟虑。

"说吧，什么事儿？"詹爷道。

"你先说，两件事儿，你答不答应？""盖板杨"追问道。

詹爷被他这一深问，弄得丈二和尚，摸不着头脑了。但他已经没有退路，只好咬着后槽牙说："答应你，说吧！"

"盖板杨"突然变得一本正经起来，不紧不慢地说道："第一件事儿，你给我准备好酒，我从明天开始'闭关'，就不出门了。"

詹爷愣了一下，笑道："好，酒没问题！最好的'二锅头'行吧？"

"行。一天一瓶。"

"好，十五天十五瓶，得了，我给送五箱，您可劲喝。明天上午给您送家去！"

"好！君子一言啦咱们！""盖板杨"伸出右手，跟詹爷的右手掌拍了一下。

"第二件事儿呢？"詹爷问道。

"尼尔森说，头像錾好，他不给钱了，给我一辆'奔驰'。这辆车是你的！""盖板杨"说道。

"别介嘿！这是人家对您功夫的报答，您给我算怎么回事儿？"詹爷急忙把他的话拦住。

"盖板杨"的这句话，也让其他"酒虫儿"感到惊诧。苏爷亮着大嗓门道："杨爷，您这是哪一出？"

"盖板杨"对苏爷微微一笑说道："洋人就是爱玩幺蛾子，送我一辆'大奔'，他倒没送我一架飞机，我要那玩意儿有用吗？开车？就我？"

"你以为有车就能上马路呢？现在上车牌得摇号儿，明白吗？我儿子摇了五年了，脑袋都摇大了，还没摇上呢。"王景顺笑道。

"盖板杨"说道："不摇号，我要这么一辆车，也没地方放呀！另外，当着诸位爷，我说句心里话，这辆车，我为什么答应给詹爷？没别的，感谢他对我的信任！"

他瞥了一眼"教授"，接着说："说句实在话，我接德国人这活儿，是为了钱，为了车吗？我这岁数，早把这些视如粪土了。我不为别的，就是想让老外看看，我师傅那样的中国工匠还活着！当有些人怀疑中国已经没有像'麻片儿李'那样的工匠了，詹爷坚决说有！就冲他这个'有'字，这辆'大奔'我也要送给他。酒后吐真言，我的话，摆地就是钉，拜托诸位给我做个证人！"

"好！我给杨爷做证！"苏爷第一个叫起好儿来，其他人也跟着喊起来，弄得"教授"有点儿瞠目耷眼了。

"大奔"只是尼尔森的口头协议，车在哪儿呢还不知道。所以对"盖板杨"的许愿，詹爷也没再说什么，一切都要等"盖板杨"把玩意儿做出来再说。

"盖板杨"说的"闭关"，并非虚言，他这是要学他师傅"麻片儿李"。当年"麻片儿李"錾威尔逊头像时，不是也把自己关在"笼子"里，喝了五坛子酒吗？

"闭关"，就是在家足不出户，一门心思錾这件活儿。除了徒弟二乐每天来家里看看他，买点吃的喝的以外，平时他都大门一锁，连快递也叫不开门，像家里没人一样。

他让二乐给他备上面包、鸡蛋、肉肠、咸菜等干粮，又买了几箱矿泉水，连点火做饭的时间都省了。除了睡觉，一天二十四小时都"耗"在工作台上了。

当然，他干活儿唯一不能少的是酒。詹爷说到做到，第二天就让人给"盖板杨"送来五箱"二锅头"。酒一进肚，"盖板杨"就有了活力。不过，他的艺术感觉跟他思恋的情感一样，酒要喝到一定的量，幻境才会出现，超过这个量，或不到这个量，差之毫厘，都无济于事。当然，这个度只有他自己能把握。

说句实在话，尼尔森要做的这件活儿，也只有"盖板杨"能做得出来。他除了有非凡的美术功底和錾艺外，还在小白楼亲眼见过威尔逊的头像，尽管那是几十年前的事儿了，但他遗貌取神的功夫确实超凡。更何况他还有酒后幻化入境的神功，灵感能让他回到几十年前的小白楼，他可以在幻境里，把威尔逊的头像复制下来。有这功夫的工匠，可着北京城说，打着灯笼都难找。

门一关，酒一喝，"盖板杨"便进入他的艺术创作世界。这个世界没有浮躁的喧嚣，没有利益的争斗，也没有世俗的虚妄，他可以在这个世界任意驰骋，心无旁骛。因此这个世界也是忘我，甚至是无我的天地。

錾艺实在是吃功夫，雕像的金板是由"盖板杨"把金块一点一点拍出来的，金板不能厚也不能薄，要恰到好处。金板拍成形后，他要在上面施展其镂雕錾刻的绝技；錾出头像后，还要接合到铜制的底托上；最后还要在头像的边缘，镶一圈掐丝珐琅，工艺十分复杂。

自然，最关键是人物的头像要逼真传神。逼真，但不能像标准照那样死板；神似，但一眼就能认出来头像是谁，其难度之大，超出人们的想象。

为什么"教授"会怀疑"盖板杨"做不出来这个头像呢？就是因为一般的工匠，没有如此深的美术功底。他并不知道"盖板杨"从小练就的遗貌取神之功，当然，他也不知道"盖板杨"对这个老头儿的头像是那么熟悉。

一晃儿十多天过去了，"盖板杨"那里一点动静也没有。詹爷暗自为他捏了一把汗，因为尼尔森已经给他发过几次微信，问头像的制作近况，詹爷感觉他是担心"盖板杨"会掉链子。

第十二天的一大早，人们发现"盖板杨"拎着个大包出了门，二乐在路边等着他，俩人打了一辆出租车走了。

"盖板杨"制作头像

| 酒虫儿 |

师徒俩奔哪儿了？没人知道。但"盖板杨"带着徒弟离家出走的传言，却让"久仁居"的"酒虫儿"们开始起疑了。

最先产生疑虑的是季三，因为"盖板杨"离家"出走"，是季三早晨上市场买菜时看到的。

"我说什么来着，这种头像神仙来了都做不出来。怎么样，玩不转了吧？""教授"把嘴快撇到腮帮子了，他的话里带着一点儿嘲讽的意味。

"不会吧？玩不转就玩不转呗，他跑什么呀？"苏爷反驳道。

"绝对不会跑。""带鱼"摇了摇头说。

"人已经跑了，您这儿还不会呢？杨爷，你们还不知道吗？他可不是大心脏的人，这事儿让他脸上挂不住了，三十六计走为上了，肯定的。""教授"挤咕一下小眼说道。

"我说'教授'，你怎么有点幸灾乐祸的意思呀？"苏爷板起脸说道。

"谁也别争了，十五天不是还没到吗？你们急哪儿门子。"唐思民冲大家摆了摆手说。

其实，心里最着急的是詹爷，但他对"教授"说的"盖板杨"三十六计走为上，付之一笑。以他对"盖板杨"的了解，"盖板杨"就是做不出来这活儿，也不会一走了之。他心里琢磨，保不齐他是带着徒弟找高人指点去了。

转过天，詹爷到"盖板杨"家，撞了锁。屋里没有一点动静，他给自己打气：再等等。

等到第十四天，还没动静，他有点儿沉不住气了。挨到了晚傍晌，他正琢磨第二天怎么应对尼尔森呢，突然接到了"盖板杨"的电话。

"嚄，您老先生终于露了！去哪儿了？"詹爷问道。

"哪儿也没去，做头像的后期处理，到珐琅厂镶边去了。""盖板杨"在电话里，十分平静地说。

"这么说，头像大功告成了？"詹爷急忙问道。

"嗯，完成了。""盖板杨"不紧不慢地说。

詹爷在电话里听不出来他有完成一件大活儿后的惊喜，心中骤然一紧，问道："是按尼尔森说的复制的吗？"

"是。""盖板杨"在电话里好像不愿多说什么，在放下电话之前，他对詹爷道，"您张罗吧，明天中午，把老外请到'久仁居'，备两桌席，哦，别忘了把咱们那些'酒虫儿'都约上。"

"这么说，杨爷要当众'亮活儿[①]'？"詹爷一听这话，心里悬着的石头算是落了地。

"得嘞，您尽管放心，明儿，我把他们全约上。两桌，必须的！"詹爷在电话里说。

[①] 亮活儿：老北京的手艺人，在完成一件自己认为得意的作品后，当众展示，叫亮活儿。

第二十五章

知道"盖板杨"要"亮活儿","久仁居"的"酒虫儿"像是来看一出名角挂头牌的大戏,老早就来了。

尼尔森是踩着钟点儿,跟"盖板杨"和宋二乐前后脚进的门。见饭馆呼啦啦来了二三十号人,他有点儿莫名其妙,对詹爷笑道:"你请我来是参加宴会,还是谈事情的?"

詹爷笑了笑说:"我们中国人喜欢热闹,而且喜欢吃喜欢喝。许多事情都是在饭桌上谈的,来吧,先入座。"

季三把尼尔森安排在主桌,挨着"盖板杨",旁边是詹爷,然后按年龄大小排座次。

詹爷见大家坐好,看了一眼尼尔森,又看了一眼"教授",然后对"盖板杨"道:"杨爷,咱也别来什么仪式了,您要不要说两句?"

"盖板杨"嘿然一笑道:"玩那些花架子干吗呀?我没什么可说的,还是让我的玩意儿说话吧!"

"对,自古以来,玩意儿就会说话。玩意儿说话,一句顶一万句!"苏爷叫道。

"说得对嘿!"众人应和着。

"盖板杨"招呼宋二乐把带来的木盒打开,从里面拿出了那个金板的威尔逊头像,对尼尔森说:"你上眼吧!"

尼尔森拿起头像一看,不由得大吃一惊。只见金板上的威尔逊留着大胡子,穿着皇家有爵位的礼服,器宇轩昂,神采奕奕,两只眼睛炯炯有神,脸上的气韵活灵活现。头像的錾工精致入微,雕镂极其讲究,连胡须和头发丝都看得清清楚楚,人物栩栩如生,特别是眼神,异常生动。尼尔森觉得自己家族的这个前辈"活"了，正微笑着凝视着他。

"啊！神了！太神奇啦！"尼尔森情不自禁地惊呼起来，"简直跟原来的那幅头像一模一样！"

众人围了过来，把目光投向那幅头像，有的惊讶，有的赞叹，纷纷夸赞"盖板杨"非凡的錾艺。

詹爷冲尼尔森意味深长地笑道："錾得像吗？"

"非常逼真，太像了！"尼尔森说着，从随身带的公文包里，掏出一张图片，递给詹爷，"你看看这是威尔逊头像的原图。"

詹爷拿着那张原图，跟头像比对了一下，忍不住惊叫起来："太逼真了！简直就像复制的一样！杨爷，你太牛了！"

"教授"从詹爷手里抢过原图照片，瞪大眼睛，拿原图跟头像比较了一番，不由得伸出大拇指叫道："哎呀！太不可思议了！杨爷，你这是神功呀！"

尼尔森赞叹道："杨先生确实让我领教了中国匠人的神功！"

唐思民瞪了"教授"一眼说道："你不是还想打赌吗？"

"教授"咧了咧嘴，笑道："我认栽还不行吗？"他叫过季三，让他往酒杯里倒满了酒，一口干掉，说道，"我先认罚三杯酒！"

尼尔森看着头像，对"盖板杨"道："你真不愧是'麻片儿李'的徒弟，神功，名不虚传！"

"盖板杨"冲他微微一笑说："实在谈不上什么神功，在我看来，实属雕虫小技。"

"教授"突然想起什么，把那张头像原图照片拿过来，挤咕了一下小眼，对尼尔森问道："先生，我想问您一个问题，您手里明明有这位老人的原图照片，为什么在让杨先生做头像之前，不把它拿出来呢？"

"是呀，你在让杨爷做头像之前，可没露这张原图。"苏爷嗔怪道。

"这……这个嘛，是……"尼尔森好像被"教授"点了穴，脸上流露出一种难堪，一时竟无言以对。

詹爷见状，忙接过话茬儿道："恐怕尼尔森先生是留了一手，以此来考验考验中国工匠的功夫吧？"

尼尔森就坡下驴，赶紧对"教授"笑道："詹先生说得对，我确实是这个目的。假如杨先生第一次做出来的头像不成功，那我一定会拿出这张原图照片来的。"

苏爷接过话茬儿说："现在呢？你该拿出什么来了？"

尼尔森没听懂苏爷的话，直愣愣地看着他。"教授"在一旁直言不讳道："尼尔森先生当初不是说好，头像做得让你满意，你就送给杨先生一辆汽车吗？"

"是的，我一定会兑现我的承诺，请杨先生放心。车，我的家人已经在柏林买好，绝对是最新款。明天，我就和詹先生一起，给你办入关方面的手续。"尼尔森对"盖板杨"说道。

"盖板杨"想说什么，但詹爷抢先说道："各位，咱们都把酒杯斟满，为杨爷的作品圆满成功干杯！"

众人把酒杯举起来，走到"盖板杨"面前，相互碰杯干掉。尼尔森最后来到"盖板杨"身边，两个人碰杯干掉后，他端视着"盖板杨"，压低声音说："我代表我们家族，再次感谢杨先生的绝技，复制出我们祖先的头像。不过，我有一个小小的请求。"

"什么事儿你直说。""盖板杨"看着他说道。

"我想约您明天单独谈一次话，可以吗？"

"谈话？谈什么话？""盖板杨"迟疑了一下问道。

"随便聊聊，我想知道您是怎么做出这么高难度的头像的？"尼尔森笑道。

"这个……这个吗？可以吧……""盖板杨"有些难为情，但最后还是答应了尼尔森。

"盖板杨"是在喝酒的时候答应尼尔森的，当时也加上大伙盛赞他錾的威尔逊头像，让他五内俱热。及至第二天酒醒了过来，想到要单独见尼尔森这个茬儿，才感到有些后悔。

他一直发怵见老外，何况尼尔森又提出单谈？没辙，他只好去搬救兵，把徐晓东叫过来，让他出面跟尼尔森交涉。

徐晓东喜欢这种外场应酬的事儿，"盖板杨"做威尔逊头像的活儿，他门儿清，而且之前也见过尼尔森。

不过，徐晓东没想到最后"盖板杨"錾头像，没叫他掺和，而让詹爷抢了风头，还得着一辆"大奔"。您想他应名儿是"盖板杨"的经纪人，这事儿居然把他迈过去了，他心里能平衡吗？

但现在"盖板杨"见尼尔森，请他作陪，他看出"盖板杨"在关键时刻，还是离不开他，这多少让他心理上找到点儿安慰。

尼尔森约定的见面地点，在东三环的一家五星级宾馆的大厅，他就在这家宾馆下榻。

尼尔森见到徐晓东，透着亲热，也许是岁数差不多，俩人有意用英语交流了一番。"盖板杨"最烦这个，因为英语他一句也听不懂。所以，他总觉得老外当着中国人的面说英语有什么猫腻，这也是他不愿意见老外的原因之一。

原来尼尔森想跟"盖板杨"单独聊点事儿，他不希望有第三个人在场，所以想让徐晓东回避一下。他婉转地请徐晓东先到宾馆的茶室喝茶，等他们谈完事，中午一起在宾馆吃午饭。

"茶点你让他们记我的账上就可以，这是我的房间号。"尼尔森把房间号写在纸上，递给了徐晓东。

看来他考虑问题还是很周到的。徐晓东见尼尔森说出这话，只好点头。

老外要跟"盖板杨"谈什么事儿呢？徐晓东首先想到的就是德国人想让"盖板杨"做什么大件的活儿，因为他对"盖板杨"的手艺心服口服。

但这还用背着人吗？他觉得尼尔森忒有点儿小家子气了。

"盖板杨"当然更想不到尼尔森要跟他谈什么，但他已经到了宠辱不惊的岁数，所以，谈什么他都会坦然面对。

徐晓东向"盖板杨"打了个招呼转身走了。尼尔森带着"盖板杨"上楼，来到他下榻的房间。房间里只有尼尔森和"盖板杨"的时候，尼尔森看上去显得很轻松。不过"盖板杨"觉得他那神神秘秘的样子，似乎心里埋着雷。

"我想跟杨先生单独交谈，是非常愉快的事，我们可以无拘无束。"他对"盖板杨"微微笑道，"先生喜欢喝咖啡，还是喜欢喝茶？"

"当然是喝茶了。""盖板杨"一屁股坐在了沙发上，随口说道。

尼尔森给"盖板杨"泡了一杯茶，坐下后，端详着他，煞有介事地问道："杨先生，知道为什么我要单独跟你交谈吗？"

"这我哪知道？""盖板杨"不紧不慢地说。

"因为我要告诉你一件意想不到的事情。"尼尔森淡然一笑道。

"什么事儿能让我意想不到呢？"

"那么，也许是你意料之中的事喽？"尼尔森瞥了"盖板杨"一眼，试探着问道。

"盖板杨"沉了一下，用平淡的语气说："尼尔森先生，我这个人说话喜欢直来直去，咱们有什么事儿就直说，我烦那种外交辞令。"

"好吧，那我就直截了当了。"

"对，这样我们才有的可聊。"

"杨先生雕的威尔逊先生的头像确实逼真，得到了那么多人的赞扬。"

"你觉得呢？"

"像，实在是雕得太逼真了，出乎所有人的想象。我把雕像的照片发给我母亲，她拿着跟原来的照片比较了一番，告诉我说这简直是一个模子刻出来的。"尼尔森说这话的时候，一直在注视着"盖板杨"脸上的表情。

"盖板杨"嘿然一笑道："你们都过奖了。"

尼尔森突然把脸一沉道："不是过奖，而是事实。我想假如手里没有原图的话，任何人也做不出如此相像的艺术作品来的。"

"盖板杨"听了一愣，问道："噢？这么说你怀疑我做这个头像有什么猫腻吗？"

"我确实怀疑你手里有这个头像的图片，甚至原件。"

"什么？我有图片或原件？"

"哈哈，杨先生，看得出来你是一个非常诚实的人。你刚才说不要跟你说话绕圈子，那么我就实话实说吧，我这次来北京，主要目的不是找人雕威尔逊的头像，而是寻找威尔逊头像的原件。"

"找小白楼的那个威尔逊头像的原件？""盖板杨"惊诧地问道。

"对。找工匠錾威尔逊的头像，用中国人的话说，不过是抛砖引玉而已。"

"什么？抛砖引玉，还而已？""盖板杨"脑子嗡地一下，像是挨了一闷棍。

"是的，没有这个复制的头像，我怎么会知道真的头像在哪里呢？"

"这么说，你认为小白楼的那个威尔逊头像在我手里？"

"事实已经证明了一切。"

"什么事实？你……""盖板杨"腾地站了起来，一股无名火直撞脑门子。

"杨先生，你不要激动嘛。如果你肯把威尔逊头像的原件拿出来，我愿意付给你一百万欧元！"尼尔森凝视着"盖板杨"说道。

"什么？一百万？"

"对，一百万欧元！"

"哈哈，你给我一千万，一个亿，我也拿不出来！""盖板杨"被他这句话简直要气晕了。

"为什么？"尼尔森显得很淡定，不紧不慢地问道。

"那头像原件压根儿就不在我手里，我怎么给你？""盖板杨"愠怒道。

"不在你手里？怎么可能呢？杨先生，那个头像是你师傅的作品，但它是我们威尔逊家族前辈的头像，你说是放在你手里有意义，还是把它还给我们有意义？"

"你甭跟我说这些，小白楼的那个头像真没有在我手里。""盖板杨"突然感觉自己掉到陷阱里，有口难辩了。

"杨先生，我问你一个人，你应该认识他。"

"谁？"

"何彦生先生。"

"他？嗯，我认识他又怎么样？"

尼尔森诡谲地一笑道："哈哈，他非常坦率地告诉我，那个头像的原件就在阁下手里。"

"什么？原来是他说的？""盖板杨"吃惊道。

"确凿无误，是他说的。"

"你……你怎么见到他了？"

"威尔逊头像的复制最初找的就是何先生呀，但是当我告诉他不能提供威尔逊先生的图片后，他断然说无法复制，这世上只有一个人可以，那就是阁下，因为你手里有威尔逊先生头像的原件。"

"这是他告诉你的吗？"

"是的，他亲口对我说的。"

"嗯。""盖板杨"听了，不再说话了，像刚上桌的一碗香喷喷的肉汤里，发现了一只死耗子，他一个劲儿地犯恶心，只想吐。

"杨先生，如果一百万欧元，你觉得不满意，我们还可以商量。"尼尔森耸了耸肩，嘿然一笑道。

"盖板杨"看了看他，沉了一下，一板一眼地说道："我的话不想重复第二遍，威尔逊的头像压根儿就没在我手里，我怎么给你？证据？你让给你提供证据的人，亲自来找我！如果他不来，你又怀疑我拿了当年小白楼的雕像，你可以找人到中国的法院起诉我。"

"起诉？我不想惊动中国的司法部门。"尼尔森笑道。

"那是你的事儿，跟我无关。请问你还有什么要说的？""盖板杨"问道。

"要聊的话很多，一会儿我们吃饭的时候继续说好吗？"尼尔森矜持地说道。

"盖板杨"站了起来，冷笑道："既然没有别的话要说，那就恕不奉陪了。"

"你这是干吗？要走吗？"尼尔森愣住了。

"我手上还有急活儿要干。抱歉了。""盖板杨"站了起来，勉强在脸上挤出几个笑纹。

"杨先生，饭店的饭菜我已经订好了，还有你喜欢喝的酒。"

"不必了。谢谢你的盛情。""盖板杨"说着，穿上外衣，直接奔了门口，给尼尔森来了个措手不及。

尼尔森意识到刚才的话有点儿愣，伤到了"盖板杨"，赶忙追了上去，解释道："杨先生，我的话还没说透，我们能不能坐下来再接着谈谈。"

"不必了。回见吧！""盖板杨"冷冰冰地甩了一句。推开门，头也不回地去了电梯间，把尼尔森给干在那儿了。

第二十六章

"盖板杨"没想到錾刻威尔逊的头像惹出了娄子,更没想到这是尼尔森玩的"引蛇出洞"之计。

但是他抛砖引玉也好,引蛇出洞也罢,"盖板杨"手里的的确确没有头像的原件,他根本不知道头像的原件怎么失踪的。

"盖板杨"最后一次进小白楼,是在二十世纪九十年代初,那是一次颇有戏剧性的经历。

当时国家还没实行"房改",住房也没私有化,北京人的住房非常紧张。"盖板杨"一直没有结婚,还跟父母挤在二十多平方米的小平房里。

那时,"久仁居"的八位"酒虫儿"里,数王景顺有"实权"。他没任何官位,只是房管所的管理员,可是当时胡同里的房子,都归房管所管。管理员不但管调房换房,住户家里的电线断了,下水道坏了,甚至屋门的门锁出了毛病,都找管理员。如此一来,刚刚三十出头的王景顺,成了这一片儿胡同的"爷"。

当然,管的住户多,知道的事儿也多,所以,每天在"久仁居"喝酒,王景顺往往是酒桌上的主角。

这天,王景顺聊了一档子神乎其神的事儿,在挨着他那个管片儿的小白楼,夜里闹"鬼"了。

"最开始是人们能听到里面有人的哭声,后来看到里面有亮光,还有叮啷咣当砸东西的声音,响动还挺大。有胆大的打着手电进去了,看了半天,里头什么人都没有。"王景顺一边喝酒,一边绘声绘色地对大伙儿说。

"是不是夜里灯光照的一种幻觉呀?""带鱼"用怀疑的目光看着他,问道。

"怎么可能是幻觉呢？打老远就能看到里头的亮光。"王景顺煞有介事地说。

"你见到啦？""带鱼"追问道。

"见？我都进去过。进去后，感觉里头的阴气撞脑门子，我的两条腿都打软儿。"

"你怎么没带着酒呀？""教授"说道。

"酒？'鬼'可不怕酒。酒气沾了阴气，闹不好魂就没了。"王景顺咧着嘴说。其实，他只是在楼外边瞧了瞧，根本没进去。

"邪乎了嘿！""包子"撇了撇嘴说道，"越说越有点儿离谱了。"

"什么离谱？你有本事，晚上在那儿待一宿去。"王景顺喝了一口酒说道。

"这小白楼早就闹过'鬼'，你们不知道吗？"鲁爷听了，啧啧道。

他们在说小白楼"闹鬼"的时候，"盖板杨"正听唐思民聊画儿，鲁爷的一嗓子，把他的注意力给牵了过去。

"盖板杨"喝了一大口酒，对王景顺问道："你进了小白楼，碰到'鬼'没有？"

"碰到'鬼'？我今儿还能在这儿喝酒吗？"王景顺笑道。

"你哪天去的？"

"前天晚上。"王景顺言之凿凿地说。

"前天？我说前天晚上你怎么没露呢？还以为你到歌厅泡妞儿去了。敢情没找妞儿，找'鬼'去了？""教授"哈哈大笑道。

大伙儿都知道王景顺好这口儿，经常拿他打镲。

"干吗？妞儿泡腻了，想泡'鬼'是不是？""包子"跟他打哈哈儿道。

"泡'鬼'？我知道那'鬼'男的呀，还是女的呀？"王景顺带着醉意说。

"肯定是女的，是个漂亮妞儿！""包子"哈哈大笑说。

"盖板杨"听了嘿然一笑，把酒杯斟满，跟王景顺的酒杯碰了一下，一口干掉，说道："你刚才说什么？谁有本事，在楼里待一宿是吗？"

王景顺与"豆包"

"怎么，杨爷没喝多吧？你想跟'鬼'做伴？""教授"看着"盖板杨"问道。

"哈哈，你不信吗？""盖板杨"瞥了他一眼，扭脸对王景顺说，"怎么样，给我个机会吧？"

"嘿，碰上不要命的嘞，嘿！"王景顺笑道。

"我敢打赌，杨爷，别说一宿，你能在小白楼待上半天，五个小时，我都服你。""教授"咧着嘴说道。

"我要是待上五天呢？""盖板杨"看着王景顺说道。

"什么？你敢在'鬼屋'待五天？"王景顺睁大眼睛疑惑道。

"你要是有能耐找人说说，把这'鬼屋'打开，让我住进去，我在那里待多长时间都干。""盖板杨"将了他一军。

"小白楼不归我管，归我管，我肯定让你进去白住。"王景顺说道。

"教授"烧了他一句："有你管的房子呀，敢不敢拿出一间来，跟杨爷打这个赌？"

"好，杨爷要是敢在小白楼住五天，我准保给他找一间房！可他要是进去了，一天都没住，就跑出来呢？"王景顺问道。

"住不了五天，我给你找一间房！""盖板杨"道。

"好！在座的这些'酒虫儿'可都是证人，你们俩一言为定了！""教授"永远都是看热闹不怕事大的心态。

在场的八个"酒虫儿"齐声叫好，这事儿就这么话赶话地说死了。

转过天，王景顺找挨着他的管片儿的人，把小白楼的门打开了。当时正是夏天，不需要厚被子。当天晚上，"盖板杨"抱着枕头和毛巾被就进了小白楼。

汪小凤的家人是1968年前后离开小白楼的，此后十几年，一直没住人。楼里空空荡荡，所以，"盖板杨"进去后，确实感到楼里弥漫着潮湿的霉味，院里杂草丛生，屋里到处是尘土，小楼显得阴森恐怖，让人瘆得慌。

| 酒虫儿 |

　　但是没有人知道"盖板杨"对小白楼的特殊情感，更没人知道在这里跟汪小凤的第一次见面，会让他产生终生的恋情。这种刻骨铭心的爱意，能让他舍弃一切，所以当"盖板杨"进了小白楼，住进汪小凤的卧室，虽然没有床，他睡在木板上，但他感觉汪小凤就在他身边。

　　当"盖板杨"的眼里只有汪小凤的时候，爱神就成为他灵魂的主宰了。爱神高于一切的时候，其他鬼神自然会退避三舍，所以"盖板杨"怎么会有恐怖感和畏惧感呢？

　　"盖板杨"刚进小白楼的时候，不但有成群的耗子，还有黄鼠狼、刺猬和蛇，"四大仙儿"占了任①，而且都是晚上出来。"盖板杨"不但不害怕，而且他还喂它们吃的，逗它们，跟它们聊天。到最后两天，他睡觉的时候，黄鼠狼居然在他身边陪着。他完全飘飘然了，仿佛自己也成了"仙儿"。

　　进小白楼之前，他跟单位请了五天假，备了二十多斤散酒，在小白楼安营扎寨。每天，王景顺派人给他送三顿饭。其实，送的饭几乎都让他喂了"仙儿"，他不怎么吃饭，但酒不离口儿，每顿至少八两，喝美了，便在他跟汪小凤见面的那个房间，做他的美梦。后来，他喝到八两酒的时候，与汪小凤相会的幻觉，就是在这时候产生的。

　　那些天，小白楼闹"鬼"成了热点。这种闹"鬼"的事本来就吸引人，加上一些闲人添油加醋地一番渲染，于是成了人们茶余饭后议论的中心。

　　每天晚上，小白楼都围满了人，"盖板杨"在小白楼里的活动，让人们以为是"鬼"在折腾。这事儿惊动了派出所的警察。

　　警察带着几个记者进楼一探虚实，才知道"盖板杨"是因为打赌，来跟"鬼"做伴，便付之一笑走了。

　　后来，一家报社的记者在报纸上专门写了一篇报道。谁知越说楼里没"鬼"，人们越不信，每天还是在小白楼围观，直到"盖板杨"待够日子，从小白楼出来，才真相大白。

　　这事儿让王景顺露了脸。当然他打赌打输了，后来兑现承诺，在东城

---

① 四大仙：民间传说，狐狸、黄鼠狼、蛇、刺猬是有灵气的"仙儿"。

小白楼"闹鬼"

的一条胡同，给"盖板杨"找了二十多平方米的平房。几年以后，胡同拆迁，"盖板杨"就是凭借这间平房，得到现在住的三居室楼房。所以，"盖板杨"总说这楼房是汪小凤"送"给他的。

那五天，"盖板杨"在小白楼里过的真是神仙般的日子。他仿佛又回到了自己的少年时代，汪小凤嫁给了他，他和汪小凤在小白楼一起生活着，小凤就在他身边。所以他走遍了小白楼里的每个角落。

他记得非常清楚，当年他在小白楼看到的那幅金板威尔逊头像没了，头像的位置是一片空白。

因为"麻片儿李"在墙上镶嵌得实在太牢固了，不管是谁，抠走这个头像，都要费很大劲儿，因此墙面留下了几个大洞。"盖板杨"出于好奇，还登梯子上去看了看。

难道尼尔森怀疑头像的原件在他手里，就是因为那次他住小白楼，给人留下了话把儿吗？"盖板杨"想到这儿，心里不由得倒吸了一口凉气，真要是那样，自己跳进黄河也洗不清了。

不过，天大的事儿，到了"盖板杨"这儿，只要端起酒杯，也就变得无足轻重了。爱怎么猜疑就怎么猜疑吧！他自我解嘲地喝着酒念叨着。

第二十七章

徐晓东没想到"盖板杨"会赌气把尼尔森给晒了。那天,他一直在宾馆的餐厅候着"盖板杨"和尼尔森。快到中午了,尼尔森才蔫头耷脑地来了,告诉他"盖板杨"不吃午饭了。

"怎么着,放着好酒他不喝了?新鲜啦嘿。"徐晓东纳着闷说道。

尼尔森当然不会把自己被"盖板杨"弄得窘迫尴尬的实情,告诉徐晓东。

"哦,他说今天胃口不好,不想喝酒。不喝酒,也就不想吃饭了。"尼尔森轻描淡写地说。

说话听声,锣鼓听音。徐晓东是什么人?他一下就从尼尔森的话里,感觉出"盖板杨"跟他闹蹩了。徐晓东太了解"盖板杨"的脾气了,他的爷劲儿上来,是横竖不吃的。

虽然"盖板杨"走了,但是尼尔森知道徐晓东是"盖板杨"的经纪人,想利用他套出"盖板杨"手里的头像原件,所以对徐晓东显得很客气。尽管"盖板杨"不在,尼尔森依然出手大方,点了几道体面的横菜①。

徐晓东从尼尔森的言谈话语之中,感觉到他对"盖板杨"的任性显得无可奈何,便为"盖板杨"打圆场:"手艺高的人难免自负,您多多谅解。"

"我没想到他这么爱发脾气。"尼尔森笑道。

"嗐,那不叫发脾气,是逗你玩呢。"徐晓东笑了笑说,"他毕竟是咱们的长辈嘛。"

他本想问"盖板杨"发脾气的原因,但没等他深问,尼尔森便说了出来。

"哦?小白楼的头像原件在他手里?这我还是头一次听说。你真这么怀疑吗?"徐晓东诧异地问道。

"不是怀疑,是事实。"

---

① 横菜:北京新流行语,即档次高、价钱贵的菜。横,读四声。

"事实？小白楼的头像怎么会在他手里呢？"徐晓东丈二和尚摸不着头脑了。

"可以断定头像就在他手里。"尼尔森迟疑了一下，说道，"否则的话，他不会把头像錾得那么逼真。"

"哦，你是怎么跟他说的？"徐晓东问道，"像跟我这样直截了当吗？"

"是的。"尼尔森点了点头说。

徐晓东莞尔一笑道："我就知道你们外国人说话不会拐弯儿。跟北京人打交道，这么说话哪儿成？你说那东西在我手里，凭什么呀？就凭你说的那个理由？他死活不承认，你有脾气吗？"

尼尔森愣了一下，想了想说道："难道是我说的话，让他不爱听了？"

"多明白呀？这事儿要搁我身上，你要是这么说，我也会跟你翻秧子。"徐晓东笑道。

"怎么才能补救呢？"尼尔森看了徐晓东一眼，有意地问道。

"这事儿可不好办了。您把一碗好米饭做夹生了。夹生米再做出香喷喷的米饭来，除非神仙来做。"徐晓东故意卖了个关子，抛出一块石头，等着回音。

尼尔森知道他在讲"条件"，笑了笑说："我已经领教过了，跟杨先生打交道，确实比较难。但是我听说，徐先生是中国人说的'智多星'呀，这事还能难得住你吗？"

"您可别把我往火上烤，我跟杨先生的关系，也只是帮他揽揽活儿而已，到不了那种无话不说的能过心的程度，这种事儿我真办不了。您应该知道老爷子的脾气。"

"正因为如此，我才找你帮忙嘛。"尼尔森说道。

徐晓东拿眼瞥了他一下，皱着眉头说："这是从肚子里往外掏'虫子'的事儿，我实在没这两下子，您另请高明吧。"

"我就看中你了。"尼尔森犹豫了一下说，"如果你能从杨先生手里，把威尔逊头像原件要过来,我不会让你白辛苦的。"

徐晓东等的就是这句话,他沉了一下问道:"不让白辛苦,又能怎么样?"

"我会送给你一辆最新款的'奔驰'轿车。你觉得如何?"尼尔森直视着他说道。

什么?也送我一辆"大奔"?徐晓东心里咯噔一下,心想:这老外家里是卖"大奔"的吧?怎么为一个头像,撒出两辆"大奔"了。

为了一个头像,能落下一辆"大奔",这不是天上掉馅饼吗?他开的是广州"本田",自以为在老同学里已经很牛了,能开上"大奔"是他梦寐以求的事儿,想不到这么容易就能梦想成真,徐晓东有点不相信自己的耳朵了。

但他不能露出自己内心的惊喜,装作很不情愿的样子,对尼尔森说道:"我先谢谢您的慷慨,但是要想从杨先生肚子里掏东西太难了。"

尼尔森已经看出徐晓东被这辆"奔驰"给套住了,他所说的不过是虚晃之词。于是,给他来了个"拖刀之计":"既然徐先生觉得这么难,那我只好找别人了,我知道杨先生还有几个常在一起喝酒的'酒虫儿'。"

"他们也未必能从杨先生肚子里,掏出'虫子'来。"徐晓东赶紧往回找补,"别看他们每天都跟杨先生喝酒,但谁也没有我能把住杨先生的脉。得啦,这事儿已然说到这份儿上,我为你充当一次马前卒吧。"

"太好了!那我们一言为定。"

"好,就这么着了。我从杨先生手里拿到头像原件,就跟你联系。"徐晓东说话的语气,好像胸有成竹,那头像原件仿佛唾手可得似的。

尼尔森心中暗喜,他终于找到了一个能跟"盖板杨"说上话的人了。尽管之前詹爷也跟他走得挺勤,但他觉得詹爷办事比较圆滑,不如徐晓东可信。其实他对徐晓东并不了解,只是一种感觉而已。

徐晓东之所以敢答应尼尔森头像的事儿,是觉得只要跟"盖板杨"套上瓷①,就不发愁从他手里把那个头像秀出来,但他哪儿知道那个头像压

---

① 套瓷:北京新流行语,即巧言令色,让对方说出自己的心里话。

根儿就没在"盖板杨"手里。您使什么手腕，耍什么花活，平地也抠不出饼来。

转过天，徐晓东拎着两瓶酒，来找"盖板杨"。说是为了一件盖板儿的活儿，但"盖板杨"一眼就看出他肯定有什么事，因为徐晓东没事儿不会给他买酒。

果不其然，徐晓东坐下后，东拉西扯，绕着绕着，绕到了小白楼的威尔逊头像。

听到小白楼的头像，"盖板杨"像是被什么烫了一下，两眼盯着徐晓东问道："干吗？钓鱼来了？是那个德国人让你到我这儿来的吧？"

"没错儿，是他说您手里有小白楼那个头像的原件。"徐晓东并没遮遮掩掩，来了个单刀直入。

"哦，这么看他是王八吃秤砣，铁了心。"

"看得出来，他特别想得到它。"

"是呀。"

"我就纳这个闷儿，您不是已然给他复制了一个吗，他干吗非要那个原件呢？"

"这话，你得直接去问他。""盖板杨"板起脸来。

"不管他了，东西在您手里，给不给他，由您说了算。"徐晓东想缓和一下。

"你怎么知道东西在我手里？你看到了？""盖板杨"的眼睛瞪了起来。

"这……难道您……尼尔森可是这么跟我说的。"徐晓东不知所措地说。

"谁跟你说的，你找谁要去。头像，我这儿没有！""盖板杨"干巴巴地说。

话已经到这儿，再往下说就会红脸了。徐晓东不想给"盖板杨"添堵，只好转移了话题，把这茬儿先放一放。

自然，有那辆"大奔"牵着，徐晓东不会就此善罢甘休，他扭脸去找詹爷要主意。在他眼里，詹爷比其他"酒虫儿"更有头脑，而且经得多见得广，跟"盖板杨"的关系也比较近，他肯定知道小白楼头像的事儿。

詹爷对尼尔森死乞白赖要找小白楼的头像原件的茬儿，也觉得莫名其妙。

"难道那头像里有什么秘密吗？"徐晓东问詹爷。

"那里头藏着密电码。"詹爷噗嗤笑了，说道，"你以为他们这是玩特工呢？说实话，小白楼的那个头像是'麻片儿李'錾的，到现在有八九十年了，是尼尔森爷爷那辈人的事儿，能有什么秘密呢？"

"可他为什么非要找到它呢？"徐晓东纳着闷儿问。

"是呀，我也觉得有点儿不可思议。"

"您觉得那头像的原件不在'盖板杨'手里？"徐晓东问道。

"很有可能。据我对他的了解，那东西在他手里，他早就会拿出来了。"

"也未必吧，他可是能沉得住气的人。您知道呀，前些年，小白楼'闹鬼'，他可是在那儿住了五天。"徐晓东挤咕了一下小眼，诡秘地一笑。

"你怀疑'盖板杨'，是那时候把头像给顺走了？"

"很有这种可能。"徐晓东嘿然一笑。

"那你是太不了解'盖板杨'了，他绝对干不出来这种下作的事儿来的。"詹爷十分肯定地说。

"那个头像可是'盖板杨'师傅的作品，万一他看在眼里拔不出来了，心眼儿活泛了呢？"徐晓东笑道。

詹爷听到这儿，明白了徐晓东的意思，问道："你是认准了那东西在他手里了？"

"十有八九吧。"

"既然这样，你就找他要去吧。你不是他的经纪人吗？"

"您了解他的脾气，我如果直接找他说这事儿，他肯定会跟我翻车，也不会说实话。在'久仁居'的那些酒友里，您跟他的关系最好，而且尼尔森也是您介绍给他的。"

"干吗？让我替你出面当说客？"詹爷打断他的话。

| 酒虫儿 |

"我就为这事儿找您的。"徐晓东笑道。

"你呀？哪凉快哪待着去吧！"詹爷突然把脸一沉，说道，"错翻眼皮了你！我已然告诉你，'盖板杨'不会干那事儿，你非认为那头像是他拿走了。干吗？让我舍脸找骂去！"

徐晓东被詹爷这番话弄得鼻子不是鼻子脸不是脸的，臊目耷眼地走了。

当然，徐晓东不会死心，在詹爷这儿碰了钉子，他可以找苏爷。苏爷那儿撞了南墙，他可以找"教授"。"久仁居"九个"酒虫儿"，他找了六个。

最后，王景顺跟他端了实底儿："那头像肯定不在'盖板杨'手里，因为在他跟我打赌进小白楼之前，我已经去过几次了，没看到楼里有头像。你别忘了，小白楼的主人汪本基可是挨过整的，他们家至少抄过三次。那头像能留到一九九几年吗？"

这番话等于给徐晓东头上泼了盆冷水，但"大奔"的诱惑，仍然没让他心灰意冷。他对王景顺说："即便头像不在'盖板杨'手里，我也想知道它的下落。"

他心里琢磨管它在谁手里呢，只要把头像找到，那辆"大奔"不就能到手吗？

王景顺经不住他的软磨硬泡，最后给他指了一条道儿："你呀，找'何大拿'何彦生去吧，'文革'时小白楼的事儿他最清楚。"

"得，那我谢谢您啦。"徐晓东嘴上连连称谢，心里却想骂他两句：你这不是跟我这儿玩哩哏愣①吗？找何彦生，还用得着你说呀？我跟他原来在一个工厂，他是我的头儿，不比你不熟？谁不知道他跟"盖板杨"是老冤家。从何彦生嘴里能掏出对"盖板杨"的好话来，好比从狗嘴里掏出象牙，怎么可能去找他呢？

但徐晓东转念一想，找何彦生也是一条路，有枣没枣先打三竿子。跟他套套瓷，备不住能从中发现什么蛛丝马迹来。

---

① 哩哏愣：老北京土话，耍花招的意思。

第二十八章

徐晓东知道找何彦生很容易，这老头儿是舞迷，恨不得每天"长"在公园。果不其然，徐晓东在公园找到了正在跳舞的何彦生。

一曲终了，跳舞的人纷纷走出场子，喝水打歇，徐晓东朝何彦生走了过去。

"何头儿，老没见了嘿。"徐晓东对何彦生依然是在工厂时的称呼。

"嚯，'冬菜'呀！你怎这么闲在，大白天的遛公园？"

"噢，出来走走。何头儿，您这舞跳得专业嘿。赶明儿上央视的《星光大道》露露脸吧！"徐晓东捧臭脚是一绝。

"干吗，寒碜你的老领导是吧？我不过是瞎玩，活动活动身子骨儿，上什么大道小道的？"何彦生笑道。

"得了，赶明儿您跳舞，我收门票。"

"你呀，玩去吧！"

"玩，不能瞎玩，今儿您这舞不能白看，中午，我请您吃饭。"徐晓东嘿然一笑说。

"请我吃饭？"何彦生掏出手绢，擦了擦脑门子上的汗。眨了眨眼看着徐晓东，笑道，"'冬菜'，你小子找我，是不是有什么事儿吧？"

"是，有点儿事儿。"

"有事儿就说事儿，吃饭嘛，就免了吧。"何彦生从挎包里掏出水杯，这时一个五十多岁的女舞伴，拎着一个小暖瓶走过来，给他的杯子里续了点水。他喝了一口，对徐晓东问道，"是不是买卖上的事儿？"

"不是，是一点儿鸡毛蒜皮的小事。咱们找个地方聊几句行吗？"徐晓东说道。

何彦生跳舞

"小事儿是什么事儿？"何彦生有点不耐烦地说道，"没瞧这么多人等着我么，咱们就在这儿说吧。"

"得，那就骚扰您几分钟。何头儿，您还记得东单小白楼里的那个外国老头雕像吗？"徐晓东单刀直入地问道。

"小白楼里的雕像？"何彦生猛然一惊，沉了一下，盯着徐晓东问道，"你怎么想起它来了？小白楼早就拆了，你不知道吗？"

"知道，有人聊起这事儿，说这个雕像在小白楼拆之前就没了。您是胡同的老人，还记得这事儿吗？"徐晓东顺着他的话问道。

"谁呀，又扯起这陈芝麻烂谷子的事儿了？有个德国人要复制小白楼的头像，是不是这事跟他有关呀？"何彦生似乎对这个话题比较敏感，立马儿追问道。

"说有关也没关，说没关，也有关。"徐晓东漫不经心地笑了笑说道。

"干吗？跑这儿绕搭我是不是？听说'盖板杨'复制了那老头儿的头像，老外挺满意，给了他一辆'大奔'？他吃了肉，你这个经纪人没落点儿骨头？"

"那车让他给詹爷了。他什么也没落下，我更甭想。"

"詹爷？我怎么觉得这事是詹爷玩的攒儿呀？詹爷的儿子可跟这个老外是同事。"何彦生诡秘地一笑。

"不会吧，詹爷之前也不知道老外会这么慷慨，给'盖板杨'一辆车。"徐晓东笑道。

"嘁，便宜了这帮'酒虫儿'！"何彦生撇了撇嘴，带出点羡慕嫉妒恨的心理，喝了口水，说道，"不管这些'虫儿'了，说说你为什么问那个头像原件的事儿吧？"

"没别的目的，一个老外宁肯用一辆'大奔'换一个老头的头像。我觉得有点不可思议，想知道原来的那个头像什么样，后来跑哪儿去了。就这么回事儿。"徐晓东怕泄了底，赶紧敷衍道。

何彦生看了一眼徐晓东,高深莫测地笑了笑说道:"扯去吧你!就为了好奇,你会为这个头像跑这儿请我吃饭?得了,你不愿泄底,我也不深问,打听出来添心病。"他迟疑了一下,问道,"当年小白楼'闹鬼'的事你知道吧?"

"知道。"

"那时候你多大?"

"正念高中吧。"

"嗯。那你应该有印象。"何彦生顿了一下说,"小白楼的头像确实是在拆之前丢的。可你应该知道,拆之前谁在里头当了五天的'鬼'。"

"您是说那头像被'盖板杨'给……"

"这不是和尚头上的虱子,明摆着的事儿吗?'盖板杨'为什么要跑到小白楼里待五天?他傻呀?"

"这么说他是奔着那个头像去的?"

"这回你明白了吧?"何彦生径自笑起来,说道,"他早就看上了那个头像,只不过没有动手的机会。五天!那些'酒虫儿'以为他是打赌呢,其实他是干这个去了。"

"您瞧见他在楼里的动静啦?"

"瞧见怎么样,没瞧见又能怎么样?那东西又不是我们家的,我管这事儿,那不是吃饱了撑的吗?"

"可是我还听人说这头像,在'文革'的时候,就让人给偷走了?"徐晓东问道。

"你听谁说的?"何彦生突然一惊,怔了怔,冷笑道,"谁跟你说的,你去问谁吧。"

"您没听说吗?"徐晓东问道。

"我没听谁说过这事儿。"何彦生淡然一笑道,"好了,就聊这些吧。他们已经等急了。"他扭过脸,指了指跳舞的人群。

"得，谢谢何头儿。"徐晓东冲他点了点头。

从何彦生的话口儿里，徐晓东能听出来，他认定那个头像是在"盖板杨"手里。这让他心里踏实一些，只要东西在"盖板杨"手里，就不愁弄不出来。因为他知道"盖板杨"是"酒虫儿"，只要多跟他喝几次酒，这东西他自己就掏出来了。

徐晓东跟何彦生分手后，快走到公园门口的时候，只觉得后面有人喊他。他扭过脸一看，是个七十来岁的瘦老头儿。

"您叫我？"他愣了一下，打量着这位老者问道。这个老头儿他并不认识。

"小伙子，有句话我得对你说。"老头儿走到他跟前，拉着徐晓东走到一个背静的树下，微微一笑道，"咱俩素不相识，你也没必要认识我。我姓姚，你叫我老姚就行了。"

"您找我什么事儿呢？"徐晓东纳着闷儿问道。

老爷子低声道："刚才那个姓何的，对你说的那番话，我在旁边都听到了……"

"怎么，您是……？"徐晓东疑惑不解地问道，"您听到什么啦？"

"我听到狗叫了。那简直就是胡诌八咧！"老爷子的嘴咧得像刚出锅的烧麦，对徐晓东说，"别的我什么都不说了，你如果想知道小白楼那个金板头像的事儿，我劝你找个人去聊聊，他会告诉你实情。"

"您让我找谁？"

"当年何彦生的老街坊鲁爷鲁永祥。"

"他呀，我认识他！"徐晓东说道。

"那是个对这事儿知根知底、说真话的明白人。"老头儿看了徐晓东一眼说，"得嘞，你明白了就行。我是听姓何的狗戴嚼子，胡嘞，实在听不下去了，才来跟你说这话。没别的意思，就是想告诉你要拜真佛。既然你们认识，我什么也别说了，鲁爷会告诉你真相。得，咱们回见吧。"

老爷子说完，转身走了。

徐晓东心说，我怎么把鲁爷给忘了呢。鲁爷的小儿子跟他是中学同学，他听鲁爷说过小白楼的故事，应该找他呀！

转过天，徐晓东拎着两盒点心匣子，来医院看鲁爷。

鲁爷得的是胃癌，吃得了点心吗？吃不了，徐晓东也得拎着，他觉得这是老北京的礼儿，吃不吃的没关系，礼到了就成，他不能空着手来医院看病人。

鲁爷的肠胃这会儿基本废了，已经吃不下任何东西去了，身体需要什么营养，只能靠插上管子鼻饲了。虽然一只脚已然踏进了"鬼门关"，但他的精气神还没散，脸上依然挂着笑容，而且说话嗓门不弱。

他没想到徐晓东会来医院看他。当然，无事不登三宝殿，他来，肯定有什么重要的事儿。

寒暄之后，鲁爷让护工把鼻子上的管子先拔掉，用手擦了擦嘴角，淡然一笑地问徐晓东："大侄子，难得你过来看看我。说吧，我这把老骨头还能替你做点什么？"

徐晓东有点儿抹不丢地说道："是有点儿事儿得麻烦您。说起来也不是什么大事儿，可您对这事儿门儿清。"

"什么事儿呀？说吧。"鲁爷喘着粗气问道。

"小白楼的事儿。"徐晓东迟疑了一下说。

鲁爷听了一愣，沉了半天，翻翻眼皮，轻声问道："小白楼什么事儿？"

"您记得吧，当年小白楼里有个老外的头像？"徐晓东凝视着他问道。

"知道呀，那是我的把兄弟'麻片儿李'的杰作。"鲁爷随口说道。

"我知道，'麻片儿李'是老北京有名儿的匠人，后来因为这个头像，小白楼还闹过'鬼'。我想问问您，这个头像是什么时候没的？他们说您知道这里头的事儿。"徐晓东往床头靠了靠。

鲁爷看着徐晓东，微微一笑道："你要问这个嘛，算你找对了人。其实，小白楼的事儿，那些老街坊都知道，但更深的东西，就没几个人清楚了。"

"是呀，要不我怎么找您来了呢。"

"你再不找我，这些事儿我可就带到八宝山①去了。"鲁爷的身子向后靠了靠，打了个沉儿，说道，"我先问你一件事，安定门外的青年湖公园你去过吗？"

"离我们家不远，但我没进去过。"

"青年湖公园最早是一大片坟地，其中有一个俄国人的墓地，里头埋的大都是东正教的传教士和俄国人。后来到了八几年，北京的年轻人流行结婚自己打家具，打家具需要木料呀，谁知有些没德行的人，贼上了那块墓地里埋的棺材。"

"啊？拿棺材打家具？"徐晓东诧异地看着鲁爷问道。

"你知道吗？俄国人做棺材用的都是好木料，柏木、红松什么的，非常结实。于是，有些人蹬着平板车，趁天黑就奔了墓地。他们胆大，劈开棺材，把板子就偷着拉回家，然后大大方方地找木匠打柜子做床。"

"妈呀，他们也不硌硬，我听着都瘆得慌。"

"老北京有句话：再恶，不能刨人家的祖坟；再损，不能踹寡妇的家门。拿死人的棺材做家具，想想吧，缺多大的德呀！这种事儿，我说个人，他却能干得出来。"

"谁呀？"

"何彦生。知道这个人吧？"

"知道。"徐晓东没想到说话办事冠冕堂皇的何彦生，能干出这种缺大德的事儿来。

"那时候他还年轻。但我抖搂出他的这点儿潮底子②，你就对他偷小白楼那个头像的事儿不感到奇怪了。"

"啊？小白楼的头像是他偷的？"徐晓东想起在公园里碰到的那个老头。

"这个头像要是铁的，哪怕是铜的呢，他也不会那么上心，偏偏它是

---

① 八宝山：因北京的火化场在八宝山，所以北京人常以八宝山作为火化场的代名词。
② 潮底子：北京流行语，以前不光彩的行为。

金的！你想那是金子呀！他看在眼里还拔得出来呀？"

"是呀，谁不知道金子值钱呀！"

"这小子惦记这个头像已经有年头了，但一直没得手。偏偏赶上他要结婚娶媳妇，媳妇家是老北京，提出结婚得要'三金一银'。这是老北京的礼俗，就是要给新娘子打金戒指、金耳环、金手镯什么的。何彦生哪有钱打这个，便跟他爸爸张了嘴。他爸爸人不错，跟我和'麻片儿李'都是老酒友。老爷子一听这个，急了，都什么社会了，结婚还要'三金一银'？坚决不掏这钱，当然，真让他掏，他也没有。那会儿，他家穷得就剩炕上的被褥了。"

"那怎么办呢？"

"是呀，何彦生这儿当然不想因为掏不出'三金一银'的钱，跟对象吹了。他爸爸这儿就俩字：没钱。怎么办？这小子心眼儿活泛，他想来想去，想到了小白楼的那个金板头像。那当儿，他在工艺美术厂当工人，掏钱请厂里的三个小年轻，在'同和居'喝了一顿酒，便把这仨人给拢到一块儿。四个人合谋，在一个风高月黑的晚上，带着家伙什儿奔了小白楼。当时小白楼一直空着，大门上着锁，这几个人登梯摸高进了院，撬开楼门，在里头开始作业。那个头像是嵌在墙体上的，抠出来不那么容易。"

"是够他们折腾一气的。"

"前前后后，他们在楼里折腾了十来个晚上，才把头像给抠下来。你想他们是在晚上打着手电抠那个头像的，手电来回那么一晃悠，人们从远处看见，便以为是'鬼火'呢。"

"哦，原来小白楼闹'鬼'，这个'鬼'是他们呀？"

"你以为呢？"鲁爷咳嗽了几声，用水润了润嗓子，接着说，"他们把头像抠下来，从小白楼的院墙往外顺的时候，该着我正好骑车从小白楼门口路过，看得真真儿的。"

"让您给撞上了。"

鲁爷看见何彦生偷金板

"那天晚上,我到朋友家喝酒,喝得迷迷瞪瞪,见何彦生正在搬那个头像,可能是天黑,他没瞧见我。我急忙跳下自行车,躲到树后头。亲眼目睹这几个小子把头像从小白楼顺出来,用自行车给拉走了。后来,你猜怎么着?"鲁爷用干瘦的手揉了揉眼睛,问徐晓东。

"怎么着了?"徐晓东问道。

"他拿这个金板头像给他对象打了金手镯、金戒指、金耳环,剩下的料,打了两副金项链。"

"这也忒让人不可思议了!"徐晓东拧着眉毛说。

"敢拿死人棺材做家具的人,什么事干不出来?大侄子,你琢磨去吧。"

"这件事,您后来没跟别人说?"

"说?哈哈,"鲁爷打了个沉儿说道,"我要说出去,何彦生在'局子'里,少说也得啃几个月窝头,弄不好得蹲几年大狱,那他这辈子可就毁了。都是老街坊,我不能看着他倒霉。所以我这张嘴一直贴着封条。"

"您可真够仁义的呀!"

"我仁义,他小子不地道呀!你也许不知道,小白楼的汪本基先生本来是民主人士,为什么在'文革'时倒了大霉?"鲁爷问道。

"为什么?"

"就是何彦生这小子使的坏。"

"啊?他怎么害的人家?"

"唉,想起这些我的心里就会撒盐。"鲁爷长叹了一口气,陷入了对往事的回忆中……

第二十九章

胡同里的老街坊都知道,小白楼的保姆杜婶是何彦生的母亲。何彦生跟小白楼走得近,就是因为有这层关系。

但何彦生却一直觉得,这是自己人生不光彩的事儿。所以小的时候,谁跟他提这个茬儿,他就认为是奇耻大辱,跟谁玩命,直到长大成人,何彦生也忌讳这事儿。当然,他对小白楼的隐讳,是因为另一档子因由。

尽管何彦生一直认为有一个给人当保姆的妈,是自己人生的最大不幸,但那毕竟是自己的妈,何况这个有六个孩子的母亲,最疼他这个"老疙瘩"。

杜婶是个很有心计的人,这辈子唯一的遗憾就是没文化。她连自己的名字都不会写,如果她念过书,以她的本领,当个妇联主任绰绰有余。但老天爷偏偏没有让她从政,却搞了家政。当然,家政是现在的说法,在老北京则叫"老妈子"。

您别看保姆是伺候人的差事,使唤丫头拿钥匙,当家做不了主,但她类似老年间府里的管家。日常的许多家务事儿都得经她的手,如此一来,这里就有一个手长手短的问题了。

虽然杜婶知道奴与主的关系,也晓得当保姆的禁忌,但对儿子的疼爱,以及穷与富之间的差别,常让她心理失衡,难免染上犯小的冲动。她常常把当时只有高干才能享用的吃食,偷摸地藏起来,等到何彦生来小白楼看她时,让他揣走。

为此,杜婶特意给何彦生的衣服缝了两个暗兜,专门干这个用的。每个月,何彦生得到小白楼来两次,每次来都"满兜"而归。

那时,国家物资匮乏,许多东西都是凭本和凭票供应的,有些东西拿本拿票也买不到,比如巧克力、牛奶糖、牛肉干、鱼肉罐头等。何彦生从小白楼顺回家，第二天便带到学校显摆。

他倒不吝啬，在同学面前，透着大方，这个给两块巧克力，那个给一把咖啡糖。那会儿，这些都是一般人家的孩子吃不到的。

"你哪儿来的嘿？"同学纳闷儿问他。

他扬起脑袋，一拍胸脯说："知道吗？地道的香港货。我们家亲戚从香港寄来的。"

"真的！你们家香港还有亲戚！"同学们不得不对他刮目相看。何彦生要的就是这种劲头。

舍几块巧克力，一把牛奶糖，他从同学惊羡的目光里，获得了某种满足，这些无疑让他在同学中提高了自己的身价。在一些同学眼里，以为他爸不是高干，就是高知呢。

这种并不体面的事儿，却让何彦生的虚荣心得到了满足。在他看来，这比考试考个第一名要实用得多，所以他来小白楼的次数越来越多了。当然，他来看自己的母亲，也是顺理成章的事儿。

有一天，他在小白楼看他妈的时候，听到有人在顶楼拉小提琴，出于好奇，他闻声而动。他在上学的时候，跟他在剧团的舅舅学过二胡，而且还在乐队给人伴奏过，也算是志趣相投吧。

来小白楼许多次，他还是第一次见到汪小凤，初次见面，他便被小凤的美貌所倾倒。

何彦生在同龄的孩子中，属于早熟的那一类人。这跟他从小喜欢看中外文学名著有关，他看书吸收的不是文学上的营养，而是人生的宿命，人如何不屈服于命运的安排，向上爬的种种路数和经验。

性的早熟，让他对女孩儿也会产生欲望的冲动，但这种欲望是有选择的。他绝对不会爱上一个跟自己家境一样的女孩儿，他一直把自己的相貌当作一种资本，甚至是一个赌注。所以他追求女孩，看的不只是长相儿，而是家里的社会地位。

何彦生自认为能取悦于人的是自己的相貌，在同龄的年轻人里，他确实长得相貌端庄，一表人才。他的长相曾让许多年轻的女孩动心，也让许多人打了眼。人们历来是以五官来判断人的，以何彦生的英俊相貌，谁也很难把他跟阴损奸诈联系起来。

汪小凤绝对是他理想中的女孩儿，但他知道自己的地位，而且接触过两次后，他从小凤清高孤傲的眼神里，感觉到她对世俗的轻视和淡漠。也许她还懵懂着呢，何彦生想。

他从小凤清纯的神态里，感觉到她的天真幼稚。越是这种女孩儿，越要谨慎小心。何况这是在她父母的眼皮底下，自身地位的卑微，让他在小凤面前，不能轻举妄动。

不能急。何彦生拿出小说《红与黑》里于连的本事，决定对小凤采取迂回战术，用渗透的方式来获取她的芳心。

如此一来，他来小白楼就更勤了。当然，小白楼吸引他的不再是那些平时见不着的吃食，而是漂亮的小凤了。

何彦生每次来找杜婶，先问小凤在不在家。眼睛都会说话的杜婶看出儿子的心里憋的是什么屁，问何彦生："是不是看上了小凤？"

何彦生对母亲不敢隐瞒，只好如实相告："我真是打心眼里喜欢她。"

杜婶听后，恨不得抽何彦生两个嘴巴："你是不是疯了？人家是什么人，咱们是什么人，亏你想得出来？癞蛤蟆想吃天鹅肉呀你！"她把儿子臭骂了一顿。

杜婶在汪家当了十多年保姆，对汪本基夫妇太了解了，对小凤和她姐姐更是了如指掌，她是看着她们长大的。汪家的贵气和清雅高洁的门风，怎么能看得上保姆的儿子？她恨自己的儿子异想天开，错翻了眼皮，为此，她发狠不让何彦生来小白楼了。

但杜婶没想到不让儿子吃，不让儿子喝行，不让他来小白楼，等于让他找根绳去上吊。

他不吃不喝躺在床上大病了一场,眼看儿子"气迷心"了,杜婶心软了。心说,先让他做做美梦吧,他喜欢小凤,小凤也不会喜欢他,等到自己被小凤打了脸,碰了南墙再回心转意吧。

于是,杜婶又像往常一样,让何彦生来小白楼看自己了。因为小凤平时住校,何彦生来小白楼也见不到小凤,杜婶倒觉得省心了。

谁知恰在这时,半路杀出个程咬金,"盖板杨"也迷恋上汪小凤。他一趟一趟地来小白楼,都是杜婶开的门,杜婶当然知道"盖板杨"的心思。

花好蝴蝶才会飞来。谁让小凤长得这么好看呢?杜婶心里说。但同样是喜欢小凤,以一个当妈的心态,当然会向着自己的儿子。

杜婶后来打听出来"盖板杨"家的门槛儿也不高,他爸爸不过是个教书匠,而且还走了"背"字;相比自己的儿子,从长相上说,要比"盖板杨"更对得起小凤,虽然门槛儿高低不一样。

杜婶是个心里藏不住事儿的人,很快,在何彦生来小白楼看她的时候,便把"盖板杨"追小凤的事儿说了出来。

何彦生听了以后,顿时妒火中烧,但他并没在母亲面前流露出来,只是淡然一笑说:"追她的男孩儿肯定少不了,看谁有本事能把这个凤凰追到手吧。"

杜婶问儿子道:"这个'神童'画家你认识吗?"

"知道他。"何彦生说。

其实何彦生根本不认识"盖板杨",他只是随口那么一说。

当初"盖板杨"给小凤画了张画儿,还情真意切地写了一封信。他本想当面送给小凤,却被杜婶给拦住了,她信誓旦旦地答应"盖板杨"把画儿和信转交给小凤,"盖板杨"信以为真。其实,这幅画和那封信小凤压根儿就没见到,而是到了何彦生手里。怎么回事呢?

原来,"盖板杨"来小白楼按门铃那天,正好何彦生在。杜婶扭脸把"盖板杨"的画和信,交给了何彦生。

何彦生看了"盖板杨"为小凤画的画儿那么逼真，不由得赞叹："这小子画得太像了！"

但这种赞叹在瞬间转化为嫉妒，心想，小凤看了这幅画肯定会喜欢。喜欢画，就会喜欢人。及至他偷着撕开"盖板杨"写给小凤的信，字里行间那充满激情的语言，让他看得热血沸腾。这沸腾不是因为"盖板杨"的爱意，而是他的羡慕嫉妒恨。妒火中烧的他，怎么可能把这幅画和信送到小凤手里呢？

他使了个心眼，对母亲说："我替他把这画儿和信给小凤吧，借机还可以跟小凤聊聊天。"

杜婶觉得他们都是中学生，总会有的聊，便点了点头。但她还是没忘了嘱咐何彦生："你可得一准儿把画儿和信给小凤呀！不给人家可不行！"

"妈，您就放心吧。我能把人家的画儿和信咪了①吗？"何彦生信誓旦旦地对母亲说。

其实，他真的把"盖板杨"的画和信给咪了起来。事后，杜婶问他："那画儿你给小凤了吗？"

他坦坦然然地说："给了，我跟小凤聊起了这个少年画家，发觉小凤挺喜欢他。"

"你没多心呀？"杜婶问道。

"没有。"

"你是怎么想的？跟妈说实话。"

"他们好他们的，碍着我什么了？我看他们俩都挺有才的，倒像是一对金童玉女。"何彦生笑道。

"你不羡慕他们吗？"

"瞧您说的？妈，我倒是想成全他们。我跟小凤说了，她一个劲儿谢我呢。那个少年画家再有来信，您先别给小凤，留着让我转给她。"

"那敢情好。"杜婶本来不想让儿子惦记小凤，怕这门不当户不对的早

---

① 咪了：北京土话，即私自偷着藏起来的意思。

恋，会给儿子带来伤害。现在听儿子说要成全小凤和"盖板杨"的好事儿，心想这么一来，她的顾虑就可以打消了。所以，后来"盖板杨"写给汪小凤的信，都让她偷着给了何彦生，小凤一封也没见到。

何彦生在母亲那里瞒天过海，谎说替"盖板杨"鸿雁传书，封锁了俩人的沟通渠道。但是他对汪小凤却一直贼心不死，小凤每周回家，何彦生便像蚊子闻到荤腥似的扑过去。

当然，他有自己的招数，这次带给小凤一本音乐家的传记，下次带去几张音乐家的乐谱，俩人聊的也是音乐。总之，都跟小凤的兴趣爱好有关，渐渐地两人熟了起来，小凤对他也有了好感。

豆蔻年华的小凤，当时的主要精力都放在了练琴上，而且对男女生之间的爱，还处于朦胧状态，所以对于何彦生的种种殷勤和示爱，毫无知觉。当然，她对何彦生也只是一种好感而已，因为他毕竟是保姆杜婶的儿子。

但何彦生却异想天开，把小凤对他的好感当成了爱意，把她单纯的眼神看成了秋波，而且心里的馋虫也开始蠢蠢欲动了。

"文革"初期，汪本基被打成了"黑帮"。自从汪先生出了事儿之后，小白楼的空气也变得沉闷起来。那段时间，小凤的心情一直阴郁，每周从学校回家，何彦生就过来跟她聊天。

一天晚上，小凤吃过饭，在屋里看书，何彦生又凑了过来。俩人聊了一会儿，小凤开始练琴，何彦生依然不舍得离开。

那天小凤穿着一身白色的连衣裙，显得格外清丽，楚楚动人。赶上那天她一连拉了几段世界名曲，何彦生看着她拉琴的文雅神态，听着动人的小提琴曲，渐渐地有些陶醉之感。这一陶醉，便有些飘飘然了。

一曲终了，小凤收住琴弓，准备放下琴的时候，何彦生拍起巴掌，赞叹道："你拉得太美妙了！我简直陶醉在你的琴声里了。"

小凤冲他嫣然一笑，转身去放琴，就在这瞬间，何彦生在她身后一下搂住了她。小凤被他这突兀的举动惊呆了："你要干什么？想耍流氓？"

她喊起来。

耍流氓，这三个字刺激了何彦生。"我要爱你！"他扭过小凤的头，在她的脸上亲了一口，随后扯开了她的连衣裙。

"干什么？你要干什么！你这个臭流氓！"小凤急了，但挣脱不开他的手，狠狠地在他脸上啐了一口。

何彦生用手擦了擦脸，转身插上了门，猛然把小凤扑倒在地，同时，解开了她的上衣……

小凤疯狂地哭喊起来。楼下的汪太太听到小凤的哭喊声，急忙上来敲门。

这时，何彦生才知事情的严重性，不得已开了门。小凤见到母亲，一下从地上爬起来，扑到她的怀里，放声大哭起来。

母亲顿时明白女儿受了欺负，扭脸想抓住何彦生问个究竟，但何彦生如惊弓之鸟，飞快地跑下楼，不顾一切地推开楼门跑了。

此事让小白楼"炸了窝"，汪家的家风严谨，汪太太对两个女儿平时也管教严格，哪能容忍这种事？问明了小凤的事情经过，她火冒三丈，要马上到派出所报案。

杜婶得知后，老泪纵横，给汪太太跪下了。她知道如果汪太太报案，那年头，这种事儿可以按强奸未遂处理。儿子至少被判五年，这辈子等于就交待了。

她回到家把儿子痛骂一顿，第二天，拉着何彦生到汪家，给汪太太和小凤低头赔罪，承认错误。后来还是汪先生通晓利弊，知情达理，看杜婶一把鼻涕一把泪的委实可怜，便劝慰夫人看在杜婶的面子，放何彦生一马。

汪太太还算慈悲，宽宏大量，深知家丑不可外扬，饶恕了何彦生。后来，这事儿也没有对外声张。汪太太怕小凤想不开，在汪本基下放以后，便带着她到上海姑姑家住了。

杜婶也是要脸面的人，儿子做了见不得人的事，还能在汪家继续干下去吗？就这样离开了汪家。

何彦生杜姌赔罪

按说，此事到这儿也算画上句号啦，谁知后来赶上了"文革"，而汪家人又遇上了何彦生。

"文革"让何彦生看到人生新的亮点，他感到自己出头的机会到了。尽管自从跟小凤"亲热"未果，老妈为此蒙羞丢了饭碗之后，他再没去过小白楼，但他心里一直惦记着汪小凤，而且对小凤父母也一直耿耿于怀。此时让他找到了报复的机会。

汪本基被从江西"揪"回来参加"文革"后，因为站出来为老部长说话，很快就被列入"保皇派"，成了造反派重点打击批判的对象。小白楼的门口和周围的墙上，贴满了大字报，有揭发他欺骗群众、散布反党言论的；有检举他拉帮结派、搞反革命俱乐部的；有揭发他崇洋媚外、跟海外敌对势力相勾结的。

其实，这些都是捕风捉影，甚至是无中生有，既然"革命"革到他的头上，欲加之罪何患无辞？但这些大字报贴在那儿，毕竟是在向人们昭示小白楼的主人是"有罪之人"。

那天，何彦生从小白楼门口路过，看到这些大字报，他不由得怦然心动，心想，那么牛气烘烘的汪本基也有今天！他忘不了母亲逼着他给汪家赔不是的尴尬场面，也没忘汪太太脸上流露的那种鄙夷神情。

"风流"，他始终认为自己那天对小凤的非礼，不是下流，而是"风流"。当然，他也自诩是"风流才子"。

"风流才子"自从看了汪本基家被贴了大字报，脑子便有事干了。他一天两三趟往小白楼跑。楼里他是进不去，大门一直上着锁，当然他也羞于再进这个门。但他要来看大字报，大字报的批判性语言，让他看着解气，过瘾。受报复心理作祟，他恨不能也写两张贴上去。当然，他来小白楼还有另外一个目的，那就是要找出当年那口恶气的机会。

终于这个机会来了。那天，他正在看大字报，忽然又来了一拨造反派来贴大字报，这些大字报主要是揭发批判汪本基"里通外国"的。

何彦生看了大字报，对一个造反派头儿说，他有汪本基"里通外国"的罪证。这句话让造反派的头儿对他刮目相看了。

"好极了，谢谢你为我们提供大批判的炮弹！明天上午，我们在部机关等你。"造反派的头儿是个怀才不遇的大学生，一直认为汪本基在部里压制他，所以要狠狠地报复一下。

第二天，何彦生果然带着"炮弹"，到部里找那个造反派的头儿。他能提供什么证据呢？

敢情他有收藏邮票和信笺的嗜好，他妈在汪本基家当保姆时，他特地嘱咐杜婶替他搜集汪本基的来信。汪先生的海外关系多，来往信笺自然多。加上他在生活小节上大大咧咧，有些无关紧要的信，看完便随手放在桌子上，被杜婶当废纸收走。这些信函一转身，就到了何彦生手里。

谁能想到这些信函，成了汪本基"里通外国"的罪证。正因为何彦生的举报，让造反派抓住了把柄，汪本基不但被抄家、批斗，而且被造反派迫害得差点没了命。

徐晓东听了鲁爷讲的这些，对照之前他见到何彦生说的那些话，心里像是扎了刺，不由得倒吸一口凉气。何彦生的这些劣迹只有鲁爷和苏爷这样的老街坊心如明镜，后来长大的年轻人，瞅着何彦生相貌堂堂、气质不俗的外表，总以为他是正人君子呢，哪会想到他是这种人？难道这就是历史吗？他怔了半天没有说话。

鲁爷也半天沉思不语，过了大概有五分钟，鲁爷像是从遥远的时间隧道走出来，看着徐晓东叹息道："真是人心隔肚皮呀！何彦生偷小白楼头像的事出来没多长时间，他也不知怎么知道我那天晚上，看见他从小白楼顺东西了，于是拎着酒跑到我们家，当面给我作揖，求我封口儿。我说只要你好好做人，这档子事儿在我这儿，就让它烂在肚子里了。"

"啊？您可真是够宽容的。"

"他给我做了保证。其实，这都是表面文章，江山易改，本性难移。他能改吗？后来，他做了多少没德行的事儿呀！把'盖板杨'挤对得像个受气的布袋。唉，蹬着别人的肩膀往上爬，不给自己留一点儿后路。能这么做人吗？饶是这样，我也一直没把这层窗户纸给捅破了，我给他留着情面呢。"

"您的善良居然没让他感动。"

鲁爷淡然一笑道："但我现在不这么想了。你知道我得的是什么病，老天爷给我的时间不多了，我得在这口气没断之前，把肚子里的存货都抖搂出来，不留遗憾。所以，我说你来得正是时候。"

徐晓东感慨道："您说得对。有些事儿，您不说，我们这些晚辈真不知道内情，很容易被人混淆是非，黑白颠倒。"

"大侄子，你为什么想知道小白楼头像的事儿，谁让你来找我的。你甭说，我心里都有数，但我现在已经不关心这些了，我只想告诉你事情的真相。你甭听有些人那儿瞎编故事。我说的话有一句谎，天打五雷轰！"

"我信服您说的都是真的！"徐晓东听完鲁爷讲的这些，不由得对他肃然起敬。

他站起身，准备跟鲁爷告别。鲁爷意味深长地说："我说的事儿，不到万不得已别说，何彦生还活着，给他留着点儿脸面。"

这句话像一股电流，让徐晓东身上一阵痉挛。老爷子太善良了！身子骨儿都这样了，还替他人着想呢！

在跟鲁爷告别时，徐晓东不敢正视他的眼睛，他觉得那目光灼人，把人心里那些丑陋的东西都映衬出来。他瞥了老爷子一眼，看着那瘦骨嶙峋颤颤巍巍的样子，忍不住眼泪在眼眶子里打起转儿来。

徐晓东从医院出来，很想找个地方大哭一场。鲁爷的实话实说，让他心里盘算的那辆"大奔"彻底没戏了。

但他不是为这个伤心，他难受的是老天爷怎这么不公平。善良的鲁爷

| 酒虫儿 |

怎么会得了绝症,而为非作歹的何彦生却活得欢蹦乱跳?老实巴交但身怀绝技的"盖板杨",活得那么窝窝囊囊,而八面玲珑但不学无术的何彦生却活得那么光彩照人?他实在想不明白,但往深处一想,又为自身的命运感到有些惶惑和凉意。

徐晓东思考半天人生,思来想去把自己绕到了"死胡同"。他脑子里一片茫然,来到一个小饭馆。

徐晓东找了个位子坐下,要了几个菜,一瓶"二锅头",独自喝起了寡酒。他自斟自饮,不知不觉,一瓶酒见了底儿,身子也开始发飘。他是有意把自己喝醉,跌跌撞撞出门打了辆出租车,回到家倒头就睡,直到次日清晨。

这瓶"二锅头"似乎让徐晓东明白了许多事儿。他想起上学的时候,同学给他起的"冬菜"这个外号,觉得自己这辈子活得有点儿窝囊。但跟"盖板杨"的命运相比,他活得还算侥幸,因为他没有遇到小人。

"盖板杨"活得太冤,如果没有何彦生犯坏,他和心目中的恋人汪小凤会结为连理,这是多么美好的一对呀!但是命中注定他会遭遇何彦生这个小人,让他把人生最美好的东西化为了幻梦,汪小凤让"盖板杨"苦苦地恋了四十多年。把"盖板杨"都毁成这样了,何彦生依然不放过他,现在还在背后给他栽赃陷害。这是什么人呀!

想到这儿,他恨不得找何彦生,狠狠地抽他一顿,但是他又找不到抽他的理由。他能做的就是赶紧去找尼尔森,把小白楼头像的迷踪说清楚,为"盖板杨"洗冤。

但没等徐晓东去找尼尔森呢,尼尔森却着急忙慌地来找他了。

第三十章

尼尔森为什么急着要见徐晓东呢？敢情"盖板杨"錾的威尔逊头像，在京城引起了轰动。本来尼尔森做这个头像是不想声张的，"盖板杨"一向做事低调，更是不想张扬。但他们想静音，有想扩音的，谁？邢志远"教授"呀！

"教授"对工艺美术来说属于外行，但尼尔森做的这个头像条件太苛刻，在"盖板杨"接尼尔森的这个活儿时，他的脑子里一直打着问号，甚至还要跟人打赌。但是当"盖板杨"把头像拿出来，让尼尔森感到震惊，特别是这个老外拿出头像照片的时候，他被"盖板杨"的绝活折服了。

"教授"是网上版主大咖，"盖板杨"的錾艺让他感到兴奋了，一个中国无名工匠的绝活能让德国人心悦诚服，而且这个工匠没有大师头衔，没有什么学历，完全凭的是自己的真本事。重要的是这个工匠是"酒虫儿"，是五箱酒让他发挥了艺术想象力，完成了这件杰作，这些难道不值得炫一下吗？

于是，"教授"激情勃发，在网上连写了两篇论工匠与艺术创作和酒的文章，还把头像的照片和尼尔森跟"盖板杨"的合影给发了。

网络时代，信息传播的速度超出人们的想象，尤其是像"教授"这样有十几万粉丝的版主。一篇文章瞬间会有几千人能看到，这些人又各自有自己的朋友圈。想想吧，"教授"的文章影响有多大。

"盖板杨"成了名人，人们很想看看喝了五箱白酒，创作出来的金板头像是什么样，当然更想知道那个德国尼尔森是哪路神仙。

虽然"教授"没有具体写尼尔森在德国是干什么的？他来北京做这个头像的目的是什么？他有什么样的背景？等等，但是他把尼尔森的照片发到网上了。

网络真是万能的！就凭这张照片，网友们在网上"人肉搜索"，居然掌握了尼尔森在德国哪家公司任职，他来北京是进行什么业务洽谈，他下榻的是哪家宾馆。

这样一来，尼尔森还能踏踏实实在宾馆待着吗？一些有好奇心的网友，出于对"盖板杨"绝活的喜爱，纷纷来到宾馆找尼尔森，要一饱眼福，看看"盖板杨"做的头像。

尼尔森在北京的业务繁忙，平时没时间看手机。当然他来中国以后，也顾不上浏览中国的网络平台，所以对"教授"发起的"盖板杨"錾艺"讨论"一无所知。直到宾馆前台不断有人来找他，而且执意要看"盖板杨"錾的威尔逊头像，他才明白事情的真相。

他了解网络的厉害，宾馆前台找他的人越来越多，而且他也不了解中国国情，怕亮出头像会引起不必要的麻烦，所以不敢轻易把头像拿出来让人看。他越不肯拿出头像，网友越想看，眼看就要引起争执。宾馆保安胆儿小了，他们担心事态要扩大，自己把握不了局面，请示饭店领导，正准备要打"110"报警，恰在这时，詹爷得到信儿，立马赶到现场。

尼尔森见了詹爷，恨不能给他行礼，他来得这可真是时候！

詹爷是见过世面的人，见这么多网友围着尼尔森，赶紧替他解围。听了网友找尼尔森的目的，他对大伙儿说："我是尼尔森的叔叔，有什么话冲我说！咱们别在宾馆大厅嚷嚷，影响人家买卖，有话到外面说。"

詹爷把这些网友引到宾馆外面的停车场，大伙儿说，找老外就是想看看"盖板杨"錾的头像，没别的事儿。詹爷是开通人，一听这话心里踏实了。他扭脸跟尼尔森商量，先让这些人看看头像，然后告诉他们头像在詹爷手里。

尼尔森到这会儿，脑子全乱了，对詹爷说："一切都听你的。你就看着办吧。"他知道詹爷会替他圆场的，所以对他一百个放心。

网友围观，詹爷解围

| 酒虫儿 |

"各位爷,这个头像归我了,有什么事儿冲着我说,咱别给老外添堵。现在不是网络时代吗,有劳诸位在网上转发。"詹爷给网友作揖道。

网友见詹爷说了这话,也就不想再给尼尔森添乱,看了"盖板杨"錾的头像,叫了好儿,便纷纷打道回府了。

詹爷平时也不上网,不知道这是"教授"惹的事儿。见尼尔森被这些网友搞得神情有些惶乱,一个劲儿劝慰。晚上,还在宾馆请他一起喝酒压惊。

因为尼尔森在北京还要待些日子,怕网友再来裹乱,詹爷劝他换个宾馆。

他觉得这个主意挺好,跟詹爷分手后,回到房间,上网查了查可住的饭店,订好房间,正准备收拾东西"挪窝",突然有人登门造访。

来人有五十来岁,个子不高,五官端正,穿着西服革履,挺着将军肚,手里拿着一个小皮包,有点儿老板的派头。尼尔森一看,不认识这个人。

那人掏出一张名片,递给尼尔森,笑道:"我姓黄,这是我的名片。恕我冒昧,提前没打招呼,就来找您。"

尼尔森看了看名片,知道他是在北京开金店的老总。

"你找我是……"他打量着黄先生,一头雾水地问道。

"哦,我是在网上看了您请杨先生复制威尔逊头像的文章,才来找您的。"黄先生微微一笑道。

"你是什么意思呢?"尼尔森一听他是为头像来的,心里未免有点儿发毛。

"哦,我在网上看了那个头像,感到有些眼熟。对,似曾相识。于是找出前些年的资料,翻出了这张照片。"黄先生说着,从随身带着的皮包里取出一张照片,递给了尼尔森。

尼尔森接过照片,不由得愣住了,原来是威尔逊头像的原版照片。

"这张照片你是从哪里找到的?"尼尔森诧异地问道。

"哦,听我慢慢跟你说吧。"黄先生坐在沙发上,尼尔森给他倒了一杯水。

原来这位黄先生是温州人,二十世纪八十年代初来北京,在动物园附近的一家商场租柜台练摊儿，专做金银首饰加工，也回收旧的金银器。

有一天，有两个北京人拉着一个外国老人的头像找他，让他把这个头像熔化后，打金戒指和手镯。

黄先生细看了看这个头像，确实是纯金，于是就按他说的打了金戒指、手镯、耳环，剩下的打了五条金项链。

黄先生做事认真，而且有个习惯，每收上来的回炉金银器，都要拍成照片，留作不时之需，这张照片就是这么来的。

尼尔森听黄先生讲完，心生疑云，问道："这位用头像打首饰的人叫什么名字，你知道吗？"

"我这里有他的收据，您看。"黄先生从包里取出几张收据递给他。

尼尔森一看收据，不由得大吃一惊，原来是何彦生。

"是他呀！"尼尔森顿时恍然大悟。

还有什么说的？小白楼的头像是被何彦生偷走的，他冤枉了"盖板杨"。想到这儿，他不由得心头一紧，怎么向"盖板杨"赎罪呢？不过，这会儿黄先生还在眼前，他还来不及想这个问题。

黄先生见他低头沉思，叹了一口气说道："想不到事过三十多年，我又在网上见到了这个头像。我试着比较了一下，几乎一样。"

"你是不是觉得很奇怪，才来找我的？"尼尔森问道。

"是呀！难道这位老工匠手里还藏着一个头像，或者也有头像的照片吗？"黄先生纳着闷儿说道，"这头像做得太精致了，当初它回炉时，我感到非常惋惜。不瞒你说，我都有拿分量相同的纯金，把它替换下来的想法，但忍了又忍，没这么干。"

"他手里没有头像，噢，连照片也没有。"

"这个工匠真是不得了！"

"是呀。那么，黄先生找我来，就是为了告诉我这件事吗？"尼尔森沉了一下问道。

| 酒虫儿 |

"嗯,网上的照片让我想起三十年前回炉的头像,我想当时那两个人拿着的头像,一定不是正经来路,当时丢头像的家人肯定会十分着急。虽然这事儿过去多年,我也想让头像的主人知道头像丢失的真相,同时也向他们表达我的歉意。我当时只为了挣钱,没有深问就轻率地把头像回了炉,我对不起头像的家人,请您转达我的疏忽和罪责。"黄先生说着,从包里拿出一张银行卡放在茶几上,说道,"这是十万元人民币的银行卡,请您收下。您只有收下,良知才会让我感到心安。"

"啊,你真是这么想的?"尼尔森听了黄先生的这番话,不由得对他肃然起敬,但他拿起那张银行卡交给黄先生,说什么也不肯收。

"我要收这钱,就对不起你了。你当时也不明真相呀,怎么能怪罪你呢?"尼尔森推让道。

两个人争执半天,黄先生见尼尔森要跟他急了,只好把银行卡放回包里。他诚恳地说:"那个头像属艺术品,是无价之宝,这点钱只能说是我的一点诚意。您不收,但我的诚意也算表达了。"

"我该感谢你。你让我知道了头像失踪的真相。"尼尔森说道。

"这就是我找您的目的。你们知道真相后,怎么处理我就不管了。我已经把所有的想法告诉您了,我的愿望实现了。我的名片已经给您了,有什么事,您随时找我。"黄先生说着,起身告辞。

尼尔森把黄先生送到电梯门口,跟他分手后,回到房间,一种揪心的内疚袭上心头。他突然觉得对不起"盖板杨",这位工匠施展自己的绝活,把威尔逊的头像复制得栩栩如生,自己反倒怀疑他偷了头像,未免太伤老人的心了。现在弄明白头像的迷踪,应该赶快找"盖板杨",当面向他道歉。

不过,想到"盖板杨"跟他赌气的样子,他又感到有些怵头,怎么才能跟他解释呢?他的脑子绕了弯儿,想到了徐晓东,于是给他拨通了电话。

徐晓东这时巴不得见到尼尔森呢,俩人约好在尼尔森新换的宾馆见了面。

"你找我,是不是给我送'大奔'来了？"徐晓东跟尼尔森开了个玩笑。

"我想那辆车阁下是开不上了。"尼尔森一本正经地说。

徐晓东这些天一直没看微信,不知道网上把小白楼头像炒得那么邪乎,当然也不知道尼尔森见到黄先生的事儿。他诙谐地笑道："为什么开不上了？我已经找到了头像原件在'盖板杨'手里的证据。"

"什么？你说的是真的吗？"尼尔森惊诧地叫道。

徐晓东一看尼尔森这劲头,知道他不爱开玩笑,是给个棒槌就认真（纫针）的主儿,所以不敢跟他逗闷子了,马上换了话口儿道："真的,我就不急着找你了。"

"怎么回事呢？"尼尔森问道。

"我找到知道小白楼内情的人了,了解到那个头像原件的最后去处。"徐晓东把鲁爷说的实情和盘托出。

尼尔森听了何彦生偷走头像的经过,跟那位黄先生讲的正好吻合,不由得暗暗吃惊,这位何彦生实在是胆子太大了！

"看来我们都受到何彦生的欺骗,冤枉了杨先生。"他对徐晓东说道。

"是呀,这不是往他身上扣屎盆子吗？老爷子清清白白大半生,哪受过这种栽赃陷害呀？"徐晓东说道。

"我现在感到非常的内疚,不知道该怎么向他赔礼道歉？"

"你最好是当面跟他说,北京人的礼数多,解铃还须系铃人,别人没法代替。"徐晓东淡然一笑道。

这几句话把尼尔森逼得没了退路,他只好让徐晓东帮忙牵线,去约"盖板杨"。

徐晓东知道尼尔森的难堪,只好答应。当然,直接说尼尔森请客,"盖板杨"肯定不来,这会儿"盖板杨"心里还跟他叫着劲呢。徐晓东想了想,只好去搬救兵,找詹爷出面。

詹爷听了事情的原委,不能不给尼尔森面子,正好苏爷过生日,便以这个名目,在北京饭店的"谭家菜"摆了一桌。

给苏爷祝寿,"盖板杨"不能不去,带着自己的作品《蟠桃会》作为祝寿礼,来到了北京饭店。

到了才知道,"久仁居"的"酒虫儿"只来了仨,而且苏爷的家人没来。他觉出这个寿宴有点儿名堂。

"这个寿宴苏爷本来不想办,我说那哪成呀?老哥儿俩怎么着也得喝杯祝寿酒呀。来吧,没外人,都是知己之交。再说跟杨爷也有日子没块堆儿喝了。"詹爷对"盖板杨"自我圆说道。

"七十六了,当不当正不正,办什么寿宴呀?家里孩子张罗我都给推了,晚上让老伴儿煮碗面,吃个鸡蛋、烧饼齐了,可詹爷盛情……"苏爷接过话茬儿。

"得了,苏爷不办,我上哪儿喝'茅台'去?""盖板杨"看见饭桌上摆着"茅台",乐了。

詹爷透着性子急,对那两位爷说道:"杨爷看见'茅台',就把肚子里的酒虫儿给逗出来了。得了,别让您望眼欲穿了,还有两个人要来,不等了,咱们先动筷子吧。"

于是三个人先喝起来。酒过三巡,"盖板杨"半斤酒下肚,老哥仨酒酣耳热之际,徐晓东和尼尔森掐着钟点儿,拿着时候进来了。

"盖板杨"一见尼尔森,眼睛立马儿瞪了起来,撂下酒杯,抬屁股就要走,被詹爷给拦住了:"您这是干吗?他又不是鬼神,您躲他干吗?"

"真要是鬼神,我就不怕了。""盖板杨"嘀咕了一句。

"杨爷,您可不能走。人家是专门给您赔不是来的。"徐晓东对"盖板杨"说道。

"什么,赔不是?他有什么不是?我有罪孽,我该给他赔不是才对!""盖板杨"拧着眉毛,气囊囊地说。

尼尔森走到"盖板杨"面前,鞠了一躬,谦和地说道:"杨先生,是我不好，没有弄清楚事情的真相，就对你产生怀疑，伤了你的自尊，现在，事实证明我错了。我冤枉了你，向你诚恳地道歉。"说完，又给"盖板杨"鞠了三个躬。

詹爷笑道："德国人不讲究磕头，鞠躬就是大礼了。杨爷，看在我的面子上，您就原谅他吧。"

"我……我就觉得事情早晚会水落石出！""盖板杨"顿了一下问道，"是什么让你醒过味儿来了？"

徐晓东把鲁爷讲的何彦生偷小白楼头像的经过说了一遍，"盖板杨"不由得惊叫起来："啊，敢情是他呀！"

詹爷也是第一次知道这件事，咧着嘴说道："真不是好鸟儿！小白楼头像在杨爷手里，可是他先散出去的。"

"什么叫栽赃陷害呀？喊，杨爷这辈子犯小人，裉节上，他不害你一下，心里痒痒。"苏爷气不恭地说道。

尼尔森见"盖板杨"说话平和下来，又把黄先生找他的事跟大伙儿说了一遍，大伙儿对何彦生的嘴脸看得更清楚了。

詹爷让徐晓东和尼尔森坐下，把各自的杯子里斟满酒，然后端起酒杯说道："林子大了什么人都有，小人想给杨爷脚底下使绊儿，咱们不上他的当，而且把他的缺德人品给看透了，不搭理他，臊着他，那咱们不就把他给胜了吗？来吧，为了杨爷能跟尼尔森先生达成谅解，我们喝一杯。"

尼尔森端起酒杯，走到"盖板杨"跟前，又说了句道歉的话，让"盖板杨"感到心头一热，举起酒杯跟他碰了一下。

詹爷看到两个人的和解，对徐晓东会意地一笑，说道："咱俩也喝一个吧！"

也许是因为"盖板杨"对尼尔森的通融和宽恕，让他内心的纠结有所松动，所以也破了酒例，中国的白酒他喝不惯，喝了一小杯意思一下以后，开始招呼啤酒。

| 酒虫儿 |

尼尔森喝啤酒的量吓人，"盖板杨"喝一小杯白酒，他喝一瓶。那天，一个人一气儿喝了两箱啤酒，连跑了十几次卫生间。

让人惊奇的是他喝啤酒像喝水，喝到最后，他的脑子依然很清楚。看桌上的人喝得都有些微醺，他突然对苏爷问道："当年苏先生住家离小白楼不远，我想问问中国'文革'的时候，小白楼闹鬼的事儿你知道吗？"

"小白楼'文革'的时候闹'鬼'？"苏爷皱着眉头想了想，说道，"这事儿我有耳闻，但究竟怎么回事儿，我还真不知道。"

"盖板杨"看了看尼尔森，问道："你是听谁说的？"

尼尔森脸上滑过一道阴影，犹豫了一下说道："我是听一个了解小白楼的人对我讲的。'文革'时小白楼闹'鬼'不是广为人知吗？"

"不不，那是后来了。"詹爷接过话茬道，"咱们这位爷，当时还到小白楼跟'鬼'做过伴儿呢。"他指了指"盖板杨"说道。

"这个嘛，我知道，我是问'文革'的时候。当时小白楼没闹过鬼吗？"尼尔森又重复了一句。

"闹过，我想起来了，有一年我媳妇回来跟我提起过这事儿。她跟何彦生他妈杜婶一块儿聊天，杜婶一不留神从嘴里秃噜出来的。"苏爷一拍脑门说。

"哦，我明白了。"尼尔森端起酒杯，自言自语地喃喃道，"小白楼在'文革'时闹鬼，谁能够解开这个谜团呢？"

这句话，让在座的人听了面面相觑，大伙儿搞不懂他是什么意思。

第三十一章

尼尔森说出小白楼"文革"闹"鬼"的话以后,"盖板杨"他们这些胡同里的老人都陷入了痛苦的回忆。本来"盖板杨"还要跟尼尔森探究其中的隐秘,但尼尔森接到母亲的电话,家里有急事,突然回德国了。于是,这事儿成了一个谜。

更让大伙儿犯晕的是尼尔森万里迢迢来到北京,找人复制威尔逊头像的真实目的。为了复制头像,他舍了一辆"大奔",难道就是要和中国的工匠叫板?可是头像复制完,他看了也拍案叫绝,但是又说复制头像,是为了得到它的原件,并且怀疑头像原件在"盖板杨"手里。与此同时还要再舍一辆"大奔",要找回原件。当得知原件被何彦生偷走熔化成金项链后,他又抛出小白楼"文革"闹"鬼"的茬儿,到底他想搞什么名堂?

这一连串的举动,让所有知道这事的人都折进了八百里云雾之中。人们越琢磨越觉得这事蹊跷,连号称"大明白人"的"教授"也百思不得其解。詹爷因为儿子的关系,跟尼尔森走得最近,也弄不明白他葫芦里装的是什么药。

就在大家纷纷猜测,一头雾水的时候,尼尔森回来了。跟两个月前走的时候相比,尼尔森瘦了许多,脸上的神情流露着几分忧郁,面色也有些憔悴。

尼尔森入住酒店以后,便忙不迭地给詹爷打电话,想约詹爷、苏爷和徐晓东一起聊聊。

詹爷当然很高兴,因为"久仁居"的这些"酒虫儿"都等着尼尔森回来,揭开复制小白楼头像的谜底呢。

"我做东,本来嘛,应该给你接风呀!"詹爷对尼尔森说。

在请客吃饭这个问题上，德国人不懂客气，因为他们搞不懂中国人迎来送往的礼节，所以詹爷说他请客，尼尔森也就顺水推舟地答应了。

詹爷找了家北京的老字号饭庄，订了一个包房，把苏爷和徐晓东约来。因为"盖板杨"没来，他没舍得带"茅台"，拎了两瓶一般的白酒，知道尼尔森能喝啤酒，他提前预备下两箱。

但尼尔森似乎有什么心事，动筷子之前先声明，今天不喝酒。徐晓东也说开车来的，不能沾杯，所以詹爷带的酒便照顾了他和苏爷。

几杯酒下肚，詹爷对尼尔森问道："今儿这桌席，你为什么没张罗请'盖板杨'呢？"

"这正是我今天想跟你们说的事情，这件事我尊重讲述人的意见，不想让更多的人知道，所以没找杨先生。"尼尔森微微一笑道。

"您想让我们知道什么事儿呢？"徐晓东问道。

"你们记得我问过你们小白楼'文革'时闹'鬼'的事儿吧？"尼尔森问道。

"记得，但内幕我们并不清楚。"徐晓东点了点头说。

尼尔森迟疑了一下说道："其实内情我是知道的，我只不过是想通过你们了解更多的情况，以便跟讲述人说的对上号而已。"

"敢情你又是在'套'我们呀？"苏爷笑道。

詹爷抿了一口酒，问道："小白楼'文革'怎么闹'鬼'了，你说说。"

尼尔森若有所思地想了想，讲起了下面的经过：

"文革"时，何彦生为了报复汪家，在汪本基所在单位的造反派给他贴大字报的时候，偷着向造反派提供了汪本基的信函。

这无异于在汪本基身后捅了一刀，如果说之前造反派对汪本基的种种攻击，带有道听途说、无中生有性质的话，那么，这些信函则成了实质性的"罪证"。对汪本基来说，毫无疑问是致命的打击。当然，汪本基走了厄运，汪家在小白楼的日子也就不长了。

别看汪本基外表儒雅，文质彬彬，但他骨头挺硬，性格也很倔强，有点儿宁折不弯的劲头儿，这让他比别人受的苦更多。汪本基那时已经不能走路了，是原来给他开车的那个司机，动了恻隐之心，找了辆车，才把他拉回小白楼的。

但是，由打汪本基回到家，小白楼便不消停了。先是汪太太被胡同里的居民"革委会"叫去，跟胡同里的"牛鬼蛇神"①一起"早请示，晚汇报"，参加劳动，接受"思想改造"；后是汪先生中风脑梗，差点儿要了命。

汪先生的命保住了，但弹了弦子②。当时大女儿小曼去东北农村插队了，小凤因父亲的问题，影响她没上成上海音乐学院，只好回到北京，跟母亲一起照顾汪先生。

那年冬天，小凤在自己的房间，睡到半夜，被一阵哒哒的脚步声惊醒了，她慌忙打开灯，但听到的脚步声却没有了。她小心翼翼地走到屋门听了听，没有听到任何声响。

她以为是自己的一种错觉，便关上灯，回到床上想继续睡觉，但耳边又传来哒哒的脚步声。她屏住呼吸，竖起耳朵听了听，那声音由远而近，听着越来越真切了。

她不由得紧张起来，心也提到了嗓子眼儿，但她没慌，悄悄地下了床，躲到屋门后面，把耳朵贴在门上倾听，但脚步声戛然而止，她什么也听不到了。

这让她惊悚起来：难道是在闹"鬼"吗？她想起小的时候，听母亲说过小白楼闹鬼的故事，心里有点儿胆小了。

深更半夜，她不敢轻易惊动母亲，因为母亲照顾父亲，每天很晚才睡觉，所以只好悄没声地回到床上。但是只要她躺下，耳边就会出现脚步声，下了床，走到门口，那声音就听不到了。

折腾到天亮，她推开门，没发现什么异常情况。她问母亲，母亲说

---

① 牛鬼蛇神：“文革”时，对所谓地富反坏右分子的蔑称。
② 弹了弦子：即中风后的半身不遂。

夜里没听到什么声音。

她心里疑惑起来，接连几天，每天夜里都"闹鬼"，动静跟前一天一样，闹得小凤惶恐不安，彻夜不宁。晚上，她只好住到母亲的房间，跟母亲共睡一个床。

本以为这样会消停，但是入夜以后，她的耳边依然能听到哒哒的脚步声，而且那声音越来越响，吓得她大气都不敢出。白天，她怕母亲知道后心里添病，也不敢告诉她，只好痛苦地忍耐着。

这天夜里，那种哒哒的脚步声由远而近，又传到小凤耳边。她的脑袋嗡嗡作响，感觉那脚步一点一点走过来，很快就像到了她床边，她咬着嘴唇，屏住呼吸，一动不敢动。

就在小凤战战兢兢，把心提拉起来的时候，猛然听到咣当一声，像是有人把什么东西碰倒了。她惊吓地喊了一声，猛地扑到了母亲的怀里。

母亲睡得正香，被她的惊叫弄醒。"怎么啦闺女？"她觉得小凤浑身颤抖，紧紧地搂着她问道。

"那儿……在那儿，'鬼'，'鬼'……"小凤慌乱地指着屋门，语无伦次地说。

母亲顾不上开灯，下了床，直接推开了屋门，只觉得眼前一道白光，"谁？"她喊了一声，随后跟着白光下了楼。

小凤在床上，猛然听到一声刺耳的响动，随后是扑通倒地的声音。然后就归于宁静，周围的一切阒无声息了。

小凤感觉母亲出了事儿，不顾一切地跑下了楼，定睛一看，果然母亲倒在了地上。

她扑到母亲身边，摇着她的头，大声喊叫，母亲微微睁开眼睛，神情恍惚地说："白人，小白人……"

这时，照看汪本基的小凤的舅舅也被惊醒，把楼里的所有灯都打开，跑到大门口看了看，外面什么东西也没有，他转身搀扶着汪太太回了屋

"小白人……我看得真真儿的,小白人!"汪太太惊魂未定地指着门外。

小凤的舅舅又出去看了看,回来对汪太太说:"姐,您睡蒙了吧?外头什么都没有。"

"有,我看见了。"

小凤的舅舅以为他姐在撒瘾症,连声相劝:"有也不碍的,有我在,'鬼'不敢来。"小凤的舅舅小时候练过武术,也会摔跤,动起手来,一般的人靠近不了他。

因为楼里的灯一直开到天亮,当天夜里,"鬼"没再来闹腾。但由打那天夜里,汪太太只要躺在床上,闭上眼就会看到一个"小白人"在她面前晃悠,而且"小白人"的面目狰狞,非常恐怖,吓得汪太太彻夜不安,甚至晚上不敢上床睡觉了。

小凤的舅舅胆大,把他练武术的棍棒拿了出来,夜里,拿着棍子在院子里守了几天,没发现什么异常,更没见到姐姐说的什么"小白人"。

"是不是你妈出现了幻觉?"他对小凤说。

小凤摇了摇头,把自己在夜里听到有人在走道的声儿,吓得不敢睡觉的事,告诉了舅舅。

"啊,你也看到'小白人'了?"舅舅问小凤。

"没有。我一直没敢睁眼。"

"这事儿可就怪了嘿。"舅舅纳闷道。

"是不是闹'鬼'了?"小凤问舅舅。

舅舅是老北京人,打小儿就听说老宅闹鬼的事儿。但他听老人说,"鬼"欺负老实人和软弱的人,汪本基是有身份和地位的人,"鬼"不敢上门欺负他。

他对小凤说:"别胡思乱想,世上哪有'鬼'呀?你妈肯定是因为你爸挨批斗,一时想不开,神经错乱了。我不相信你爸真有什么问题,别看你爸现在挨整,运动过去就没事儿了。你爸没事儿了,你妈疑神疑鬼的'病'也就好了。"

| 酒虫儿 |

话是这么说,可没过两天,舅舅自己居然碰上了"鬼"。

汪本基脑血栓瘫在床上后,小凤的舅舅一直在身边伺候。这天夜里,汪本基解手[①],舅舅把他安顿完,回自己屋,正要躺下,猛然听到楼道里有脚步声,他打了个激灵,从床上跳下来,悄没声地推开屋门,循声追下了楼。

黑暗中,他只见一个白影在面前晃了一下。这是那个"小白人"吗?他心里打了一个闪儿。

"什么人?"他喊了一声。那个白影突然转过身来,啊!这是一副狰狞可怖的脸。

他只觉得身后有一股凉气袭来,正要转身,脑子嗡地一下,像有人在身后给了他一闷棍,顿时眼前一黑,栽倒在地。

第二天早晨,舅舅才被小凤发现。她赶紧把他送到医院,脑袋缝了十几针,在床上躺了几天才缓过神来。

自从遭遇到那个"小白人",舅舅也胆儿小了。小楼夜里不敢关灯,而且按照老北京驱鬼的方法,在楼房的各个角落都撒上米,在楼门口放了一把桃木剑。这个法子让小白楼消停了几天。

但小凤母亲一直没有摆脱"小白人"的骚扰。冬天,小白楼烧暖气的时候,她夜里上厕所摔了一个跟头,大腿骨折,下不了床了。

这天夜里,汪太太做了一个梦,瞅见那个"小白人"在小白楼的门口晃悠,她恍恍惚惚地看见"小白人"朝她走过来。她正不知所措,"小白人"却不由分说,拉着她的手就走。

她跟着"小白人"走呀走呀,走过了许多高山和大河,来到了一个百花盛开,芬芳吐艳的奇妙境界。也不知"小白人"给她施了什么魔法,她不知不觉幻化成了一只白蝴蝶,在花丛中翩翩起舞。她感到心旷神怡,自由自在,无比惬意。

由打做了这个梦以后,汪太太像中了邪,整天念叨着要从窗口飞出去,

---

① 解手:方便。解大手是拉屎,解小手是撒尿。

到那片奇妙的境界里，享受春天的阳光。

那段时间，家里不断有造反派来折腾。白天汪太太忍受着造反派的折磨，晚上整夜失眠，只要闭上眼睛，就能看见那只蝴蝶在飞。

后来，她的这种幻觉越来越重了，虽然她住的房间，夜里总是亮着灯，还有小凤陪在身边，但她还是身不由己地闭上眼睛，看那只白蝴蝶在眼前飞舞嬉戏。这种幻境一直在吸引着她，她觉得挺好，起码可以摆脱眼前的这些烦恼。

这天晚上，小凤到一个同学家串门儿，舅舅在汪先生的房间里伺候他吃饭。汪太太一个人在自己的屋里，套上年轻时穿的白纱裙子和白皮鞋，然后走到窗口，拿起头天工人修暖气用的铁扳手，咣咣砸碎了窗玻璃，喊了一声，便跳了下去。

舅舅听到楼上她砸窗玻璃的声音，以为是有人在干活，并没在意，等他醒过味儿来，跑到她的房间一看，才知道出了事儿。

汪太太是从二楼跳下去的，虽然楼层不高，但她是脑袋先着的地，所以当场脑浆子就出来了。

小凤对母亲的死，悲痛欲绝，但想不到更恐怖的事还在后头。

汪太太遗体火化那天，汪先生突然说出一句整话，要见汪太太。

舅舅无奈，只好骗他说汪太太在上海。汪先生摇摇头，指着窗外，"啊啊啊"地嘟囔着。谁也听不出他说的是什么，但明白他的意思。

舅舅帮着小凤和姐姐小曼处理完母亲的后事，对这姐俩说："你爸好像对你妈的'走'有感应，所以先把你妈的骨灰盒在家里摆几天吧。"

既然舅舅说出这话，小凤和小曼姐俩也不好说什么。但是，把母亲的骨灰盒拿回家的当天晚上，小凤就开始做噩梦。小曼知道她之前受了点儿刺激，只好搬到她的房间，跟妹妹一起住。

按说有姐姐相陪，小凤心里应该踏实一些，但她只要一闭上眼睛，就会出现幻觉。母亲清清楚楚地就站在她面前，跟她有说有笑。其实，母亲的骨灰盒，是放在她父亲房间的。

母亲去世一个月后的一天，京城下起了大雪。晚上，汪先生不知为什么闹腾起来，指指画画要上二楼。小凤的舅舅不明就里，用轮椅推着他到了楼下。汪先生神情恍惚地指着墙上的威尔逊头像的位置，支支吾吾地嚷着。

"文革"之初，汪太太怕这个洋人的头像招事儿，找人用泥给盖上了，外表看不出来后面有头像。舅舅也不知道那块明显涂着白灰的地方，遮盖的是洋人头像，所以，汪先生指着那地方，让他感到莫名其妙。

"你看到什么了？"舅舅冲着汪先生大声喊着。

其实，汪先生已经失语，嘴里说的什么谁也听不懂。舅舅问他，等于对牛弹琴。

汪先生愣愣地看着头像的位置，沉默半天，又望望窗外，嘴里嘟嘟囔囔地说着谁也听不懂的话。

夜里，"小白人"依然在小白楼频繁出没，吓得汪小凤战战兢兢，一到晚上，就钻进被窝儿不敢动了。

汪先生在每天夜里，开灯，睡不着觉，关灯，"小白人"又来闹腾。他经常被什么东西惊醒，醒来后又哭又叫，舅舅开开灯，又看不到任何异常情况。

这天，汪先生又在半夜三更惊醒，醒了之后，嗷嗷地喊着什么。

"怎么啦？"舅舅冲他大声问道。

汪先生哆哆嗦嗦，指着床边的立柜，嘴里含混不清地喊着汪太太的名字。

那个立柜摆着汪太太的骨灰盒。舅舅搞不清出了什么情况，转身看了看那个立柜，突然发现柜子上的骨灰盒不见了，他顿时惊出一身冷汗。

汪先生冲着舅舅"啊啊"地嚷着，不听使唤的右手指向了门口。

舅舅立马儿意识到什么，起身推开了门，看了看没有什么异常。他又推开楼门，走到院子里，院里空落寒寂，悄无声息，他只好转身回了屋。

汪太太的骨灰盒怎么会不翼而飞呢？汪先生似乎感觉到这种诡异，直勾勾地看着窗外，眼里汪着凝重的泪花。舅舅看着那个空落落的立柜，不禁毛骨悚然。

母亲的骨灰盒不知去向，让小凤惊恐不安，她感到会有什么诡异的事儿发生。但是让人匪夷所思的是第二天的夜里，"小白人"在小白楼里闹腾，楼里的人都被他弄醒，打开灯，还是没发现任何异常。

但是当舅舅手里拿着棍子，跑到院子里的时候，意外地发现了汪太太的骨灰盒，在一楼的窗台上放着，吓得他连喊了三声姐姐，就是不敢走过去，又喊了两声姐姐，赶紧转身回了屋。

挨到天亮，舅舅才把骨灰盒拿回屋，打开盒看了看，一切如初，舅舅重新找了个隐蔽的地方，把它放好。

骨灰盒找到了，但"小白人"依然不断地骚扰汪家人。这天晚上，天降大雪，汪家人早早地熄灯上了床。但是入夜后，汪先生又被奇怪的声音惊醒了。醒了之后，他又让小凤的舅舅推着他来到了二楼，指着头像的位置"嗷嗷"地嚷着。

舅舅看了半天，什么人也没有，只好劝慰汪先生回屋踏实睡觉。为了能让他安然入眠，舅舅还给他吃了几片安眠药。

小凤同样被那哒哒的脚步声给弄醒。虽然屋里亮着灯，但是她不敢出屋，睡又睡不着，只好瞪着眼睛望着窗外。

窗外雪还在下，万籁俱寂，小凤的手抓着姐姐小曼的睡衣。此时，心里不装事儿的姐姐，睡得挺香。

大约夜里一点多钟，小凤迷迷糊糊正要进入梦境，家里突然没了电，屋里一片漆黑，只听到一楼发出扑扑通通的声响，小凤吓得紧紧抱住小曼。小曼也感到了异常，有些恐慌，姐俩蜷缩在床上，不敢作声。

折腾了有半个小时，屋里的灯突然亮了，只听到舅舅喊道："汪先生！汪先生没了！汪先生不见了！"

这声喊让小曼和小凤如五雷轰顶，她俩慌慌张张跑下楼，只觉得一股寒气迎面扑来,原来楼门开着,舅舅站在门口,一边穿棉衣,一边惊慌失措地看着门外嘟囔着:"人怎么会没了呢?"

"怎么回事儿?"小凤惊魂未定,急忙问舅舅。

"是不是造反派来了?"小曼想到了父亲单位的造反派深夜来"拿"人。

"不会是他们。他们来,会直接敲门的。"舅舅想了想说。

"您什么时候发现我爸不见了?"小曼慌乱地理着头发,对舅舅问道。

"你爸头十二点被什么给惊醒了,我把他安顿下,迷迷糊糊地睡着了。等我睡了一小觉,睁开眼一看,他就不见了。这事儿真是太怪了!"舅舅嘟囔着在楼里各个角落踅摸。

"他能上哪儿去呢?卧床一年多了。"小曼纳着闷儿问道。

"别愣着了,你们赶紧穿上衣服,出门找吧!"舅舅像是突然想到了可能发生的意外,面带惧色地说。

小凤和姐姐急急忙忙穿上棉猴儿[①],拿着手电,跟着舅舅出了门。

雪已经停了,漫天皆白,寒风卷着浮雪,吹在人的脸上,像用小刀割肉。他们在胡同口发现了倒在雪地上的汪先生,他早已经冻成了"冰人"。

悲痛欲绝的小凤,不顾一切地扑到父亲身上,号啕大哭起来,舅舅和小曼怎么拉也拉不开。在小凤摇动父亲的遗体时,她发现父亲的右手攥着一张字条,因为天黑,她看不清字条上的字,匆忙把它放进了衣兜。

当时京城已有"120"救护车,但救护车来了也无济于事,还是舅舅有经验,给汪先生的单位打了电话。汪先生毕竟是部里的干部,听说死在雪地里,单位马上派车赶到现场,把汪先生的遗体拉到了医院。

值班医生问汪先生的死因,当时正值"文革",舅舅哪敢说出小白楼的那些诡异之事,只能闪烁其词地说他自己离奇出走。医生最后给出的结论是:神经错乱导致的迷失雪地,脑出血后被冻僵。

舅舅感到非常诧异,汪先生已经半身不遂,偏瘫一年多了,平时行动全靠轮椅,他怎么会一个人跑到街上,冻死在雪地上了呢?

---

① 棉猴儿:一种帽子和衣服连在一起的棉衣,流行于二十世纪六十至七十年代。

小凤和小曼也觉得这事太蹊跷了，联想到"小白人"和母亲的死，还有母亲的骨灰盒神秘地不见了，又神秘地回来这些诡异之事，不禁感到毛骨悚然。

父亲遗体火化后，舅舅担心家里再闹"鬼"，便把汪先生和太太的骨灰盒都寄存在了八宝山。

小白楼的两位主人前后脚离奇地"走"了，让人纳闷的是他们"走"后，小白楼再没出现"小白人"。小凤夜里睡觉，也听不到哒哒的声音了。尽管如此，小凤和小曼也不敢再在小白楼里住了。

汪本基有个姓姚的老同学，是部队的军级政委，少将军衔，小曼和小凤都叫他姚叔。当时部队也在搞"运动"，但姚叔并没受到冲击。姚叔得知汪家的俩孩子的处境，便让小曼和小凤住到他在西山的将军楼。

小曼和小凤在将军楼住了几个月，在1968年底，姐俩一起报名上山下乡，到内蒙古插队。两年后，小凤通过姚叔的关系，进了部队文工团。小曼后来作为工农兵学员，上了复旦大学。

汪本基是1977年平反昭雪，恢复的名誉。部里组织部门落实政策下发的文件，写的是汪本基在"文革"中被迫害致死，但只有汪家的人知道他是怎么死的。

尼尔森讲完小白楼的这些往事，在场的几位爷听了，不禁唏嘘不已。当年的汪先生是那么的风流倜傥，谁能想到会死得这么冤，也这么蹊跷呢？

大伙儿沉默了一会儿，詹爷突然问道："这些事儿你是怎么知道的呢？"

尼尔森看了大伙儿一眼，迟疑了一下说："我是听亲身经历者讲的。"

徐晓东急忙问道："这个亲身经历者是谁？"

"汪小凤。"尼尔森直言说道。

"汪小凤？你会认识汪小凤？"大伙儿几乎同时睁大了眼睛，看着尼尔森。

"当然认识她。汪小凤是我妈妈！"尼尔森微微一笑说。

"啊！你是汪小凤的儿子？原来如此！"大伙儿差点儿没让尼尔森这句话惊掉了下巴。

第三十二章

尼尔森见大伙儿脸上的表情既惊愕失措，又疑惑不解，便把他母亲后来的经历，还有他为什么要来北京复制威尔逊头像的事儿和盘托出。

汪小凤通过姚叔的关系，在部队文工团当了几年小提琴演奏员。1978年恢复高考后，她如愿以偿地考上了上海音乐学院，毕业后，分到了上海交响乐团。

汪小凤出众的颜值和淑雅文静的气质，自然使她在女孩中显山露水。当时，乐团有几个小伙子在追她，其中有个吹黑管的演员追她最紧，但她因为家里的一系列变故，以及何彦生给她留下的心灵创伤，发誓此生不嫁。在1990年的"出国潮"时，她在英国的姑姑要她到国外发展，她觉得正好可以甩开那个疯狂追她的演员，便从乐团辞了职，办了去英国探亲的手续。

到了英国，她便想用自己手里的这把小提琴，在欧洲闯天下。但是单凭会拉小提琴，在欧洲是混不出来的，何况她还是没有英国国籍的"黑户"。拼搏了两三年，她也没有进入欧洲的主流社会，这让她感到失落。与此同时，她也三十大几了，再这么稀里糊涂地混下去，几乎看不到什么希望。

偏偏这时，她在伦敦的姑父和姑姑，带她参加了一个大型的鸡尾酒会，在这次聚会上，她动情动容地演奏了几支高难度的小提琴曲，让在场的人对她刮目相看。也正是在这个鸡尾酒会上，她认识了德国人霍顿先生。

当时霍顿已经五十多岁，他的夫人去世有两三年了，正感到孤单寂寞，听了汪小凤演奏的法国作曲家马斯涅的《沉思》，大受感动，更被汪小凤楚楚动人的颜值所倾倒。

演出结束后，霍顿为小凤献鲜花时，两眼脉脉含情，与汪小凤顾盼神离的目光相对，居然碰撞出了火花。后来在姑夫和姑姑撮掇下，俩人步入了婚姻的殿堂。

汪小凤跟霍顿结婚，表面看是两情相悦，其实是她无可奈何。因为她当时的处境比较艰难，一个人在异国他乡，总住在姑姑家，那种寄人篱下的滋味实在不好受，而靠自己的这把琴闯天下的理想几乎成为泡影，回国发展又感到没面子。在这种尴尬的境遇下，她非常渴望得到心灵的寄托和家的温暖，所以才降低自己的身价，嫁给了大她近二十岁的霍顿。

让她感到意外的是，霍顿的爷爷正是北京小白楼的主人莫克林的哥哥，这种巧合似乎是某种天意。婚后，霍顿对汪小凤非常恩爱。

威尔逊家族在德国是非常有名的大庄园主，而且还有十几家公司。霍顿的家里非常有钱，可惜他跟前妻一直没有孩子，所以霍顿特别希望跟汪小凤结婚后能早得贵子。

汪小凤还算争气，五年的时间，为霍顿生了一个女儿，两个儿子，尼尔森是她跟霍顿生的长子。

虽然家里有保姆，但是当上了三个孩子的母亲，小凤还是放弃了自己的音乐梦，在家当了全职太太。不过，霍顿喜欢旅游，每年他们全家有小一半的时间，在欧洲各地玩。

在德国的生活十分惬意，但汪小凤没忘北京的胡同，更没忘那个小白楼，有时跟霍顿家族的长辈一起聊天时，她还会想到胡同里的生活往事。

光阴似箭，眼瞅三个孩子一天一天地长大成人，汪小凤思念北京的心越来越切。她跟霍顿商量好，等他们的小儿子大学毕业后，两个人回中国住些日子。因为在北京住着的姐姐小曼，一直给她写信或打电话，要她回北京看看。

但是天有不测风云，人有旦夕祸福。汪小凤没想到自己的丈夫霍顿会突发心脏病，猝死在开车的路上。

处理完丈夫的后事，她的身心感到极度疲惫。在家族的庄园疗养了几个月，身心稍微好一些，但是在一次查体时，发现自己得了乳腺癌，而且是晚期，癌细胞已经扩散。

这一晴天霹雳的打击，让小凤顿时掉进了痛苦的深渊，经过一年多的化疗放疗后，她的病情依然没有好转。大夫告诉她，上帝留给她的时间最多有三个月。

三个月！时间对于汪小凤来说太紧迫了。她才六十多岁，是多么渴望享受晚年的幸福生活呀！但命运就是这么的残酷，她无法跟命运抗争。

当人的生命只浓缩成三个月的时候，她突然感到人生竟然如此的短暂。她想要干的事儿很多很多，但最想做的一件事就是回到北京，看看她朝思暮想的出生地，也就是那个小白楼。这时，她还不知道小白楼已经拆了。

然而这会儿，她的身体已经极度的虚弱，无法坐飞机了。没辙，她只好放弃了这个念头，想起这辈子要干的另一件大事儿，那就是解开她父亲的死因，也就是当年小白楼闹"鬼"这个谜团。

汪先生是冻死在雪地上的，汪小凤跟着舅舅和姐姐在雪地上找到父亲的遗体时，已经冻僵，但小凤在父亲的手里发现了一个小字条。这个字条上歪歪扭扭写着两个字：头像。

当时，小凤没有把这张字条让舅舅和姐姐看，一直珍藏在身边。多少年了，无论她走到哪儿，都没忘保留这张字条。当生命只有三个月的时候，她又把这张字条找了出来。

尽管字条已经泛黄，尽管小白楼闹"鬼"的事儿已经过去快半个世纪了，但小凤依然没忘那个诡异的夜晚，没忘看到父亲冻死在雪地上的悲惨一幕。所以，在自己即将告别这个世界前，非常想解开这个"谜"，否则将对不起自己的父亲，也是自己的人生遗憾。

为此她把自己在德国公司工作的儿子尼尔森叫到身边。在她的三个孩子中，小凤最喜欢长子尼尔森。从小就对他进行中国文化的熏陶，而且一直让他在华人办的学校念书，所以他的汉语能力很强。

汪小凤把自己的病情告诉了儿子，而且敞开心扉，把隐藏在心中几十年的小白楼"文革"闹"鬼"的事讲给了他。最后，她拿出父亲临终时写的字条，让尼尔森看，让他到北京寻找了解小白楼内情的人，解开这个谜。

别看尼尔森年轻，但办事比较严谨。听了母亲的讲述，他感到时间十分有限，自己贸然到北京寻找小白楼的当事人，如同大海捞针。

怎么才能尽快解开母亲说的那个谜呢？他煞费苦心想了几天，末了儿，想到了德国民间的福尔摩斯。

敢情德国有一种专门为市民侦破案情，答疑解惑的咨询公司，这种机构的专家有点儿大侦探福尔摩斯的劲头。听尼尔森把小白楼闹"鬼"的事儿说出来之后，对整个闹"鬼"情节做了细致的研究和分析，认为小白楼的头像是"鬼"的焦点。找到了头像，便能顺藤摸瓜找到"鬼"。

专家为尼尔森设计出找威尔逊头像的具体方案和步骤，让尼尔森感到庆幸的是他同事的父亲詹爷，是"盖板杨"的酒友，所以方案实施起来显得更得心应手，于是才有开头的舍"大奔"复制头像的情节。

众人听尼尔森讲到这儿，才明白为什么尼尔森会来北京，做出那些让人不可思议的事情来。

詹爷长长地叹了口气问道："你母亲的身体现在如何？"

尼尔森脸上滑过一道黯影，沉默半晌才抬起头看了看大伙儿，低声说道："她已经离开人世了。哦，就在我回到德国的两天以后……"

徐晓东问道："你最后知道小白楼闹'鬼'是怎么回事了吗？"

"知道了，所谓'鬼'，是'小白人'。而'小白人'就是那个何彦生。他当时想偷那个金板头像，特意装扮成'小白人'，夜里进入小白楼。来吓唬汪家人的。他母亲杜姆有小白楼的钥匙，走的时候没有把钥匙交给主人，后来被何彦生给拿到手，所以他夜里出入小白楼比较自由。"

苏爷犹豫了一下，问道："这些事儿是谁告诉你的呢？"

尼尔森打了个沉儿说道："当年我外公有个非常要好的朋友，姓姚，是个将军，我外公外婆因为小白楼闹'鬼'去世后，我母亲和她姐姐在姚将军家住了些日子。母亲跟姚将军一家人很有感情，这么多年一直没忘了他们。这次我来北京，走的时候，母亲特意嘱咐我，要拜访姚将军。"

"1955年的开国将军，估计他早就去世了吧？"詹爷插话道。

"是呀，我拿着母亲写给我的地址去找，那个将军楼早就物是人非了。我只好在网上查，最后找到了他的儿子。他的儿子都已经七十多岁了。听说我是汪小凤的儿子，他非常热情，非要请我吃饭。他也是军人出身，非常直爽，饭桌上，他笑着对我说，你母亲年轻时天生丽质，漂亮极了。他当时真想追求我母亲，但怕他父亲骂他乘人之危，拈花惹草，所以动心了，没敢动作。"

"他要是追到你母亲，这世界恐怕就没有你了。"詹爷笑了笑说。

"这位姚伯伯问我来北京的目的，我把母亲心里的谜团告诉了他。想不到他听了，突然哈哈大笑起来，说你找我算拜对了神。原来他跟何彦生曾经是非常好的朋友，两个人无话不说，何彦生不知道他认识我母亲。因为我外公是民主人士，一般人会认为他跟军人不搭界。有一次，何彦生喝醉了酒，跟姚伯伯聊起了小白楼和我母亲的事，一不留神泄露了埋藏在心里多年的隐私。就是在'文革'时跑小白楼装成'小白人'闹'鬼'的事儿。姚伯伯装作不认识汪家的人，一个劲儿地追问，何彦生酒后吐真言，把他的那些丑行都一五一十地倒了出来，就是我前面讲的那些。"

徐晓东听到这儿，猛然想起自己在公园碰到的那个让他找鲁爷的老头儿，对尼尔森问道："他是不是挺瘦，背有些驼？"

"是的。"尼尔森点了点头说，"姚伯伯通过这些，才认清何彦生的真正嘴脸，两个人从此再不往来。"

"你回德国以后，把这些都告诉你母亲了？"苏爷问道。

"是的。我母亲好像知道自己快不行了，才给我发信息要我马上回国。接到这样的信息，我也有这种预感。但是我到她身边时，她的神志还很清楚，好像特意在等着我。我把复制头像的事儿和见到姚伯伯的情况都讲给了她。

汪小凤临死知道真相

当她知道当年小白楼的那个'鬼'是何彦生时，腾地坐了起来，两眼望着窗外，沉默了很久很久。后来她若有所思地说：'终于明白了。我冤枉他了。'我急忙问：'你冤枉谁了？'她喃喃道：'冤枉了那个姓杨的画家。'"

"啊？难道她一直怀疑'盖板杨'？"徐晓东忍不住叫道。

"是的。我母亲一直怀疑那个'鬼'是杨先生，当然这也是她听别人说的，因为何彦生一直在传杨先生偷走了小白楼的头像。但我母亲一直不敢相信，所以她要在告别这个世界之前，把这件事搞清楚。"尼尔森说道。

徐晓东真想对尼尔森说出"盖板杨"的心里一直恋着汪小凤，直到现在还在酒后出现的幻觉里，跟他的痴心恋人小凤幽会呢。但话到嘴边，忍了忍，又咽了回去。

"唉，可惜呀，她到了儿也没能回北京看看。"苏爷感叹道。

"不过，她在告别人世前，总算把小白楼闹'鬼'的事儿搞明白了。"詹爷喟然长叹道。

第三十三章

尼尔森在北京还有公司的业务要办,所以又待了几天才回国。

詹爷、苏爷和徐晓东在一起搞了个君子协定,从尼尔森嘴里说出的汪小凤的事儿,不能让"盖板杨"知道,甚至连尼尔森是汪小凤儿子这件事,也对"盖板杨"封上口儿。

毕竟"盖板杨"六十多了,他已经熟悉了自己的生活轨道,到了经不起折腾的岁数。而且,大伙儿也不希望破坏他几十年的爱情痴恋和幻梦。

"还是让他生活在自己的世界里,跟心爱的人一起缠绵吧。"詹爷说。

所以,"盖板杨"的日子,并没有因为小白楼头像的风波和汪小凤的去世受到任何影响。他的生活一切照旧。

开春的时候,鲁爷"走"了,他"走"得挺安详。头天,"盖板杨"还来看他。

他已然气若游丝,不能说话了,但是看到"盖板杨"显得异常激动,用手比画着,非要挣扎地跟"盖板杨"喝口酒,其实他已经连嘴都张不开了。

"盖板杨"似乎理解他的心气儿,打开一瓶"小二",放到他的鼻子下边,让他嗅了嗅。他对"盖板杨"微微笑了一下。

"盖板杨"鼻子发酸,泪水在眼眶里打转儿:这就是老"酒虫儿"的最后时刻呀!一个人喝到最后,只能嗅一下酒了。

鲁爷出殡的时候,"久仁居"的"酒虫儿"们都来了。大伙儿心情未免有些沉重,只有"教授"面色如常,他似乎把人的死看得跟生一样淡然。

鲁爷的骨灰盒下葬的时候,"盖板杨"没忘答应鲁爷的事儿。悄然从兜里摸出一个锈钉子,看了看,在自己的嘴里嘚了一下,然后走到墓前,念叨了两句:"鲁爷,您托付我的事儿,想着呢,让这钉子陪着您,没下酒菜的时候，您就嘬两下。"说完，他把那个锈钉子放在了墓穴里。

墓穴封好，埋上土之后，詹爷拿出一瓶二锅头，打开之后，"酒虫儿"们轮着拿着酒瓶，倒在了墓地的周围。

"教授"一边倒酒，一边对着墓碑说："鲁爷，您在那边喝点儿好酒，别整天喝七块五一瓶的。那个锈钉子是陪您玩的，我们在上边的日子好过了，您在下边的日子也错不了。想喝酒，让老伴儿给您炒几个好菜，别嘬钉子了。"

鲁爷的老伴儿是先"走"的，墓碑上刻着鲁爷和老伴儿名字。

"盖板杨"下意识地看了看墓碑，心里突然想到自己有一天"走"了，墓碑上该怎么刻名字呢？

那一定要刻上他和汪小凤的名字。"盖板杨"想，汪小凤是他真真正正的爱人呀！他们已经相爱了五十多年，到另一个世界去的时候，当然要留下他们在一起的墓碑，告诉后人他们是怎么相爱的。

走到墓地大门口的时候，"盖板杨"的脑子里还转悠着刚才想到的问题，自己"走"后墓碑怎么刻？碑上的字是用楷书呢，还是用隶书呢？

从墓地出来，"酒虫儿"们自然要到"久仁居"去喝顿酒，季三已经把酒菜预备好了。

"盖板杨"打车去"久仁居"，车走到东单十字路口等红灯的时候，他透过车窗，突然看到了一个熟悉的身影在过马路。定睛细看，敢情是何彦生，身边还有一个女舞伴。

何彦生穿着西装，步态轻盈，头发染得很黑，不像六十多岁的人。那个女舞伴儿看样子有四十多岁，化着浓妆，穿着妖冶，一副不嫩装嫩的样子，挎着何彦生的胳膊，俩人俨然是一对情侣。

他们这是去哪儿呢？"盖板杨"猛然想到这里不远就是当年的小白楼旧址，小白楼早已变成了二十多层的大厦。

他还能记起那个小白楼吗？"盖板杨"望着何彦生远去的背影，蓦然想到这个问题。

光阴像流水一样，冲刷着人们的记忆，岁月无情地将生命中那些有价值的和无价值的记忆，变成过眼云烟。人一旦失去记忆，"魔鬼"就会出现，它会把善良变成丑恶，把真诚变成虚伪，把好人变成坏人，也会把坏人变成好人。

小白楼早就拆了，小白楼的主人早就死了，也许胡同里的老邻居们也早已经把那个小楼给忘了。当然，忘了的还有这个何彦生。但是谁能想到现在的何彦生，依然活得那么逍遥自在，那么得意洋洋，那么欢蹦乱跳呢？

也许光阴会淡去所有记忆，但生活还在继续，也许昨天的故事，今天还会发生，但已经不是原来的主题。"盖板杨"坚信一条，月有阴晴圆缺，日有朝升夕落，但不管天阴得多沉，太阳总会升起，所以善良必会战胜邪恶，真诚也会征服虚伪，好人永远是好人。想到这些，他心里也就宽慰了，明朗了，舒服了。

他实在不愿多想生活中的那些糟心事儿，虽然他并不想把那些痛苦和酸涩的记忆丢入忘川，但他知道人活着要往前看，所以要想生活中快乐的事儿。正因如此，扭脸的工夫，他就把何彦生忘在了脑后，想起了汪小凤。

晚上喝了酒，他在幻境里见到自己的爱人小凤，该说什么呢？跟她商量商量墓碑的事吧，碑上该刻什么体的字儿呢？他觉得小凤更喜欢隶书。

想到这儿，他的脑子里不由自主地出现了那个酒字，咽了咽口水，忍不住对司机说："兄弟，'久仁居'还有多远？能不能开快点！"

初稿写于 2018 年 9 月 20 日
二稿改于 2018 年 10 月 30 日

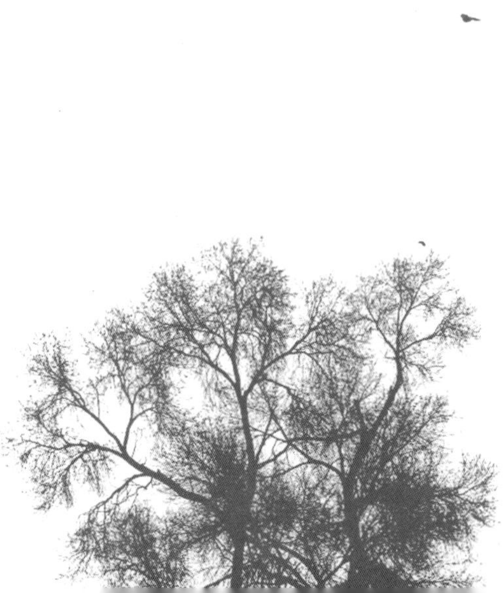